*Von Gabriella Engelmann sind im Knaur Verlag
bereits folgende Titel erschienen:*

*Die Im-Alten-Land-Serie:*
Eine Villa zum Verlieben
Apfelblütenzauber

*Die Büchernest-Serie (Sylt):*
Inselzauber
Inselsommer
Wintersonnenglanz
Strandkorbträume

*Die Föhr-Serie:*
Sommerwind
Schäfchenwolkenhimmel

Wolkenspiele
Wildrosensommer
Strandfliederblüten
Zu wahr, um schön zu sein

# GABRIELLA ENGELMANN

# Zauber-blüten-zeit

ROMAN

KNAUR✷

Originalausgabe August 2020
Knaur Taschenbuch
© 2020 Knaur Verlag
Ein Imprint der Verlagsgruppe
Droemer Knaur GmbH & Co. KG, München
Alle Rechte vorbehalten. Das Werk darf – auch teilweise –
nur mit Genehmigung des Verlags wiedergegeben werden.
Redaktion: Birgit Förster, Hamburg
Covergestaltung: ZERO Werbeagentur, München
Coverabbildung: PicturePress/Julia Hoersch
Illustration im Innenteil: AkvarellDesign / Shutterstock.com
Satz: Adobe InDesign im Verlag
Druck und Bindung: CPI books GmbH, Leck
ISBN 978-3-426-52504-3

2   4   5   3   1

# 1

*Nina*

»Moin. Na, wie geht's unserem schönen Blumenmädchen?«

Frech grinsend reichte Björn Nina ein gehobeltes Stück Käse,
das im hellen Morgenlicht glänzte wie Goldspäne, über den Tre-
sen des Marktwagens.

Nina Korte streckte die Hand nach der aromatischen Köstlich-
keit aus, ließ sich diese auf der Zunge zergehen und schloss verzückt die Augen. In den Wipfeln der hohen Bäume, die den Markt
säumten, trällerten Vögel fröhliche Lieder, die Sonne holte Atem
für den vor ihr liegenden Tag.

Dieser Freitag würde wunderbar warm werden, perfekt für
ihre Wochenendpläne.

»Und?« Björn schaute sie erwartungsvoll an.

Der schlaksige Marktverkäufer mit dem schief sitzenden
Strohhut, den wirren Locken und den strahlenden Augen war
nicht nur irgendein Typ, der Nina auf dem beliebten Isemarkt

Käse verkaufte, sondern der wöchentliche Seelentröster, seitdem ihr Freund Alexander nahezu ständig beruflich unterwegs war. Der kleine, aber harmlose Flirt mit Björn hob ihre Laune und gab ihrem Selbstbewusstsein, das in den vergangenen Wochen durch die räumliche Trennung und die vielen Streitereien erheblich gelitten hatte, einen wohltuenden Kick.

»Ein Traum«, antwortete Nina, ehrlich begeistert. »Cremig, würzig, eine feinherbe, reife Note. Wie ein Spätsommertag. Was kosten hundert Gramm? So viel wie Trüffel?«

»So ähnlich«, erwiderte Björn mit breitem Lächeln. »Aber ich habe einen Vorschlag: Ich schenke dir zwei Pfund für euer Mädelswochenende, und dafür berätst du mich in Sachen Einrichtung. Ist das ein Deal?«

»Was hast du denn für ein Problem mit deiner Wohnung?« Björns Frage verwirrte Nina. Männer waren ihr stets ein Rätsel gewesen, und es wurde leider nicht besser, je älter sie wurde. Ganz im Gegenteil: Nina verstand die *Spezies* Kerle immer weniger. Wollte er ein Date oder tatsächlich ihren Rat?

»Genau genommen habe ich weniger ein Problem mit meiner Einrichtung als mit dem Garten«, korrigierte sich Björn. »Und dafür bist du doch Spezialistin, nicht wahr?«

Das stimmte. Blumen, Hochbeete, Urban Gardening, Teiche und Balkonbepflanzung waren Ninas Welt. Die Floristin arbeitete allerdings nicht mehr in ihrem erlernten Beruf, seit das Eimsbütteler *Blumenmeer* geschlossen wurde und sie deshalb gezwungen gewesen war, sich einen neuen Job zu suchen.

Björn kritzelte etwas auf die Rückseite des Quittungsblocks, während ein Herr hinter Nina sich auffällig räusperte und eine Frauenstimme nörgelte: »Dauert das hier noch lange? Wenn ja, kaufe ich meinen Käse ab sofort woanders.«

Nina brauchte sich gar nicht erst umzudrehen, um zu wissen, wie die Dame aussah, die so gereizt klang, wie viele Großstädter, die *mal eben kurz* Besorgungen machen wollten, bevor sie ins Büro, in die Agentur oder zum Müttertreffen mussten: blass, genervt, angespannt.

Immer in Hektik. Immer auf dem Sprung.

»Es dauert so lange, wie es dauert, wir sind ja zum Glück nicht auf der Flucht«, konterte Björn lässig und reichte Nina den Zettel mit Adresse und Handynummer. Die schmunzelte.

Neben seinem sensationellen Angebot an Käsesorten hatte der Marktverkäufer stets einen charmanten Spruch auf Lager, der das Herz eines jeden noch so mies gelaunten, hektischen Kunden schmelzen ließ wie das Apfeleis mit Walnusskrokant, das ihre Freundin Leonie heute Abend als Dessert zubereiten wollte.

Nina nahm den in Pergamentpapier eingeschlagenen Käse und legte ihn in den geflochtenen Korb aus Seegras. Ihre Lippen formten lautlos: »Ich melde mich«, als sie dem Stand den Rücken zukehrte und als Nächstes den eines alten Ehepaars ansteuerte, das Eier von glücklichen Hühnern und Gemüse aus den Vierlanden verkaufte. Aus den Augenwinkeln beobachtete sie die Menschen um sich herum und schüttelte – wie so häufig – innerlich den Kopf.

Dass so ein Marktbesuch idealerweise etwas mit Genuss, Muße, Zeit, Flanieren und Sinnesfreuden zu tun haben sollte, kam den meisten gar nicht erst in den Sinn. Viel wichtiger, als den kostbaren Moment zu genießen, schien es ihnen zu sein, ihn durch Aufnahmen mit dem Smartphone festzuhalten. Im Laufe der vergangenen Jahre hatten sich die Betreiber der Marktstände daran gewöhnen müssen, dass von ihren Waren tausendfach Fotos geknipst wurden, um sie später auf Instagram zu posten – Hashtag *Countrylife*, *LandLust* oder *Foodporn*.

Gekauft wurde hingegen immer weniger, dafür aber an den Ständen gegessen und Kaffee getrunken, als gäb's kein Morgen mehr. Nicht selten wunderte sich Nina darüber, wie viele Menschen tagsüber Zeit für derartige Vergnügungen hatten.

Allerdings hatte sie selbst heute auch frei, denn eine Kollegin vertrat Nina im Einrichtungsladen *Koloniale Möbel*. Dort arbeitete sie seit einigen Jahren, nachdem Stella, die Dritte im Freundinnenbunde, ihr den Kontakt zur Inhaberin Ruth Gellersen hergestellt hatte. Als Floristin einen guten Job zu bekommen war schwierig geworden, seit die Discounter den Fachhändlern die Kunden abjagten, und Nina würde ihrer Freundin ewig dankbar für die liebevolle Unterstützung sein, die ihr damals die berufliche Existenz gerettet hatte.

Nachdem Nina Eier, Kartoffeln, Blumenkohl, Salat und Möhren im Korb verstaut hatte, schlenderte sie weiter.

Sie genoss es unendlich, freizuhaben, sich treiben zu lassen und qualitativ hochwertige Lebensmittel einzukaufen. Am Ende des Isemarkts standen die meisten Blumenhändler, unter anderem ihre gute Bekannte Anja, die nach Ninas Ansicht die schönsten und frischesten Blüten anbot. Der würde sie jetzt gleich einen Besuch abstatten und fragen, wie die Dinge bei ihr so liefen.

»Aber bitte nicht die Köpfe ins heiße Wasser stecken, sondern die Stängel«, erklärte Anjas Mitarbeiterin gerade augenzwinkernd einem Herrn, der wirkte, als kaufte er zum ersten Mal in seinem Leben einen Strauß. Mit weit aufgerissenen Augen schaute er die Verkäuferin an, erwiderte artig: »Alles klar«, und nahm die in buntem Papier eingeschlagenen Blumen entgegen.

»Hi, wie geht's?«, begrüßte die rotwangige Anja Nina erfreut. »Willste nur Hallo sagen, oder kann ich dir was Gutes tun? Die Dahlien und Zinnien sind dieses Jahr der Knaller. Aber die habt ihr wahrscheinlich selbst im Garten, oder?«

Nina nickte und ließ ihren Blick über die duftenden, traumschönen Spätsommerblumen schweifen, ein buntes Feuerwerk für alle Sinne. »Und was macht Alexander? Ist er zurück aus Frankreich oder schon wieder unterwegs?«

»Toskana«, antwortete Nina und verspürte mit einem Mal einen dicken Kloß im Hals, der sie am Reden hinderte.

»Ach, wie schön, da ist es echt toll«, erwiderte Anja. Auch ihre Kollegin seufzte schwärmerisch, während sie einen soeben gebundenen Strauß mit einem hellen Bastband umwickelte. »Die Zypressen, Olivenhaine, der Wein und die vielen Kunstwerke. Hach, da würde ich zu gern mal wieder hinfahren. Aber zurzeit wirft der Stand nicht genug ab, um mir diesen Luxus leisten zu können. Alexander hat's echt gut.«

Das Schwärmen von der italienischen Region, in die Alexander Nina diesmal partout nicht hatte mitnehmen wollen, schmerzte so sehr, dass sie mit einem Schlag keine Lust mehr auf ein Gespräch hatte, sondern dringend wegwollte. Also sagte sie: »Sorry, ich habe vollkommen vergessen, dass ich noch einen Termin habe. Macht's gut, ihr beiden, bis nächste Woche.«

Ohne Anjas Reaktion abzuwarten, machte Nina auf dem Absatz kehrt und stapfte Richtung U-Bahn, tief in Gedanken versunken an ihren Freund. Der war dieses Jahr bereits zum vierten Mal in Italien, allerdings ohne festen Auftrag für ein Kochbuch oder einen kulinarischen Reiseführer, so wie sonst.

Björns Worte kamen ihr in den Sinn.

War Alexander auf der Flucht?

Vor ihr, vor ihren ständigen Streitereien, vor dem Leben in der alten Stadtvilla?

Auf Nachfrage kamen zurzeit nur lapidare, für ihn untypische Antworten wie: »Ich plane da etwas, das ich dem Verlag erst zeigen will, wenn es fertig ist.« Im Gegensatz zu sonst weihte er Nina nicht in seine Pläne ein.

Hatte sie ihm vielleicht zu oft abgesagt?

Ihn zu oft ermuntert, allein loszuziehen, um die Wunderwelt

der Kulinarik zu erobern und sich ungestört inspirieren zu lassen, weil sie ebenfalls froh war, eine Atempause von nervigen Diskussionen zu haben, die immer häufiger aufbrandeten?

Wie gut, dass heute Abend Leonie und Stella kamen, dann konnte sie mit ihnen ausgiebig über alles quatschen, was sie bewegte und ihr Sorgen machte, obwohl sie den Abend eigentlich nicht mit dem Besprechen von Ängsten vermasseln wollte, die wahrscheinlich nur in ihrem Kopf existierten.

Am Eppendorfer Baum löste Nina eine Fahrkarte.

Wenige Minuten später stieg sie in Eimsbüttel an der Station Christuskirche aus. Wie so häufig spielte dort ein alter Herr südländischer Herkunft, den sie seit Jahren kannte, am Treppenaufgang Akkordeon. Seine Lieder waren voller Wehmut, voller Sehnsucht, als wolle er sich durch den Klang der Melodien in ein anderes Leben träumen.

Führe ich eigentlich das Leben, das ich mir wünsche?, fragte sich Nina, als sie auf die Villa zusteuerte, seit einigen Jahren ihre Heimat, ihr Hafen, ihr Ankerplatz.

An manchen Tagen konnte sie es kaum fassen, dass sie in diesem charmanten Stadtteil und diesem wunderschönen alten Haus mit dem großen Garten wohnen durfte. Und das alles nur, weil sie zur richtigen Zeit über eine Annonce gestolpert war, in der ein gewisser Robert Behrendsen Mieter für sein Haus am Pappelstieg gesucht hatte, die – laut Anzeige – einen grünen Daumen, Liebe zu Katzen und Talent zum Renovieren haben sollten.

Bei der Besichtigung der drei Wohnungen war sie zum ersten Mal auf Leonie Rohlfs und Stella Korte getroffen und hätte nie gedacht, dass sie Freundinnen fürs Leben werden würden, die miteinander durch dick und dünn gingen und dies immer tun würden, egal, was auch passierte.

Bis vor zwei Jahren hatte Leonie die Wohnung mit dem kleinen Wintergarten gegenüber im Erdgeschoss bewohnt, deren Mieter nun Alexander war. Stellas Wohnung im ersten Stock stand die meiste Zeit genauso leer wie die der Familie Behrendsen direkt gegenüber, denn Stella und Robert, die mittlerweile verheiratet waren und zwei entzückende Töchter hatten, lebten seit einiger Zeit in Roberts Heimatstadt Husum. Leider sah Nina ihre zweijährige Patentochter Lilly nur selten, da die Behrendsens nicht mehr so häufig in Hamburg zu Besuch waren.

Wann Leonie und Markus wohl heiraten?, fragte sich Nina, als sie die schwere Eingangstür öffnete und den Flur betrat, das Herzstück der Villa mit gekacheltem Fußboden.

Rechts an der Wand stand eine antike Kommode, auf der eine Pinnwand für Nachrichten, Postkarten und andere Grüße lehnte.

Darauf eine Keramikschale für Obst, das Leonie regelmäßig aus der für ihre Äpfel berühmten Region Altes Land mitbrachte, und ein Krug aus hellblauer Emaille. Im Sommer war er prall gefüllt mit Blumen aus dem Garten, in der kalten Jahreszeit von Anjas Stand am Isemarkt.

Die sonst so wohltuende Stille in der Villa zeigte Nina schmerzhaft auf, dass sie die Einzige des Freundinnentrios war, deren Beziehung nach all den Jahren immer noch schwankte wie ein Schiff auf hoher See.

Obwohl Alexander und sie mittlerweile unter einem Dach lebten, hatte Nina sich immer noch nicht dazu entschließen können, tatsächlich mit ihm zusammenzuziehen. Irgendetwas tief in ihr hinderte sie daran, diesen letzten, entscheidenden Schritt zu gehen, ohne dass sie wusste, was das war.

Seit Donnerstagmorgen schien Alexander wie vom Erdboden verschluckt. Mechanisch packte Nina die Einkäufe aus und verstaute sie in der Vorratskammer und dem Kühlschrank.

Als sie die Belege ihrer Einkäufe aus dem Portemonnaie nahm, um die Beträge ins Haushaltskassenbuch einzutragen, fiel ihr Björns Zettel in die Hände.

Wollte er tatsächlich fachlichen Rat für den Garten, oder suchte er doch einen eher privaten Kontakt zu ihr?, fragte sie sich, zugleich verwundert, aber auch ein wenig geschmeichelt.

Ach was, der Kerl ist locker fünfzehn Jahre jünger als du, rief sie sich zur Räson, nachdem sie festgestellt hatte, dass diese Frage sie sehr beschäftigte.

Was interessiert den schon eine Dreiundvierzigjährige?

Außerdem hatte sie einen Freund, auch wenn der gerade mal wieder nicht da war.

# 2

## *Leonie*

Am selben Tag gab Leonie Rohlfs im Alten Land ihrem Freund einen Gutenmorgenkuss und setzte sich im zerwühlten Bett des Schlafzimmers auf, um endlich richtig wach zu werden.

Leonie lebte erst seit knapp drei Jahren wieder in der Region vor den Toren Hamburgs, berühmt für ihre riesigen Obstplantagen, die weißen Apfelblüten, saftigen Kirschen, Deiche, malerischen Klappbrücken und Flüsse, die diese Kulturlandschaft durchzogen.

Leonie war hier geboren und erst wieder nach Steinkirchen zurückgekehrt, als ihre Eltern ihre Hilfe gebraucht hatten. Hier hatte sie auch ihre große Liebe Markus kennengelernt.

Die beiden hatten sich gerade geliebt, und Leonie fiel die Vorstellung schwer, sich gleich anziehen und arbeiten zu müssen. Nur wenig Tageslicht drang durch den schmalen Spalt der zugezogenen Vorhänge aus weiß-rot gestreiftem Leinen.

»Mhhhhmmm, das war grandios«, murmelte Markus Brandtner, setzte sich ebenfalls auf und gähnte herzhaft.

»Doch wohl eher langweilig, sonst würdest du nicht gähnen, oder?«, zog Leonie ihn schmunzelnd auf und rieb ihre nackten Füße an seinen. Markus grinste, gab einen undefinierbaren Laut von sich und rollte sich dann auf sie. »So langweilig, dass ich eine Wiederholung will«, flüsterte er ihr ins Ohr.

Leonie kicherte und stieß ihn sanft von sich. »Sorry, aber das wird nichts. Dein Bart kitzelt, und ich muss los. Ich habe noch einiges zu tun, wenn ich heute pünktlich in Eimsbüttel sein will. Aber ich bin Sonntagabend wieder daheim, und dann können wir alles nachholen, wozu wir jetzt leider keine Zeit haben.«

»Es ist ja nicht so, dass ich nicht auch einiges zu erledigen hätte«, erwiderte Markus mit diesem spitzbübischen Lächeln, das ihn deutlich jünger wirken ließ als Ende vierzig. Der gebürtige Münchner war seit über zwei Jahren der Mann an Leonies Seite. Ihre große Liebe und Stütze, ihr Fels in der Brandung, der Mann, mit dem sie lachen, an dessen Schulter sie weinen, aber vor allem das Leben in vollen Zügen genießen konnte. Es hatte lange gedauert, doch nun war er wahr geworden: Leonies Traum von einem Leben mit einem tollen und zuverlässigen Partner, der sie aufrichtig liebte und so akzeptierte, wie sie war. Ein Mann, mit dem sie sich Kinder wünschte und der ein begeisterter Vater sein würde.

Ich möchte endlich schwanger sein, dachte Leonie sehnsüchtig, als wenige Minuten später das heiße Duschwasser an ihrem Körper hinabrann. Schließlich bin ich dreiundvierzig, habe vor einem Jahr die Pille abgesetzt, und mir läuft allmählich die Zeit davon.

Markus' Frage »Darf ich zu dir rein?« unterbrach ihre sorgenvollen Gedanken. Leonie konnte ihn schemenhaft durch die beschlagene Scheibe erkennen. Nach einem kurzen Moment des Überlegens öffnete sie die Tür der Duschkabine einen Spalt. Man sollte die Feste feiern, wie sie fallen, dachte sie, zog Markus zu sich herein und gab ihm einen leidenschaftlichen Kuss. *Außerdem habe ich gerade meinen Eisprung.*

»Moin, Sonja«, begrüßte sie eine halbe Stunde später die Mitarbeiterin der Pension Apfelparadies, die Leonie vor zwei Jahren von ihren Eltern übernommen hatte. »Alles im grünen Bereich?«

Sonja Mieling nickte, in der Hand eine Kanne frisch gebrühten Kaffee. »Auch einen?«

Leonie nahm ihren blauen Lieblingskeramikbecher mit den weißen Pünktchen von der Anrichte und ließ sich einschenken. Die gemütliche Wohnküche war das Herzstück der Pension.

Die hell gestrichenen Dachbalken, die umlaufende Bank mit den bunten Kissen und die Möbel im Shabby Chic wirkten so einladend, dass sie am liebsten den ganzen Tag hier verbracht hätte.

»Machen Sie sich mal keinen Kopf, ich habe hier alles im Griff. Wann wollen Sie denn los?«, versuchte Sonja, sie zu beruhigen.

Leonie überlegte einen Moment, was sie alles noch zu tun hatte. Es war wie immer ein bisschen mehr, als sie eigentlich schaffen konnte, doch dafür hatte sie ein ganzes Wochenende frei. »Ich backe gleich noch die Kuchen für den Hofladen, besorge ein paar Dinge in Jork, und dann geht's ab nach Eimsbüttel zu den Mädels. Ich bin aber jederzeit erreichbar, sollte irgendetwas mit den Gästen sein.« Mit einem leisen Anflug von schlechtem Gewissen fügte sie ein »Ich weiß, dass das eine äußerst ungünstige Zeit ist, um nach Hamburg zu fahren« hinzu.

»Ach, Unsinn«, protestierte die hagere Endfünfzigerin, die mit Leib und Seele die Gäste der Pension umsorgte, Zimmer putzte und im Hofladen aushalf. Im Alten Land waren gut bezahlte Jobs keine Selbstverständlichkeit, und Leonie war eine nette, faire Arbeitgeberin. »Nur weil gerade Apfelsaison ist, muss man ja nicht auf sein Privatleben verzichten. Sie haben Ihre Freundinnen doch schon wieder viel zu lange nicht gesehen. Und wir wissen beide, wie Sie sind, wenn Sie Entzugserscheinungen haben. Da geht man lieber schnell in Deckung.«

Der letzte Teil des Satzes war begleitet von einem schelmischen Augenzwinkern. »Grüßen Sie die beiden bitte ganz lieb von mir, ja?«

»Mach ich«, erwiderte Leonie schmunzelnd. Gleich würde sie drei neue Kuchen für den Hofladen backen.

Oder sollte sie lieber auf vier erhöhen?

Mit Beginn der Erntezeit der frühen Sommeräpfel, im Volksmund Augustäpfel genannt, nahm die Zahl der Besucher im Alten Land deutlich zu, genau wie deren Kauflust. Allerdings waren die Erträge in der Region in den vergangenen Jahren deutlich schlechter als üblich ausgefallen, weil die klimatischen Bedingungen mit ihrem drastischen Wechsel zwischen Starkregen und Trockenperioden sich negativ auf das Wachstum der Früchte auswirkten.

Leonie band sich eine Schürze um, auf die ihre Mutter Anke Äpfel, Lavendelsträuße und kleine Schäfchen gestickt hatte. Dann schaltete sie das Tablet ein und ging auf den Blog *Apfelwunderweib,* den Anke Rohlfs mit wachsendem Erfolg betrieb, nicht unbedingt zur Freude von Leonies Vater Jürgen.

Mal schauen, hatte ihre Mutter ein neues Rezept online gestellt, von dem sie sich inspirieren lassen konnte?

Leonie klickte auf den Button mit der Überschrift *Hip & lecker* und scrollte sich durch die neuesten Einträge: Cake-Pops, Cruffins, Muffins, Cronuts, Brookies – Anke kannte jeden noch so neuen Trend und brachte ihn via Internet ins Alte Land, oftmals belächelt von den Landfrauen, die nichts von diesen »Kreuzungen« aus Croissants und Donuts (Cronuts) oder Brownies und Cookies (Brookies) hielten.

Doch das war Anke egal. Sie lebte mit ihrem Mann mittlerweile in Stade, nachdem beide sich aus dem operativen Geschäft des Obstbetriebs zurückgezogen hatten. In diesem Städtchen ging es nicht ganz so konservativ zu wie in der ländlichen Gegend um Jork. Und sie bekam nicht so hautnah mit, wenn über sie getratscht wurde.

Leonie klickte auf den neuesten Coup ihrer Mutter, einen V-Log, den sie früher alle zwei Wochen und nun wegen der hohen

Follower-Zahlen sogar einmal die Woche auf dem Blog postete und auf den erfolgreichen YouTube-Kanal von *Apfelwunderweib* stellte.

»Das macht sie wirklich super«, lobte Markus, der gerade in die Küche gekommen war und Leonie über die Schulter schaute. »Deine Mutter wird immer lockerer, witziger – und hübscher, wenn du weißt, was ich meine.«

»Das macht der Abstand zum Obstbetrieb und der Pension, es tut ihr gut, nicht mehr täglich in alles involviert zu sein«, stimmte sie Markus zu, denn zurzeit sah die fünfundsechzigjährige Anke eher aus wie Anfang fünfzig. Sie trug die kastanienbraunen Haare, die Leonie von ihr geerbt hatte, getönt und ein bisschen länger. Das ließ ihr Gesicht schmaler und sie selbst weiblicher wirken. »Frühstückst du hier oder im Elbherz?«

»Im Café«, lautete Markus' Antwort, der sich einen Stapel frisch gewaschener Geschirrtücher aus dem Schrank nahm und sogleich seinen bittenden Dackelblick aufsetzte, der Leonie gleichermaßen amüsierte und in den Wahnsinn trieb.

»Du weißt schon, dass wir hier auch welche brauchen und ihr eure Wäsche fürs Elbherz endlich mal selbst waschen müsst«, schimpfte sie in einem Ton, der lustig gemeint war, aber ernster geriet als beabsichtigt. In letzter Zeit war sie ein wenig dünnhäutig, wenn es um die Pension ging.

Nach der äußerst erfolgreichen ersten Saison unter ihrer Leitung waren die Buchungszahlen leider alles andere als konstant, doch die Kosten liefen weiter. Das Apfelparadies war weit davon entfernt, die teuren Umbaumaßnahmen einzuspielen, auch wenn das Haus nun fünf anstelle von ehemals drei Gästezimmern beherbergte, darunter ein großes Apartment für eine ganze Familie. Dass es einen kleinen Wellnessbereich mit Sauna und Whirlpool gab, interessierte kaum jemanden. Allerdings war es ein Genuss, dort nette Abende mit ihren Freundinnen zu verbringen.

»Ich verspreche hoch und heilig, dass das das letzte Mal ist«, erwiderte Markus und machte den Indianerschwur. »Schaust du später noch bei mir vorbei, bevor du nach Hamburg abdüst?«

»Wenn ich es schaffe, ja«, erwiderte Leonie, schon nicht mehr ganz bei der Sache. Sie musste entscheiden, welchen Kuchen sie backen wollte, und nachsehen, ob sie auch alle Zutaten dafür daheim hatte.

Nachdem Markus gegangen war, scrollte sie das Video ihrer Mutter zurück, in dem diese gerade die Zubereitung einer klassischen Rhabarber-Baiser-Torte demonstrierte.

Sollte sie die mal ausprobieren? Im Hofladen liefen die traditionellen Kuchen besser als der *neumodische Firlefanz,* als den Leonies Vater Ankes heiß geliebte Trendbackwaren bezeichnete. Gebäck-Cross-over waren die Hamburger aus den hippen Cafés in der Stadt gewohnt, und dort gierten sie auch nach diesen Neuerungen. Doch Leonie hatte gelernt, dass Ausflügler sich hier wirklich fühlen wollten wie auf dem Land, wo die Uhren scheinbar langsamer tickten, alles schön bodenständig und beständig war und man in nostalgischen Kindheitserinnerungen schwelgen konnte.

Heute also Apfelstreuselkuchen, Aprikosen-Quarksahnetorte, Käsekuchen und Rhabarberbaiser, beschloss Leonie und holte alle nötigen Zutaten aus der geräumigen Speisekammer, in der auch der große Kühlschrank und die Kühltruhen untergebracht waren. Dann legte sie los, knetete Teig, fügte Zucker hinzu, schnippelte Äpfel, mischte Quark und Sahne – und hörte nebenbei Musik.

Ehe sie sichs versah, war es auch schon Mittagszeit. Jetzt musste sie dringend einkaufen fahren und die aktuelle Buchungssituation im Computer checken, nicht gerade eine ihrer Lieblingstätigkeiten. Der Blick in den PC geriet immer mehr zum emotionalen Lotteriespiel für Leonie und damit zu einer großen Belastung. Mal konnte sich das Apfelparadies vor Anfragen kaum retten, und sie musste potenziellen Gästen einen Korb geben, dann wiederum gab es gar keine Anfragen oder sogar Stornierungen.

Ihr entfuhr ein genervtes »Shit«, als sie sah, dass die Familie, die kommendes Wochenende anreisen und zehn Tage bleiben wollte, nicht kommen konnte, weil die Großmutter erkrankt war.

»Was ist passiert?«, fragte Sonja, die, einen Wischmopp in der Hand, soeben die Küche betrat.

»Familie Daniel wird nicht kommen, weil die Oma schwer gestürzt ist«, erklärte Leonie.

»Oje, das tut mir aber leid, wie schlimm ist es denn?«, fragte Sonja besorgt und lehnte den Mopp an die Wand. »Bertha ist so eine Liebe, aber leider ein bisschen wackelig auf den Beinen. Ich hoffe, das geht gut aus, schließlich ist sie mit sechsundachtzig auch nicht mehr die Jüngste. Muss sie ihren Geburtstag denn jetzt im Krankenhaus feiern?«

»Tja, ich weiß es leider nicht«, war alles, was Leonie dazu einfiel.

Die Daniels waren schon Stammgäste gewesen, als Anke mit der Vermietung von Fremdenzimmern begonnen hatte.

Seit Leonie denken konnte, feierte Bertha Daniel ihren Geburtstag im Kreis der Familie im Alten Land. Neben dem Apartment waren diesmal auch zwei Doppelzimmer für die Gäste gebucht, eine herbe finanzielle Einbuße, denn unter diesen Umständen konnte Leonie keinesfalls Stornogebühren in Rechnung stellen, wie sie es normalerweise getan hätte. In den Buchungsbestätigungen wies sie stets darauf hin, dass es ratsam sei, eine Reiserücktrittsversicherung abzuschließen, doch die wenigsten Gäste hielten sich daran.

So kam es immer wieder zu Ärger und zu faulen Kompromissen, die Leonie sich schlussendlich nicht leisten konnte.

»Wie ich die Sache sehe, lassen Sie das Storno am besten mal Storno sein, fahren einkaufen und dann wie geplant nach Hamburg«, schlug Sonja pragmatisch vor. »Sie werden sehen, wir haben im Handumdrehen neue Buchungen, schließlich ist ja Saison. Genießen Sie lieber Ihr freies Wochenende, sammeln Sie Kräfte, und heute Abend sieht die Welt schon wieder ganz anders aus. Jetzt aber hopphopp, oder soll ich Ihnen Beine machen?«

Leonie lächelte schwach, weil sie den Optimismus ihrer Mitarbeiterin nicht teilte. Es brauchte nur ein paar Tage zu regnen, dann kamen zwar mit Glück ein paar Tagesausflügler, aber keine Übernachtungsgäste. Doch Sonja hatte recht: Sie durfte sich jetzt nicht verrückt machen, sondern tat gut daran, die Sorgen für den Moment beiseitezuschieben.

Nicht mehr lange, und sie war endlich wieder in ihrer geliebten Villa in Eimsbüttel, zusammen mit ihren Freundinnen Nina und Stella. Sie würden gemeinsam essen, lachen, im Garten herumwerkeln, vielleicht einen Film schauen und es einfach genießen, wieder beisammen zu sein.

Diese Zeit war viel zu kostbar, um sie sich durch Grübeleien und schlechte Laune zu verderben.

# 3

## *Stella*

Ein prüfender Blick in den Spiegel, schnell noch eine Tasse grünen Tee, dann musste sie auch dringend los, sonst schaffte sie es heute nicht pünktlich von Husum, der grauen Stadt am Meer, wie der Dichter Theodor Storm die schleswig-holsteinische Hafenstadt genannt hatte, nach Hamburg.

Stella Behrendsen hatte an diesem Tag noch so einiges auf dem Zettel, denn sie war noch nicht hundertprozentig zufrieden mit der Innenausstattung ihres Hauses. Emma brauchte bald mehr Platz, deshalb plante Stella, einen Teil des Elternschlafzimmers abtrennen zu lassen, bekam zurzeit jedoch keine Handwerker für ihr Vorhaben.

»Emma, Lilly, seid ihr fertig?«, rief die hochgewachsene, attraktive Blondine, lauschte dem fröhlichen Gekicher aus den angrenzenden Kinderzimmern und massierte sich stöhnend die Schläfen. Bitte jetzt keine Kopfschmerzen, dachte sie.

Nicht ausgerechnet heute!

Genervt stellte sie den Tee beiseite und holte ein Fläschchen Pfefferminzöl aus der Nachttischschublade im Schlafzimmer. Sie hatte die Wände darin eigenhändig in sanftem Lindgrün gestrichen, das beruhigte und zudem einen schönen Kontrast zum weißen Bauernschrank bildete.

Stella gab je einen Tupfer Aromaöl auf die Schläfen, einen weiteren aufs Handgelenk. Tief ein- und ausatmen und nicht darüber nachdenken, was sie noch alles erledigen musste, bevor sie zum gemeinsamen Wochenende mit ihren Freundinnen Leonie und Nina in Eimsbüttel aufbrach.

Hoffentlich war die Autobahn halbwegs frei.

»Machst du mir Zöpfe?«, fragte ihre sechsjährige, schwedisch-blonde Tochter Emma, die plötzlich neben ihr stand, die Hände kokett in die Hüften gestemmt. Mit *Zöpfen* meinte Emma leider ein kompliziertes Flechtwerk, das sie neulich bei ihrer Freundin Marie gesehen hatte und für das Stella jetzt eindeutig die Zeit fehlte.

Bis spätestens neun Uhr mussten Emma und Lilly im Kindergarten sein, da kannten die Erzieherinnen erfahrungsgemäß kein Pardon.

»Ich mach dir einen Pferdeschwanz, Süße«, erwiderte sie und nahm eines von den vielen bunten Haargummis, die sie stets wegen Emma bei sich trug, aus der Tasche ihrer cremefarbenen Stoffhose. Heute war Business-Outfit angesagt, die bequemen Klamotten, die sie so sehr liebte, mussten fürs Erste im Schrank bleiben.

»Keinen Pferdeschwanz, ich will Zöpfe«, protestierte Emma, und die zweijährige Lilly, die neben ihrer großen Schwester aufgetaucht war, begann prompt zu weinen.

Die Worte ihres Mannes *Du musst ihnen mehr Grenzen setzen, sonst tanzen sie dir auf der Nase herum* schwirrten in ihrem Kopf umher, in dem nun ein Presslufthammer wütete – Spannungskopfschmerzen vom Allerfeinsten. Und ausgerechnet heute besuchte ihre nette Kinderfrau Karin ihre Tochter in Kiel und würde dort das ganze Wochenende bleiben.

»Süße, wir üben das, wenn ich wieder daheim bin, ja?«, versuchte sie, Emma zu beschwichtigen, und nahm die weinende Lilly auf den Arm. »Und was hast du, mein kleiner Muckel?«

»Aua«, kam es mit erstickter Stimme, und Lilly rieb sich mit ihren immer noch speckigen Kinderhändchen über den Bauch. Ihr Gesichtsausdruck war gequält, der Anblick herzzerreißend.

Stella fiel es mitunter schwer zu unterscheiden, ob eines der drei Kinder wirklich krank war oder nur simulierte, um irgendetwas zu erreichen. Auch Roberts Sohn Moritz aus erster Ehe gelang es immer wieder, seine Stiefmutter zu fordern, zu täuschen und an ihre Grenzen zu bringen. Hoffentlich war der wenigstens pünktlich, denn heute stand eine Bioklausur auf dem Programm, soweit Stella informiert war.

»Soll ich dich zu Papa in die Praxis bringen, damit er sich dein Bäuchlein anschauen kann?«

Die dunkelhaarige Lilly mit dem wirren Lockenköpfchen nickte mit ernsthafter Miene, der Tränenfluss verebbte so schnell, wie er gekommen war. Beide Mädchen hingen sehr an Robert, der als viel beschäftigter Kinderarzt leider viel zu wenig Zeit für seine Familie, aber auch seine Interessen und Hobbys hatte.

Stella hangelte mit der einen Hand nach ihrem Smartphone, mit der anderen streichelte sie Lilly, die sich an ihr festklammerte wie ein kleines Äffchen. Vielleicht war es doch zu früh gewesen, sie jetzt schon in Emmas Kindergarten betreuen zu lassen.

Stella ließ sich von Roberts Sprechstundenhilfe Ina durchstellen und schilderte ihrem Mann Lillys Symptome.

»Kommt vorbei, ich untersuche sie«, erwiderte er knapp, wahrscheinlich war sie mit ihrem Anruf direkt in ein Patientengespräch geplatzt.

Stella setzte Lilly auf den Boden, nahm sie und Emma bei der Hand und ging mit ihnen die ausladende Holztreppe des heimeligen Einfamilienhauses hinunter. Aus Moritz' Zimmer im Erdgeschoss dröhnte laute Musik.

»Macht euch schon mal fertig«, sagte Stella und klopfte an die Tür. Der gerade sechzehn Jahre alt gewordene Moritz war allerdings gar nicht da, er hatte offenbar nur vergessen, die Musik auszumachen, erkannte sie, nachdem sie die Tür einen Spalt geöffnet hatte. Das Totenkopfschild an der Außenseite von Moritz' Tür warnte davor, sein »Reich« unangemeldet zu betreten. Doch Stella hatte bereits dreimal geklopft.

Während Emma im Flur ihrer kleinen Schwester dabei half, sich Jacke und Schuhe anzuziehen, checkte Stella in der Küche, ob Moritz gefrühstückt hatte, bevor er zur Schule gegangen war. Ein kurzer Blick auf die Milchtüte, die sie seufzend in den Kühlschrank stellte, und die Cornflakeskrümel auf dem großen Esstisch aus Holz genügten, um zu wissen: Er hatte gegessen, während sie oben mit den beiden Mädchen beschäftigt gewesen war. Stella deckte den Tisch und hielt dann einen Moment inne, um sich bewusst zu machen, wie gut die Entscheidung gewesen war, den Essbereich neu zu gestalten und sowohl Zeit als auch Arbeit darin zu investieren.

An der Stirnseite des Tisches stand eine lange Bank mit gedrechselten Armlehnen, bedeckt mit Kelim-Kissen, die gerade wieder in Mode waren, handgefertigt von marokkanischen Weberinnen, ein Fair-Trade-Projekt, das Stella nur allzu gern unterstützte. Die Wände hatte sie eigenhändig rau verputzt, die Wand im Arbeitsbereich mit bunten Fliesen gekachelt, in denen sich das Muster der Kissen wiederholte. Alles war gemütlich, einladend und wie dafür gemacht, lange beim Essen zusammenzusitzen.

Das Frühstück hingegen verlief, wie immer, ein wenig hektisch, denn keine ihrer beiden Töchter aß gern am frühen Morgen.

Zum Glück war der Kindergarten *Tobekatzen* nur zwei Querstraßen entfernt, so wie überhaupt in Husum vieles dicht beieinanderlag. Doch halt, sie wollte ja noch zu Robert, ermahnte sich Stella, als sie ihren Fehler erkannte.

Wo war sie nur schon wieder mit ihren Gedanken?

Also lieferte sie als Erstes Emma bei ihrer Lieblingserzieherin Julia ab und informierte sie darüber, dass sie mit ihrer jüngsten Tochter zum Arzt musste. »Kann sein, dass Lilly heute gar nicht mehr kommt, je nachdem wie mein Mann die Situation ein-schätzt«, erklärte sie und gab Emma einen Abschiedskuss. Doch ihre ältere Tochter wand sich ganz schnell aus ihrer Umarmung und stürmte auf ihre Freundin Marie zu.

»Klingeln Sie einfach durch oder sprechen aufs Band, damit wir Bescheid wissen«, erwiderte Julia und wünschte Stella einen schönen Tag.

Zehn Minuten Fußweg später, Lilly wurde bereits nörgelig, erreichte Stella die Praxis ihres Mannes.

Sie befand sich in der Nähe des Marktplatzes, untergebracht in einem alten Kaufmannshaus, in prominenter Lage unweit der alt-ehrwürdigen Schwan-Apotheke mit dem wunderschönen De-ckengewölbe. In Husum schien die Zeit stillzustehen, man mein-te jeden Moment Hufgetrappel auf dem Kopfsteinpflaster zu hö-ren oder den Schimmelreiter, entsprungen der Fantasie des Dichters Theodor Storm, vorbeipreschen zu sehen.

»Moin, Frau Behrendsen, schön, dass Sie auch mal wieder da sind«, begrüßte Ina sie mit strahlendem Lächeln und sagte, zu ih-rer Tochter gewandt: »Hallo, Lilly, was machst du denn für Sa-chen? Ihr müsst leider noch einen kleinen Augenblick warten, aber dann hat Papa Zeit für dich, meine Süße.«

Wie immer war Stella zugleich fasziniert als auch ein wenig beunruhigt, wenn sie mit Roberts Sprechstundenhilfe zusam-mentraf. Ina war neunundzwanzig, kurvig, ihre Augenfarbe changierte zwischen Blau, Grün und Türkis, die rotblonden Lo-cken reichten bis zum Po. Ihre Haarpracht trug sie meist zu einem geflochtenen Pferdeschwanz gebunden oder türmte sie zu einem gigantischen Dutt auf. Das Tollste an Ina waren ihr großer Mund und ein umwerfendes Lächeln, ähnlich wie bei Julia Roberts.

»Alles klar, wir gehen so lange ins Wartezimmer«, erwiderte Stella und zog Lilly die Jacke aus. Sie grüßte die anderen warten-den Mütter und den »Quoten«-Papa. So viel zum Thema Gleichberechtigung und Female Power, dachte Stella seufzend angesichts dieses Anblicks und kramte in der Spielzeugkiste nach einem passenden Bilderbuch für Lilly.

Zu dumm, dass sie vergessen hatte, das Buch mitzunehmen, das sie ihrer Tochter am Vorabend vorgelesen hatte.

*Andere Mütter haben das besser im Griff,* dachte sie beschämt, als sie die Frauen betrachtete, die mit ihren Sprösslingen auf den Termin bei Robert warteten. Keines der Bücher trug den Aufkleber Praxis Dr. Behrendsen, und Stella war absolut sicher, dass jede von ihnen auch etwas zu essen oder ein Spielzeug im Rucksack dabeihatte, falls die Wartezeit zu lang für die Kinder wurde.

»Hallo, Schatz«, sagte Robert, als Ina sie und Lilly schließlich in sein Sprechzimmer winkte. »Irgendwie haben wir uns heute Morgen verpasst, oder?«

»Das stimmt, denn du warst schon weg, als der Wecker geklingelt hat«, erwiderte Stella und setzte Lilly auf die Untersuchungsbank. Begeistert davon, bei ihrem Papa sein zu können, zierte sich und muckte die Kleine kein bisschen bei der Untersuchung. Ganz im Gegenteil, sie schien die Besorgnis und die liebevollen Berührungen ihres Vaters zu genießen.

»Alles in Ordnung, Muckel, ich würde mal sagen, du hast gestern nur ein bisschen zu viel genascht, kann das sein?«, sagte Robert nach einer Weile.

Der letzte Teil des Satzes war eindeutig an Stella gerichtet. Und klang vorwurfsvoll in ihren Ohren.

Oder war sie nur zu empfindlich, weil ihr Kopf gleich zu platzen drohte?

»Ich habe ihr aber gar nichts gegeben«, verteidigte sich Stella empört. Sie achtete sehr auf gesunde Ernährung, Bewegung, frische Luft und ausreichend Schlaf für ihre Kinder. »Sie hatte gestern nach dem Abendessen nur noch einen halben Apfel und eine Handvoll Rosinen, weil sie die so liebt. Keine Schoki oder so.«

Robert drückte den Sprechknopf und bat Ina ins Zimmer.

Stellas Herz rutschte augenblicklich eine Etage tiefer.

Was ging hier vor?

»Kannst du Lilly bitte einen kleinen Moment mit nach draußen nehmen, meine Frau kommt gleich nach«, bat Robert, und schon waren beide verschwunden. Dann ging er auf Stella zu, sein Gesichtsausdruck machte ihr Angst.

War Lilly womöglich ernsthaft krank?

Doch dann geschah etwas, womit sie nicht gerechnet hatte: Robert umfasste ihre Hüften und gab ihr einen langen, leidenschaftlichen Kuss. »Weil wir das heute Morgen vergessen haben«, sagte er leise und küsste zuerst ihren Hals und dann das Dekolleté, das der Ausschnitt ihrer Seidenbluse freiließ. »Wir sollten uns unbedingt mal wieder eine kleine Auszeit gönnen, ohne die Kinder. Was hältst du von diesem Vorschlag?«

»Klingt super«, murmelte Stella, während ihr ein heißer Schauer nach dem anderen den Rücken hinunterlief.

Seit Lillys Geburt war ihr Liebesleben so gut wie eingeschlafen. Beide waren viel zu erschöpft und abgekämpft, beruflich auf Reisen oder damit beschäftigt, die Kinder zu pflegen, wenn eines von ihnen krank war.

»Dann lass uns das festmachen, sobald du aus Hamburg zurück bist. Und was Lilly angeht, würde ich sagen, dass sie einfach keine Lust auf den Kindergarten hatte und lieber bei dir sein möchte. Sie ist nicht krank.«

»Dann bin ich ja beruhigt«, erwiderte Stella und zupfte ihre Bluse wieder zurecht. Doch in Wahrheit war sie alles andere als beruhigt.

Wie immer nagte das schlechte Gewissen an ihr, weil sie seit einem Jahr wieder Aufträge als Innenarchitektin annahm und dafür manchmal ihre Töchter in der Obhut der Kinderfrau lassen musste. Sie war eine klassische Working Mum und hatte mit den klassischen Problemen zu kämpfen, die aus dieser Situation resultierten, sosehr ihr dies auch missfiel.

»Grüß die Mädels, und lasst es euch gut gehen«, sagte Robert, der schon wieder hinter seinem Besprechungstisch saß.

Dann drückte er die Sprechtaste und bat Ina, den nächsten kleinen Patienten hereinzurufen.

Stella warf ihm eine Kusshand zu, schnappte sich Lilly und startete den zweiten Versuch, sie in den Kindergarten zu bringen. Diesmal zum Glück mit Erfolg. Lilly war wieder voll obenauf, offenbar hatte ihr das kurze Zusammensein mit ihrem Papa gutgetan.

Nachdem Stella sich von beiden Töchtern verabschiedet hatte, ging sie zurück nach Hause, um dort fürs Wochenende zu packen. Doch bevor sie sich mit Leonie und Nina treffen konnte, musste sie noch einige Dinge für ihre Kunden abholen: ein Bild aus einer Husumer Galerie und ein paar antike Bücher aus dem Trödelladen.

Ist das herrlich, dachte sie, nachdem alles erledigt war, sie Husum verlassen hatte und über Land fuhr.

Das Wetter präsentierte sich nicht mehr so schön wie an den Tagen zuvor, doch das störte sie nicht, denn die Natur und die Landwirtschaft dürsteten nach Regen, es war viel zu trocken, die Ernte von Winterweizen, Raps und Mais war in Gefahr.

Die vergangenen Sommer waren ungewöhnlich heiß gewesen, ein untrügliches Zeichen für den Klimawandel, der ihr zunehmend Sorgen bereitete.

In welcher Welt würden Emma und Lilly aufwachsen?

Düstere Gedanken von Klimaflüchtlingen, Wasserknappheit und dem fortwährenden Anstieg des Meeresspiegels machten ihr zuweilen so viel Angst, dass sie kaum noch Nachrichten schauen oder hören konnte.

Wie gut, dass es immer mehr Menschen und zum Glück auch Politiker gab, die die Zeichen der Zeit endlich erkannten und entschlossen handelten. Bis tatsächlich sichtbare Ergebnisse greifbar waren, würde es natürlich dauern.

Doch ein Weg konnte nur gegangen werden, wenn man sich entschloss, den ersten Schritt zu tun.

Stella schob im Laufe der Fahrt die sorgenvollen Gedanken von sich, denn sie wollte sich ungestört auf das vor ihr liegende Wochenende freuen können. Sie war schon gespannt zu hören, wie es Nina und Leonie ging, denn in den vergangenen Tagen hatten Sprach- und kurze Textnachrichten in der WhatsApp-Gruppe *Villa-Mädels* die Telefonate ersetzt.

Alle drei waren beschäftigt mit Alltagskram und sich darüber einig, dass sie lieber persönlich über all das sprechen wollten, was zurzeit in ihrem Leben passierte und was sie bewegte …

# 4

## *Nina*

*T*adaaaaaa, hier kommt Nachschub für die Obstschale«, sagte Leonie, als Nina die Tür öffnete, und schwenkte einen vollbepackten Korb.

»Vergiss die Pflaumen, Quitten oder was eure Obstbäume sonst noch so alles hergegeben haben, und lass dich lieber drücken«, erwiderte Nina, nahm Leonie den Korb aus der Hand und fiel ihr um den Hals. »Gut siehst du aus, frisch und erholt. Hattest du Urlaub, von dem ich nichts wusste, oder gigantischen Sex mit Markus?«

Leonie errötete leicht, damit war die Antwort klar.

Nina verspürte ein unschönes Ziehen im Magen, es war nicht immer leicht für sie zu hören, wie verliebt Leonie und Markus auch nach über zwei Jahren Beziehung noch waren. Daher sagte sie tapfer: »Also Letzteres, das freut mich. Ist noch irgendwas im Kofferraum? Kann ich dir tragen helfen?«, und versuchte, den aufkommenden Neid im Keim zu ersticken. Schließlich gönnte sie ihrer Freundin das Glück von ganzem Herzen, Leonie hatte lange genug darauf warten müssen.

Beide gingen zu Leonies Golf, in dessen Kofferraum die berühmte Kühltasche stand, aus der sie regelmäßig kulinarische Köstlichkeiten zauberte, daneben der kleine Koffer mit ihren Klamotten. In dem Moment, als Nina eine Holzkiste, randvoll gefüllt mit duftenden Sommeräpfeln, aus dem Auto wuchtete, fuhr Stella auf den Parkplatz, der zur Villa gehörte.

Sie sieht erschöpft aus, dachte Nina, nachdem Stella ausgestiegen war und ihre beiden Freundinnen umarmte.

»Kaum zu glauben, dass wir es tatsächlich geschafft haben«, rief diese fröhlich, klang jedoch ein wenig abgehetzt. »Bevor ich euch richtig Hallo sage, muss ich aber erst nach oben und mich umziehen. Die hohen Schuhe und der enge Hosenbund bringen mich sonst um.« Und schon stürmte Stella in Richtung ihrer Wohnung im ersten Stock.

»Wie immer auf dem Sprung, unsere liebste Lady«, sagte Nina kopfschüttelnd und half Leonie mit dem Gepäck. »Dann lass uns mal reingehen. Oder willst du auch erst mal nach nebenan?« *Nebenan* war die Wohnung von Alexander, die er Leonie zur Verfügung stellte, wenn sie zu Besuch war und er selbst unterwegs.

»Immer noch irgendwie komisch, dass ich nicht mehr hier wohne«, murmelte Leonie und blieb am Eingang stehen. »Wo treibt Alexander sich denn diesmal herum?«

»In der Toskana. Seit gestern früh habe ich übrigens kein Sterbenswörtchen mehr von ihm gehört. Er hat weder angerufen noch geschrieben, obwohl er immer wieder online war.«

»Ist er so im Stress, oder habt ihr euch mal wieder gestritten?«, fragte Leonie verwundert. »Ihr seid doch sonst in engem Kontakt, wenn er unterwegs ist.«

»Ich habe ehrlich gesagt keine Ahnung, was diesmal los ist.«

Leonie musterte Nina eindringlich. »Weißt du, was? Ich gehe später nach nebenan, das Auspacken muss warten. Kochst du uns einen Kaffee? Und dann quatschen wir, bis Stella kommt, was, wie wir wissen, eine ganze Weile dauern kann.«

Genau dafür liebe ich Leonie, dachte Nina gerührt. Sie kennt Stella und mich, ist unglaublich warmherzig und einfühlsam.

Sie weiß um unsere Macken, nimmt Rücksicht darauf und mag uns trotzdem oder gerade deshalb. In der Küche angekommen, stellte Nina die Kaffeemaschine an, während Leonie das cremefarbene Geschirr aus dem Hängeschrank nahm, das Nina sich neulich gegönnt hatte.

In ihrem Inneren brodelte es. Sollte oder sollte sie nicht …?

Aber wem sollte sie sich anvertrauen, wenn nicht ihrer besten Freundin? »Glaubst du, dass Alexander sich in eine andere verliebt hat?« Diese Frage auszusprechen kostete Nina unendlich viel Kraft. Sie hatte sich bis zu diesem Augenblick geweigert, einen solchen Gedanken auch nur im Ansatz zuzulassen, doch im Beisein von Leonie war sie stark genug, um ihren unausgesprochenen Ängsten mutiger ins Gesicht zu schauen.

»Wie kommst du denn auf so eine absurde Idee?« Leonie riss ihre blauen Augen auf, und mit einem Mal fand Nina diesen Gedanken ebenfalls albern. Aber dennoch …

»Wir hören normalerweise mindestens zweimal am Tag voneinander, wenn er unterwegs ist, und diesmal recherchiert er weder für ein Kochbuch noch sonst etwas. Er ist schon zum vierten Mal in der Toskana und macht ein großes Geheimnis aus den Gründen für seine Reisen.«

»Vielleicht will er dort ein Häuschen für euch kaufen und dich damit überraschen«, ertönte Stellas Stimme.

Leonie und Nina drehten sich um.

»Nanu, das ging ja schnell«, sagte Nina erstaunt.

Stella trug jetzt eine lässige Jogpant, ein weites T-Shirt und Flipflops, hatte ihre blonden Haare zum Zopf gebunden und das Make-up entfernt. »Ich wollte so schnell wie möglich bei euch sein«, erwiderte Stella, und nahm Milch für den Kaffee aus dem Kühlschrank. »Wie sieht's aus? Mögt ihr jetzt schon einen kleinen Begrüßungsdrink oder erst nachher zum Essen?«

»Ich hätte eine Idee, was ganz hervorragend zum Kaffee passt, nämlich der Walnusslikör von Papa Rohlfs. Ich schaue mal eben nach, wie viel davon nach unserem feuchten Trip in St. Peter-

Ording noch übrig geblieben ist«, sagte Nina und ging nach nebenan ins Wohnzimmer.

Kurz darauf saßen die drei im Garten. Der Wind raschelte durch die hohen Gräser mit den silbrigen Rispen, die Nina gepflanzt hatte, und streichelte sanft ihre Haut. Kleine Käfer krabbelten an den Halmen entlang, eine Hummel nahm Kurs auf den lilafarbenen Sommerflieder und machte es sich dort gemütlich.

»Ich vergesse immer wieder, wie wunderschön friedlich es hier ist«, schwärmte Stella seufzend und streckte die Beine von sich. Die Flipflops hatte sie mittlerweile ausgezogen, ein Zeichen dafür, dass sie sich rundum wohlfühlte. Kein Wunder, denn dieser Ort war an Schönheit kaum zu überbieten.

Der Terrassenbereich wurde umsäumt mit Terrakottatöpfen voller Hortensien, Phlox, Cosmea und Rosen. Schmetterlinge und Bienen umkreisten summend die farbenfrohen Blüten, ab und zu flog sogar eine Libelle über die Seerosen auf dem Gartenteich. »Unsere kleine Oase inmitten des Großstadttrubels, ist das nicht schön? Aber los, erzähl: Was ist mit dir und Alexander? Ich dachte, ihr hättet euch nach unserem SPO-Trip wieder angenähert.«

Die Freundinnen waren wenige Wochen zuvor bei einem Mädelswochenende an der Nordsee von einer Springflut überrascht worden und hatten sich auf einen der Pfahlbauten geflüchtet, während um sie herum ein heftiger Sturm tobte.

In der Zeit, in der sie auf die DLRG gewartet hatten, waren viele Themen zur Sprache gekommen, die jede Einzelne von ihnen belastete: die unglückliche Beziehung zwischen Nina und Alexander, Leonies Sorge um das Apfelparadies, Stellas fortwährende Überlastung und zeitweilige Einsamkeit in Husum. Sie hatten versprochen, wie immer füreinander da zu sein, sich Lösungsvorschläge einfallen zu lassen oder was sonst nötig war, um zu helfen. Doch schon bald war ihnen allen der Alltag in die Quere gekommen, Herausforderungen, die man nicht vorhersehen konnte, eben das Leben mit all seinen Aufs und Abs.

Nina wiederholte, was sie bereits Leonie erzählt hatte, und stellte erneut die Frage, die sie seit einiger Zeit in schlaflosen Nächten quälte – die nach einer *anderen*.

»Benimmt sich Alexander denn in irgendeiner Weise verdächtig? Schreibt er häufiger als sonst irgendwelche Nachrichten? Bricht er Telefonate ab, wenn du unerwartet ins Zimmer kommst?«, fragte Stella und schaute Nina mit ernster Miene an.

»Du klingst, als hättest du Erfahrung in diesen Dingen, Robert ist aber der treueste Mensch, den man sich vorstellen kann«, entgegnete Nina verwundert.

»Du vergisst, dass ich längere Zeit die Geliebte eines verheirateten Mannes war und Julian damals oft dabei beobachtet habe, wie er versuchte, vor seiner Frau zu vertuschen, dass er eine Affäre hatte.«

In Nina krampfte sich alles zusammen.

Das stimmte. Die Affäre mit Julian und dessen nie eingelöstes Versprechen, sich von seiner Frau zu trennen, hatten Stella damals einen schweren psychischen Zusammenbruch beschert, deshalb hatte Nina diese Zeit verdrängt. Sie selbst hatte ebenfalls schlechte Erfahrungen mit Untreue gemacht und sich – wenn sie ehrlich mit sich war – nie wirklich davon erholt und war deshalb extrem misstrauisch. Ihr damaliger Freund Gerald war fremdgegangen, genau wie ihr Vater, der Ninas Mutter damit das Herz gebrochen hatte.

»Was würdet ihr denn denken, wenn ihr sehen würdet, dass euer meilenweit entfernter Freund morgens um drei oder vier online ist?«, fragte sie.

»Dass er nicht schlafen kann und Netflix schaut? Oder irgendetwas recherchiert? Hat Alexander nicht die Online-Ausgabe der FAZ abonniert?«

Ein Hauch von Erleichterung durchströmte Nina.

An eine derart simple Erklärung hatte sie gar nicht gedacht.

Stattdessen war mal wieder die Fantasie mit ihr durchgegangen.

Sollte sie vielleicht wieder ein paar Stunden bei ihrer Therapeutin nehmen, um derartige Hirngespinste unter Kontrolle zu bringen, bevor diese überhandnahmen? Immerhin hatte diese sie damals gecoacht und zu einem klärenden Gespräch mit ihrem Vater animiert, zu dem sie seitdem ein weitaus besseres und entspannteres Verhältnis hatte als früher.

»Du denkst doch nicht allen Ernstes, Alexander chattet nachts mit einer heimlichen Geliebten?«, fragte Leonie. »Das ergibt doch überhaupt keinen Sinn. Selbst wenn er fremdgehen sollte, was ich mir überhaupt nicht vorstellen kann, dann wäre er doch mit ihr zusammen und nicht ständig online.«

»Da gebe ich Leonie recht«, stimmte Stella zu. »Außerdem liebt Alexander dich und hat von der ersten Sekunde an wie ein Löwe um dich gekämpft. Ich bin mir sicher, dass er irgendetwas Berufliches plant, mit dem er dich vorerst nicht verunsichern und später überraschen will. Also mach dir keine Sorgen, und sprich das Thema in einer ruhigen Minute an, wenn er wieder da ist. Liebe ist eben manchmal Arbeit, gerade in längeren Beziehungen. Robert hat heute Morgen genau aus diesem Grund vorgeschlagen, dass wir uns eine kleine Auszeit von den Kindern nehmen, damit wir mal für uns sein können. Allerdings weiß ich gar nicht, wann ich das einschieben soll, ich habe zurzeit so viele Aufträge, dass ich kaum noch ein und aus weiß.«

»Und dann auch noch an so schrecklichen Orten wie Sylt oder Föhr«, konterte Nina mit leicht ironischem Unterton.

Wenn es ihr nicht so gut ging, lief sie manchmal Gefahr, Stella zu beneiden oder mit ihr in Konkurrenz zu gehen, sosehr sie auch versuchte, sich dagegen zu wehren. Sie liebte Stella, aber hin und wieder kam ihr diese vor wie ein verwöhntes Gör, das beim Auftauchen eines Hauchs von Problemen gleich in Panik geriet. Doch das Leben war nun mal kein Ponyhof, daran sollte Stella sich mittlerweile gewöhnt haben.

»So schön diese Inseln auch sind, aber allein schon die Fahrten sind natürlich ein echter Zeitfresser«, pflichtete Leonie Stella bei. »Sei froh, dass du Karin hast und die Mädels bei ihr gut aufgehoben sind. An den Wochenenden und in den Ferien kannst du Emma und Lilly gern zu mir bringen. Und Moritz natürlich auch«, schob sie noch hinterher.

»Ich kann mich auch um die drei kümmern«, bot Nina an, die sich gerade wieder daran erinnerte, wie wichtig es für Stellas Selbstwertgefühl war, zu arbeiten, anstatt ausschließlich Hausfrau und Mutter zu sein. »Entweder ich komme zu euch, oder du bringst sie hierher in die Villa. Ich muss es nur rechtzeitig wissen, damit ich mir freinehmen kann.«

»Das ist echt lieb von euch«, sagte Stella gerührt. »Kann sogar sein, dass ich auf euer Angebot zurückkommen werde. Karins Tochter geht es zurzeit gesundheitlich nicht so gut, weshalb Karin häufiger in Kiel ist. Ich habe schon überlegt, ein Au-pair aufzunehmen, damit die Kinder versorgt sind, wenn Karin nicht kann oder Robert auf einem Kongress ist.«

In diesem Moment klingelte Ninas Handy.

Ihr Herz schlug schneller, als sie sah, dass der Anruf von Alexander war. »Entschuldigt bitte, ich muss da mal eben rangehen«, sagte sie und ging mit dem Handy in der Hand in Richtung der kleinen Holzbrücke, die über den Gartenteich führte.

»Bist du morgen Abend daheim?«, fragte Alexander und klang so distanziert, wie Nina ihn noch nie erlebt hatte.

Sie bejahte ebenso distanziert, während sich alles in ihr verkrampfte.

»Das ist gut, denn wir müssen reden.«

In Ninas Kopf drehte sich alles, ihre Knie wurden weich, und sie hatte das Gefühl, in tausend Teile zu zerspringen, wenn sie nicht auf der Stelle erfuhr, worum es ging. Sie kannte Alexander gut genug, um zu wissen, dass dieser Tonfall nichts Gutes verhieß.

»Hast du eine Frau kennengelernt?«, fragte sie und klammerte sich am Geländer der Holzbrücke fest, um nicht den Halt zu verlieren. Die Zeit des Wartens auf Alexanders Antwort trieb sie beinahe in den Wahnsinn.

»Das … nun ja, das … stimmt«, erwiderte er mit gepresster Stimme. »Aber ich möchte darüber nicht mit dir am Telefon …«

»Aber ich«, schrie Nina, ihre Stimme überschlug sich beinahe, während heiße Tränen der Wut ihr in die Augen schossen. »Willst du mit ihr zusammenleben? In dieser verfi… verfluchten Toskana?«

»Woher weißt du das?«, stammelte Alexander, sichtlich in die Enge getrieben.

»Weil ich eins und eins zusammenzählen kann«, brüllte sie. »Du bist schon das vierte Mal in diesem Jahr dort, hast keinen plausiblen Grund für die vielen Reisen, meldest dich seit Tagen nicht mehr …«

»Es tut mir leid«, flüsterte Alexander kaum hörbar. »Aber ich habe mich verliebt und würde gern ein neues Leben beginnen. Ein Leben ohne Streit, in inniger Vertrautheit an der Seite einer Frau, die sich gern an mich bindet, die sich darauf freut, mit mir zusammenzuleben. Du weißt, wie schwierig das mit uns von Anfang an war.«

»Dann mach das, und werd glücklich mit dieser italienischen Schlampe«, brüllte Nina, nun vollkommen außer Kontrolle. »Und wag es ja nicht, auch nur einen einzigen Fuß über die Schwelle der Villa zu setzen, denn du bist hier nicht mehr willkommen. Stella wird dich mit Vergnügen rausschmeißen, und zwar fristlos. Und ruf mich auch nicht wieder an, und schreib mir keine Nachrichten, außer um mir deine neue Adresse mitzuteilen. Ich schicke dir deinen Krempel, und dann verschwindest du aus meinem Leben, und zwar für immer!« Dann drückte sie den Ausknopf und war kurz davor, das Handy in den Teich zu feuern.

Wie konnte Alexander ihr das nur antun?

Er hatte sie doch mal so geliebt?!

Noch ehe Nina ihre tröstende Berührung spürte oder die beiden sah, wusste sie, dass Leonie und Stella bei ihr waren.

Sie waren da, um sie in diesem grauenvollen Augenblick zu halten, zu beschwichtigen – und dafür zu sorgen, dass sie vor Schmerz nicht vollkommen durchdrehte.

Obwohl sie sich in diesem Moment nicht vorstellen konnte, dass dieser Schmerz jemals enden würde …

# 5

## *Leonie*

Am darauffolgenden Morgen rieb Leonie sich die Augen und setzte sich vorsichtig im Bett auf, um Nina nicht zu wecken.

Die Nacht war kurz gewesen, und Leonie brauchte jetzt dringend frische Luft. Sie fröstelte, als sie barfuß die Tür hinter sich schloss und Socken und eine lange Strickjacke aus dem Koffer nahm, der immer noch in Ninas Wohnzimmer stand.

Nachdem sie sich das Gesicht gewaschen und Kaffee gekocht hatte, öffnete sie die Tür zum Garten und sah, dass Stella draußen am Tisch saß.

»Hallo«, flüsterte sie und umarmte ihre Freundin, die ausdruckslos in den Sommerhimmel starrte. »Alles gut?«

»Sag du's mir«, erwiderte Stella, einen Becher grünen Tee in der Hand. »Hat Nina überhaupt eine Sekunde lang geschlafen?«

Leonie setzte sich neben Stella an den runden, himmelblauen Eisentisch mit den gedrechselten Füßen, den sie so sehr liebte, und ließ ihren Blick schweifen. Eine Biene flog summend an ihrer Nase vorbei, nahm zuerst Kurs auf die hohen Staudengewächse und dann auf das hölzerne Insektenhotel mit den Nistplätzen aus Tanne, Bambus und Rinde, das Nina neulich aufgestellt hatte.

»Keine Ahnung. Ich war irgendwann selbst so erschöpft, dass ich weggedämmert bin. Doch gerade eben hat sie ziemlich geschnorchelt.«

»Ist das denn alles zu fassen?«, murmelte Stella. »Irgendwie stehe ich immer noch unter Schock. Nie im Leben hätte ich gedacht, dass Alexander Nina verlassen würde, eher umgekehrt. Weißt du noch, wie aufgedreht sie war, als der Kellner in St. Peter-Ording ihr seine Nummer zugesteckt und sie um ein Date gebeten hat?«

Leonie nickte. »Wer weiß, wie die Geschichte ausgegangen wäre, hätte nicht diese Springflut all unsere Pläne gecrasht. Trotzdem tut sie mir furchtbar leid, und ich habe absolut keine Ahnung, wie wir ihr helfen können. Noch dazu, wo wir beide morgen Abend wieder heimfahren.« Die Vorstellung, Nina ganz allein in der großen, leeren Villa zurückzulassen, behagte ihr gar nicht.

»In diesem Zustand kann sie am Montag auf gar keinen Fall arbeiten«, stimmte Stella ihr zu. »Am besten, sie meldet sich für eine Weile krank und eine von uns nimmt sie mit.«

Leonie dachte an die Stornierungen von Freitag. Eines der Zimmer konnte sie Nina auf alle Fälle geben, es sei denn, es kamen neue Buchungen herein. Aber auch dann würde sich eine Lösung finden. »Bei mir ist sie wahrscheinlich besser aufgehoben«, sagte Leonie und ließ sich den heißen Kaffee schmecken. Sie musste dringend wach werden und einen klaren Kopf bekommen. Nina brauchte ihre Hilfe, und es gab einiges zu organisieren, wenn sie Alexanders Hab und Gut wirklich so schnell wie möglich aus dem Haus haben wollte.

»Ich habe übrigens schon mit Robert gesprochen, er wird Alexander auf gar keinen Fall kündigen. Er sieht die ganze Sache nicht so schwarz und geht trotz aller Dramatik davon aus, dass die beiden wieder zusammenfinden, wie immer, wenn sie sich gestritten haben.«

»Das ist diesmal aber etwas vollkommen anderes, zumal eine andere Frau mit im Spiel ist«, widersprach Leonie. »Ich kenne Alexander: Wenn der sich zu so einem Schritt entschließt, hat er sich das gut und lange überlegt.«

Alexander Wagenbach war einige Zeit Leonies Chef gewesen, als sie als Restaurantleiterin in dessen französischem Restaurant *La Lune* gearbeitet hatte. Leonie mochte ihn auf Anhieb und hatte sich immer gut mit ihm verstanden. Er war mehr als fair gewesen, als das Szenelokal geschlossen werden musste, weil das Haus abgerissen wurde. Und er hatte stets versucht, ihr beruflich unter die Arme zu greifen.

Sie hatte ihm im Gegenzug immer wieder Tipps in Hinblick darauf gegeben, wie Nina tickte und was er tun konnte, um dauerhaft ihr Herz zu gewinnen.

Und nun sollte das alles vergebens gewesen sein?

»Okay, ich fürchte, du hast recht«, seufzte Stella und streckte ihre langen Beine aus. »Und so leid es mir auch tut, das zu sagen, aber nicht jeder Mann steht darauf, wenn seine Partnerin derart kapriziös ist, ständig Streit anfängt und sich nicht auf ein gemeinsames Leben einlässt. Alexander war verheiratet, bis Isabelle ihn verlassen hat, und beide haben eine gemeinsame Tochter. Der Mann ist ein Familienmensch, das wissen wir alle. Und nun hat er offenbar die Frau gefunden, die ihm all das bieten kann, und sosehr ich mir auch wünsche, das wäre nicht passiert, gönne ich ihm sein Glück. Alexander ist fast fünfzig und möchte sicher nicht den Rest seines Lebens darauf warten, dass Nina endlich eine tiefe, wahrhafte Beziehung mit ihm eingeht. Falls sie das überhaupt jemals getan hätte.«

In Leonies Bauch rumorte es. Stella hatte in allem recht. Doch Leonie war ein Fan von Happy Ends und glaubte tief in ihrem romantischen Inneren an die große Liebe fürs Leben. Vielleicht gab es ja doch noch eine Chance für die beiden, wenn auch nicht jetzt. Aber irgendwann in ferner Zukunft …

»Was wollen wir denn eigentlich das ganze Wochenende lang machen? Nina möchte sich doch bestimmt am liebsten verkriechen, wie ich sie kenne. Und sollten wir vielleicht Alexander schreiben und ihn fragen, wie er sich das mit den Möbeln vorstellt? Die kann Nina ja schlecht in einen Karton packen und nach Italien schicken.«

»Wir könnten sie bei uns im Keller zwischenlagern, bis Alexander entschieden hat, was damit passieren soll. Andererseits dürften sie Nina aber auch nicht stören, denn sie sieht sie ja gar nicht, solange sie nicht in Alexanders Wohnung geht.«

»Weshalb wir ihr am besten auch den Schlüssel abnehmen, damit sie gar nicht erst in Versuchung kommt. Noch ist sie wütend und cholerisch, aber irgendwann wird sie trauern und dann garantiert seine Sachen durchsuchen.«

»Warum sollte ich das tun?«, fragte Nina, die wie aus dem Nichts aufgetaucht war. »Der Mann ist für mich gestorben, aber so was von. Wie kommt der bitte dazu, mich einfach so vor vollendete Tatsachen zu stellen, anstatt vorher mit mir darüber zu reden? So habe ich ja gar keine Chance. Mal ganz davon abgesehen, dass ich ihm garantiert nicht hinterherlaufe. Das habe ich nun echt nicht nötig.« Ninas Gesicht war grau, die Ringe unter ihren Augen tellergroß. »Guten Morgen übrigens.«

Leonie und Stella sagten ebenfalls: »Guten Morgen«, die ganze Situation hatte etwas Irreales, Absurdes.

»Lust auf Frühstück?«, fragte Leonie, die ein leises Hungergefühl verspürte. Gestern Abend hatte es anstelle des geplanten aufwendigen Wiedersehensessens nur Pizza vom Lieferservice gegeben, die Nina kaum angerührt hatte. »Ich hole uns frische Brötchen und Schokocroissants. Oder mögt ihr lieber Natas von Fernando und Maria?«

»Das Café gibt's nicht mehr, die beiden sind zurück nach Portugal gegangen«, sagte Nina düster. »Man kriegt im Umkreis von ein paar Kilometern noch nicht mal mehr anständigen Galão. Irgendwie bricht alles zusammen.«

»Och nee«, sagte Leonie bedauernd. Wie oft waren die drei dorthin gegangen, hatten Kaffee getrunken, eine überbackene

Tostada gegessen, Zeitung gelesen und mit den Besitzern oder anderen Bewohnern des Viertels geplaudert. »Und was kommt da jetzt rein?«

»Bestimmt ein Burger-Laden, davon gibt's ja viel zu wenige«, knurrte Nina zynisch. »Dass den Leuten aber auch nichts anderes einfällt. Burger, Pizza, Sushi, Döner. Haben die noch nie etwas von anständigem Essen gehört? Tja, so ist das eben heutzutage: Fast Food, Fast Love. Alles muss schnell und unkompliziert verfügbar sein.«

»Schokocroissants also«, erwiderte Leonie, die nicht wusste, wie sie auf Ninas Schimpftirade reagieren sollte. Einerseits war sie froh über ihren Zorn, denn es tat Nina bestimmt gut, sich Luft zu machen, andererseits verstärkte diese neuerliche schlechte Erfahrung die grundsätzlich negative Haltung, die sie zuweilen ihrer Umgebung gegenüber an den Tag legte. Vertrauen war nicht so ihr Ding und war es nie gewesen.

Sie war viel zu intelligent und viel zu kritisch, um das Leben leichtzunehmen, und stand sich dadurch leider häufig selbst im Weg.

Leonie zog los, froh, einen Moment der bedrückenden Situation zu entfliehen, die so unerwartet über sie alle hereingebrochen war und das gemeinsame Wochenende binnen Sekunden ruiniert hatte. In diesem Moment sehnte sie sich nach Markus und der Geborgenheit, die sie in seiner Nähe empfand.

Wieso war Nina diese Art von Glück nicht vergönnt?, fragte sie sich, als sie beim Bäcker in der Schlange stand und darauf wartete, bis sie drankam. Eine große Tüte Backwaren in der Hand, verließ sie wenig später den Laden und beschloss spontan, noch eine kleine Runde zu drehen, bevor sie wieder zurück in die Villa ging.

Sie hatte Eimsbüttel vermisst und wollte zumindest kurz an all den Lädchen vorbeigehen, die sie so sehr liebte: den Kiosk mit dem netten

Verkäufer, der früher immer eine Ausgabe des Magazins *LandGang* für sie beiseitegelegt hatte. Den süßen Secondhandshop mit der reizenden Inhaberin, die so gern segelte. Die Kosmetikerin, die stets einen Rat für alle Lebenslagen bereithielt, den Gemüsehändler mit den frischen Artischocken im Sortiment, die die Freundinnen so gerne aßen – und nicht zuletzt das Antik-Lädchen und die Hutmacherei.

So was gibt's im Alten Land nicht, dachte Leonie und schlug dann den Weg Richtung Pappelstieg ein.

Wie soll das denn jetzt bloß mit Nina weitergehen?, fragte sie sich, und eine Welle der Verzweiflung erfasste sie.

Nina war gestern Abend derart außer sich gewesen, dass Stella und Leonie ihr am liebsten ein Beruhigungsmittel verabreicht hätten. Beide hatten hilflos mit ansehen müssen, wie der Schmerz ihrer Freundin beinahe das Herz zerriss.

Alexanders Verrat hatte ihr eine tiefe Wunde zugefügt, von der sie sich nicht wieder so schnell erholen würde.

Und genau deshalb musste sie Nina gegenüber Stärke zeigen und Optimismus ausstrahlen, egal wie schwer ihr das auch fiel.

»Da bin ich wieder«, rief sie betont fröhlich, als sie zurück in der Villa war. Stella werkelte gerade in der Küche herum, kochte Eier, schnippelte Gurken und Tomaten und drapierte Käse und Aufschnitt auf einen Teller. »Was macht Nina?«

»Unkraut zupfen und Blumen die abgestorbenen Köpfe abreißen«, entgegnete Stella düster. »Das kann echt noch heiter werden. Wir müssen uns etwas einfallen lassen, um sie abzulenken, doch ich habe gerade keine Ahnung, womit.«

Leonie dachte nach, während sie die Brötchen in den Korb legte und die Schokocroissants auf einen Teller.

»Wie wär's mit einem Trip an die Elbe? Das Wetter ist so super, das müssten wir eigentlich nutzen. Wir könnten eine Hafenrundfahrt machen, das habe ich schon ewig nicht mehr getan. Oder einen Ausflug.«

»Nach St. Peter, Husum oder ins Alte Land«, knurrte Stella, und beide mussten lachen. »So viel zum Thema ›Endlich mal wieder Urban Life in Eimsbüttel‹. Ich hatte eigentlich darauf spekuliert, dass wir heute Abend diese neue Bar an der Ecke ausprobieren oder zum Lese-Abend in die *Oyster* gehen, damit ich mich mal wieder wie ein Mensch fühle und nicht nur wie eine Mutter.«

»Und ich mich nicht wie ein Landei«, stimmte ihr Leonie zu. »Wer weiß? Vielleicht tritt Nina ja auch die Flucht nach vorn an, so genau weiß man das nie bei ihr. Vorschlagen können wir es ihr zumindest.«

Als die drei auf der Terrasse saßen und frühstückten, hatten Ninas Wangen schon deutlich mehr Farbe. Das Handy lag vor ihr auf dem Tisch, und Leonie sah, dass sie immer wieder darauf schielte, als wolle sie es beschwören.

»Wartest du auf eine Nachricht?«, fragte sie schließlich. »Du guckst so auffällig auf dein Telefon.«

Nina biss in ihr Croissant, dabei tropfte Schokosoße auf ihre Lippen. »Ich habe Björn geschrieben, wie köstlich sein Heublumenkäse schmeckt, und ihn gefragt, wann ich mir mal seinen Garten anschauen kann.«

»Wer ist denn Björn?«, fragte Stella verdutzt. Auch Leonie war irritiert. Und so erfuhren beide von dem attraktiven Marktverkäufer, der Nina seine Handynummer gegeben hatte.

»Dann frag ihn doch, ob er Lust hat, heute Abend auszugehen und vielleicht ein paar Freunde mitzubringen«, schlug Stella vor, wohingegen Leonie diese Idee gar nicht behagte.

Nina war geladen, durchgedreht und in ihren Augen unzurechnungsfähig. Wenn sie sich aus dieser Gefühlslage heraus in ein neues Abenteuer stürzte, war der Ausgang vorprogrammiert. Doch zu spät: Nina hatte bereits Feuer gefangen und tippte eine weitere Nachricht. »Lust, meine Freundinnen kennenzulernen?«, schrieb sie, und innerhalb von zehn Minuten hatten die drei ein Date für den vor ihnen liegenden Samstagabend.

# 6

## Stella

*M*hmmm, war das lecker!
Stella konnte sich nicht erinnern, wann sie zuletzt Bier getrunken hatte, noch dazu aus der Flasche.

Doch dieses Getränk war die Essenz des Konzeptabends *Lesen für Bier,* der einmal monatlich in der *Oyster Bar* stattfand.

»Der sieht ja echt süß aus«, flüsterte Leonie ihr ins Ohr.

Mit *der* meinte sie Björn vom Isemarkt.

»Stimmt«, erwiderte Stella und kam sich mit einem Mal uralt vor. Sosehr sie es auch genoss, endlich mal wieder in eine hippe Bar zu gehen, so seltsam fehl am Platz fühlte sie sich zugleich. Doch vielleicht rührte ihr Unwohlsein auch von den Kopfschmerzen, die sich im Laufe des Wochenendes verstärkt hatten. »Ich finde allerdings den Moderator weitaus cooler, Björn ist mir ein bisschen zu bubihaft. Dieser Sven ist so ein richtiges Sankt-Pauli-Urgestein aus der Slam-Szene. Und irre komisch. Ich liebe diesen trockenen, nordischen Humor.«

Leonie reckte den Daumen hoch und nahm einen großen Schluck aus der Astra-Knolle, wie die Hamburger das Szene-Bier mit dem Herz-Anker auf dem Etikett nannten.

Während Sven Texte vorlas, die das Publikum zuvor in einen Wäschekorb am Eingang geworfen hatte, wanderten Stellas Gedanken nach Husum zu ihren Töchtern. Emma und Lilly machten heute einen *Papa-Abend,* was bedeutete, dass er Nudeln mit Tomatensoße für sie kochte, mit ihnen kuschelte, vorlas und einen kurzen Zeichentrickfilm mit ihnen schaute. Irgendwann würden alle drei erschöpft auf dem Familiensofa einschlafen, eng aneinandergeschmiegt, mit hochroten Wangen. Moritz ging heute Abend auf eine Party, was sie ihm nur unter der Bedingung erlaubt hatten, dass er um 23 Uhr wieder daheim war.

»Kommen wir zum letzten Text des Abends«, rief Sven ins Mikro, mittlerweile ein wenig angeschickert von dem vielen Bier, das er sich mit seiner Vorlesekunst verdient hatte.

Prämiert wurden sowohl die eingereichten Texte als auch die Vortragsweise, im Fall von Medikamentenbeipackzetteln oder Ausschnitten aus Prousts *Auf der Suche nach der verlorenen Zeit* eine echte Herausforderung. »Mal sehen, was haben wir denn da? Jo! Kurz und knackig, wie ich es liebe.«

Stellas Blick wanderte zu Nina, die neben Björn und seinen drei Kumpels stand und sich für den heutigen Abend richtig aufgebrezelt hatte: eng anliegende Jeans, hochhackige schwarze Stiefeletten, ein silbernes Top mit einem Ausschnitt, der keine Fragen offenließ, darüber eine schwarze, enge Biker-Jacke. Die zurzeit rot getönten Haare aufgetürmt zu einem Dutt, silberne Kreolen an den Ohren, knallroter Lippenstift. Alles an ihr schrie: Ich lasse mich nicht unterkriegen.

Schaut her, ich bin's, Nina!

Sven begann zu lesen:

*Liebe*
*ist für mich nur ein Wort*
*Inhaltslos*
*Hoffnungslos.*
*Es gibt sie vielleicht irgendwo*
*Doch unerreichbar bleibt dieser Ort*
*für mich.*

*So viele haben ihn gefunden*
*Manchen bleibt der Zugang verwehrt*
*weil sich der Markt der Liebe*
*nicht um alle schert.*
*Exklusiv ist der Zutritt.*
*Nach welchen Kriterien wird gewählt?*
*Hab nie durchschaut*
*worauf man da am besten baut.*
*Gab dem Schicksal oft genug einen Schubs.*
*Doch leider vergebens.*
*Liebe ist und bleibt*
*für mich nur ein trauriges Wort*

Einen Moment lang war es so still in der *Oyster,* wie Stella es noch nie zuvor erlebt hatte.

Dieser Text war einfach, ging aber tief unter die Haut.

Sie wagte es kaum, Nina anzuschauen, denn die Zeilen klangen wie für sie geschrieben. Stella erinnerte sich an den Liebeskummersong, den sie nach ihrer Trennung von Julian so oft rauf und runter gehört hatte, bis es wehtat: Nothing Compares 2 U von Sinéad O'Connor. Das soeben vorgetragene Gedicht war von einer ähnlichen Intensität.

Das Publikum klatschte und tobte, Stella konnte es kaum erwarten zu erfahren, wer den Text verfasst hatte.

»Leute, Leute, beruhigt euch mal wieder«, rief Sven ins Mikro. »Ich muss euch ja noch erzählen, wer diesen geilen Scheiß geschrieben hat.«

Dann drehte er das Blatt um und schaute fragend ins Publikum. »Die Autorin ist eine gewisse Nina K. Nina, zeigst du dich bitte mal deinen Fans?!«

»Der ist von Nina?« Leonie schrie beinahe, auch Stella konnte es kaum glauben. Wann hatte sie diese Zeilen verfasst?

Heute Nachmittag, als alle sich zu einem kleinen Schläfchen zurückgezogen hatten, um fit für den heutigen Abend zu sein?!

Ohne zu zögern, bahnte sich Nina einen Weg durch die Gästeschar und nahm das Bier, das die Assistentin des Moderators ihr auf einem Tablett servierte. Sie ließ ihren Blick kurz über alle Anwesenden schweifen, zeigte die zarte Andeutung eines Lächelns und ging dann zurück zu Björn, der sie so bewundernd anschaute, als sei Nina eine Göttin.

Oder ein Rockstar.

»Alter Falter, das ist ja voll krass, ey«, platzte es aus Leonie heraus, und Stella verschluckte sich beinahe an ihrem Bier wegen Leonies Ausdrucksweise. »Wusstest du, dass in Nina eine Slammerin steckt? Oder vielmehr eine Poetin? Komm, lass uns zu ihr gehen.«

Bislang hatten sie Nina mit Björn und den anderen allein gelassen, weil sie das Gefühl hatten, es täte ihr ganz gut, ein wenig im Mittelpunkt zu stehen. Dass dieser Abend einen solchen Verlauf nehmen würde, war natürlich eine riesengroße Überraschung. Doch Leonie und Stella waren nicht die Einzigen, die Ninas Nähe suchten. Um sie herum scharten sich etliche Mädchen und junge Frauen. Stella hörte Fragen wie:

»Gibt's den Text online im Netz?«

»Hast du ein Buch, das man kaufen kann?«

»Gibt's noch mehr Gedichte in dieser Art?«

»Schade, dass Nina keine Autogrammkarten hat«, flüsterte Leonie ihr ins Ohr. »Ich finde, diese Fan-Community steht ihr richtig gut. Sie sieht super aus und ganz anders als sonst. Viel cooler und erwachsener und gleichzeitig jung und hip.«

»Wenn Nina tatsächlich eine verkappte Autorin sein sollte, die noch mehr auf Lager hat, wäre das natürlich großartig«, stimmte Stella ihr zu. »Sie braucht jetzt unbedingt etwas, das ihr wieder Selbstvertrauen gibt und sie ablenkt. Ich bin echt gespannt zu erfahren, wie das Ganze hier zustande gekommen ist.«

Mittlerweile hatten die beiden DJs an der Bar Platz genommen und legten die erste Vinylplatte aus ihrem Repertoire auf. Der heutige Abend stand unter dem Motto *Trip-Hop*, Musik, die Stella schon ewig nicht mehr gehört hatte. Mit einem Mal fühlte sie sich wie eine Zeitreisende, die Kopfschmerzen waren verflogen, alles schien möglich. Sie betrachtete aus den Augenwinkeln die Plattensammlung der beiden Typen, die nicht viel jünger waren als sie selbst. Sie hatte fast alle diese Alben selbst besessen, bis sie irgendwann Musik ausschließlich über Streaming-Dienste hörte und sich häufig von einer willkürlich zusammengewürfelten Playlist berieseln ließ.

»Komm, lass uns tanzen«, rief Leonie und zog Stella mit sich. Ehe Stella sichs versah, verschmolz sie mit den hypnotischen Beats von Massive Attack, Portishead, Morcheeba und Moloko, die in den Neunzigern angesagt gewesen waren und die Stella erst später für sich entdeckt hatte. »Ich habe keine Ahnung, was das für Musik ist, aber ich fühle mich gerade wie in Trance«, rief Leonie, die ganz dicht an ihr dranklebte, weil die Tanzfläche sich immer mehr füllte.

Stella schmunzelte. Offenbar hatte Leonie immer schon ganz andere Musik gehört. Sie hatte eine Schwäche für Musicals, die Stella überhaupt nicht teilte.

Wo war Leonie früher überhaupt tanzen gegangen?

Auf Dorffesten?

Auf Feiern nach der Krönung der Altländer Apfelkönigin?

In einer Großraumdiskothek außerhalb der Tore Hamburgs?

Schon verrückt, dass Discos heute Clubs hießen und dass Trip-Hop einer der musikalischen Vorläufer von *Elektro* war, der Tanz- und Feierwütige aus aller Welt zu Festivals wie der Fusion oder Coachella in Kalifornien zog.

Auch Nina schien die kleine Auszeit auf dem Dancefloor zu genießen. Sie bewegte sich mit geschlossenen Augen zum Rhythmus der Musik, dabei leerte sie in Windeseile eine Flasche Bier nach der anderen.

Hoffentlich bereut sie das morgen nicht, dachte Stella, die selbst längst auf Wasser umgestiegen war. Björn tanzte immer dichter an Nina heran, schließlich umarmten und küssten die beiden sich, als hätten sie ihr Leben lang auf diesen Moment gewartet.

Björns Kumpels hatten sich längst abgesondert, standen vor der Tür der *Oyster* und qualmten eine nach der anderen, ins Gespräch vertieft mit einer Clique von bildhübschen Mädels, offenkundig in Flirtlaune.

Später Samstagabend, der perfekte Zeitpunkt, um sich jemanden zu angeln, dachte Stella und war in diesem Moment unendlich froh, nicht selbst auf der Pirsch sein zu müssen. Doch auch Leonie war heute in Hochform und flirtete mit einem sympathisch aussehenden Kerl um die vierzig, der sie zuvor schon auf einen Drink eingeladen hatte. Wann würde sie ihm stecken, dass ihr Herz Markus gehörte?

Stella beschloss, einen Moment zu verschnaufen, an die frische Luft zu gehen und zu versuchen, Robert zu erreichen.

Er fehlte ihr gerade ganz entsetzlich.

Als er nach dem dritten Klingeln nicht ans Telefon ging, schrieb sie ihm eine Nachricht:

Vermisse dich, mein Liebster. Ich vermisse uns und unsere unbeschwerten Tage. Wann haben wir eigentlich zuletzt miteinander getanzt? S.

Dann steckte sie das Handy zurück in ihre Tasche und verspürte mit einem Mal bleierne Müdigkeit.

So schön der Abend auch war, sie musste dringend ins Bett.

Verstohlen gähnend ging sie wieder in die *Oyster,* um Leonie zu fragen, ob sie mitkommen wollte. Doch diese war so ins Tanzen vertieft, dass Stella ihr per Zeichensprache signalisieren musste, dass sie zurück in die Villa gehen würde. Von Nina fehlte weit und breit jede Spur, vermutlich war sie gerade auf der Toilette und machte sich frisch.

Also verließ Stella die Bar und spazierte in Richtung Villa.

Es war eine sternklare Nacht, mild und wunderbar.

Sie atmete tief durch und schaute eine Weile versonnen in den Himmel. Sie liebte die Vorstellung, dass alle Menschen unter dem gleichen Sternenzelt lebten und auf diese Weise miteinander verbunden waren.

Die Freundschaft mit Leonie und Nina ist das Beste, was mir passieren konnte, ohne sie hätte ich mich niemals auf Robert eingelassen und die beiden Mädchen bekommen, dachte sie, erfüllt von tiefer Dankbarkeit.

*Ohne sie fühle ich mich unvollständig.*

Und dann tat sie etwas, das sie schon ewig nicht mehr getan hatte: Sie hüpfte den restlichen Weg bis zur Villa und summte dabei leise vor sich hin.

# 7

## *Nina*

»Guten Morgen, Blumenmädchen, oder sollte ich lieber sagen, Königin der Nacht?«

Nina bemühte sich, die verklebten Augenlider zu öffnen, doch das wollte nicht so recht gelingen. Kaum drang Licht an ihre Pupillen, verspürte sie den Wunsch, weiter in der tröstlichen Traumwelt zu verweilen. Ihre Zunge fühlte sich pelzig an, und sie hatte Durst. Riesigen Durst.

»Kaffee, Tee, Kopfschmerztablette?«

»Kaffee, Aspirin und ein großes Glas Wasser bitte«, erwiderte sie dankbar und öffnete schließlich mit letzter Kraft die Augen. Dann ließ sie den Blick über einen relativ schmalen, länglichen Raum schweifen. Die Wände waren holzvertäfelt, lediglich durch zwei kleine Fenster fiel ein Hauch von Licht.

Wo um Himmels willen war sie gelandet?

Kurz darauf kannte sie die Antwort: in Björns umgebautem Bauwagen in einer Schrebergartenkolonie. »Ich hoffe, es ist okay, dass ich dich hierher mitgenommen habe«, sagte er mit unsicherem Lächeln. Björn fiel eine feuchte, wirre Strähne ins Gesicht, als er ihr einen Becher mit dampfendem Kaffee reichte. Er duftete frisch wie der Morgentau nach Duschgel, guter Laune und Sonne.

Nina setzte sich in seinem schmalen Bett auf und schaute an sich herunter: Anstelle ihres Outfits von gestern Abend trug sie ein Longshirt, auf dem eine coole Surferin zu sehen war. Doch sie konnte sich weder daran erinnern, wann und wie sie hierhergekommen war, noch, wann sie sich umgezogen hatte. Dementsprechend war sie auch um eine Antwort verlegen.

»Ich weiß nicht, ob du dich dessen noch entsinnst, aber du wolltest unter keinen Umständen zurück in deine Wohnung, weil es dort *böse* ist, wie du es so schön formuliert hast«, versuchte Björn, ihre Erinnerung an die vergangene Nacht zu wecken. »Ich habe eine Weile mit deiner Freundin Leonie herumdiskutiert und schließlich gemeinsam mit ihr beschlossen, dass wir beide ein Taxi nehmen und zu mir fahren. Allerdings hat sich Leonie zuvor meine Adresse und Handynummer geben lassen. Ich glaube, sie hätte am liebsten ein Foto von meinem Perso gemacht, so besorgt war sie um dich.«

»Danke, das war sehr lieb von dir«, sagte Nina, immer noch todmüde, und trank den Kaffee in einem Zug leer. In Filmen fragte die Hauptdarstellerin sich in diesem Moment, ob sie und der Hauptdarsteller miteinander geschlafen hatten, doch diese Frage stellte sich gar nicht für sie. Björn war keiner, der eine solche Situation ausnutzen würde, dessen war sie sicher.

»Hast du schon Appetit, oder willst du lieber noch warten, bis das Aspirin wirkt?«, fragte er. »Ich habe vorhin Brötchen geholt, es gibt aber auch Müsli mit frischem Obst vom Markt und natürlich …«

»… lass mich raten: Käse«, vervollständigte Nina seine Aufzählung. »Ehrlich gesagt hätte ich durchaus Lust auf einen kleinen, herzhaften Happen.«

»Hättest du?«, fragte Björn mit frechem Lächeln und gab ihr einen Kuss auf die Wange. »Wenn du magst, können wir gern da weitermachen, wo wir gestern auf der Tanzfläche aufgehört haben. Du bist ganz schön heiß, weißt du das eigentlich?«

»Lass uns erst mal frühstücken«, erwiderte Nina vage, obgleich ihr das Kompliment schmeichelte. »Wie lange wohnst du hier eigentlich schon?«

»Seit drei Jahren«, antwortete Björn und öffnete den Kühlschrank der kleinen Küchenzeile. »Ich habe vorher in WGs gelebt, hatte aber irgendwann keinen Bock mehr auf die Streitereien, die in solchen Gemeinschaften meist nicht ausbleiben. Aber ich wollte mich auch nicht settlen und eine eigene Wohnung anmieten. Irgendwann habe ich im Netz das Angebot für diese Parzelle samt Bauwagen gesehen und dachte: That's it.«

»Erinnert ein wenig an deinen Marktwagen«, murmelte Nina und versuchte, ein Gähnen zu unterdrücken. »Und es hat etwas Nomadenhaftes.«

»Genau das gefällt mir ja so gut«, stimmte Björn zu. »Wenn ich Lust habe, kann ich relativ kurzfristig meinen Krempel packen und einfach dorthin fahren, wo es mich hinzieht.«

»Aber trotzdem möchtest du den Garten schön machen«, erinnerte Nina ihn an sein Vorhaben. »Sobald ich in der Lage dazu bin, gehen wir raus und schauen ihn uns an. Aber vorher schreibe ich Leonie und Stella, dass es mir gut geht und ich keinem Killer in die Hände gefallen bin.«

»Bist du dir da wirklich sicher?«, fragte Björn, ein Käsemesser in der Hand, das im Schein der schräg hereinfallenden Sonne gefährlich blitzte.

Nina lachte. »Selbst wenn: Ich habe mit Bravour einen Selbstverteidigungskurs absolviert. So schnell kannst du gar nicht gucken, wie ich dich ins Off befördert habe.«

»Tja, dann halte ich wohl mal besser die Klappe und mache uns Frühstück«, erwiderte Björn grinsend und nahm Geschirr aus dem Hängeschrank. »Ein paar Meter weiter ist übrigens unser Badehaus, da kannst du gern duschen, wenn du magst. Ich habe sogar ein extragroßes, duftig-weiches Handtuch für dich. Und Flipflops, damit du nicht in deinen Stilettos losmusst. Es sei denn, du bist gern barfuß.«

Wie süß, fürsorglich und zauberhaft, dachte Nina, als sie zwei Minuten später unter der Dusche stand und sich mit Björns Waschlotion einseifte.

Alexander war früher genauso gewesen.

Der Gedanke an den Mann, der ihr so wehgetan hatte, dass es kaum auszuhalten war, bohrte sich augenblicklich so tief in ihr Herz, dass ihr Atem einen Moment aussetzte.

Es hatte gutgetan, ihn eine Nacht lang zu vergessen.

Zu tanzen, Bier zu trinken, zu flirten, zu küssen, einfach nur zu *sein* und nicht zu denken. Nicht zu fühlen.

Nicht daran zu denken, wie glücklich er in diesem Augenblick war und wie unfassbar traurig sie selbst.

Die Wut war leichter zu ertragen gewesen.

Nina konnte ausnehmend gut schreien, toben und fauchen wie eine in die Enge getriebene Katze.

Aber sie war grottenschlecht darin, sich Gefühlen wie Trauer, Einsamkeit und Verlust zu stellen. Die waren viel, viel schwerer auszuhalten. Sie gingen tiefer und schürten die Angst in ihr, dass dieser Schmerz sie ein Leben lang begleiten und alles Schöne unwiederbringlich in den Schatten stellen würde.

Gestern Nacht hatte sie sich kurz der Illusion hingegeben, ein Flirt mit Björn könne sie darüber hinwegtrösten, doch das war blanker Unsinn. Sie würde diesen netten Kerl, der sie offensichtlich sehr mochte, auf gar keinen Fall in ihren Schlamassel mit hineinziehen, das hatte er nicht verdient.

Aber auch ihre Liebe zu Alexander hatte es nicht verdient, einfach ausradiert und ersetzt zu werden, als hätte es sie nie gegeben. Und genau deshalb musste sie nach dem Frühstück los.

»Ich weiß eigentlich gar nicht, was ich dir da raten soll«, sagte Nina, nachdem sie sich gemeinsam mit Björn den winzigen Garten angeschaut hatte, der an den Bauwagen grenzte. »Du hast Johannisbeersträucher, Wildblumen, Sonnenblumen, Malven und

Stockrosen. Sieht aus wie in einem romantischen Bauerngarten, einfach wunderschön.«

Björn zog sich den Strohhut tiefer ins Gesicht, die Sonne hatte Fahrt aufgenommen und trieb das Thermometer auf 28 Grad im Schatten. »Erwischt. Ich fürchte, das war nur eine dumme Ausrede, um dich zu daten. Schlimm?«

Nein, gar nicht, dachte Nina gerührt.

Deine Begeisterung schmeichelt mir.

Laut sagte sie: »Ach was, einen Versuch war's ja wert«, und zwinkerte Björn zu. »Allerdings muss ich dir sagen, dass ich …«

»… dass du den Typen, dem dein gestriges Gedicht gewidmet war, immer noch liebst und keinesfalls offen für etwas Neues bist, nicht wahr?«

Nina nickte.

»Ganz ehrlich? Der Kerl muss ein Idiot sein! Eine tolle Frau wie dich lässt man doch nicht einfach so gehen. Du bist klug, sexy, interessant, hast Ahnung von vielen Dingen, bist witzig. Und du kannst küssen, dass einem schwindelig wird.«

Björns Worte taten ihr unendlich gut. Gefährlich gut.

Doch sie musste jetzt stark bleiben und vor allem auf dem Boden der Tatsachen. Deshalb fragte sie: »Wo sind wir hier eigentlich? Und wie komme ich denn jetzt nach Hause?« Sie wollte schnellstens heim zu Leonie und Stella, bevor sie doch noch schwach wurde und sich zu etwas hinreißen ließ, das sie später bereute.

»Irgendwo zwischen Barmbek und Winterhude«, erwiderte Björn grinsend. »Ich habe ein Tandem und kann dich bringen, wenn du magst. Oder wir gehen zu Fuß. So oder so, ich will sichergehen, dass du gut heimkommst und dir nicht auf dem Weg schlecht wird oder so. Du hast gestern ganz schön gebechert.«

»Ein Tandem? Ehrlich?«

»Genauer gesagt hat es ein Kumpel hier untergestellt, weil er es verkaufen will und bei sich keinen Platz hat. Bislang ist aber noch keiner drauf angesprungen.«

»Dann fühlt sich das Tandem also ein bisschen einsam?«, fragte Nina, der die Vorstellung, damit nach Eimsbüttel zu fahren, gefiel.

»Fürchterlich einsam«, entgegnete Björn und wischte sich imaginäre Tränen aus den Augen.

In Nina kam wieder so etwas wie Leben. »Also dann, los! Ich bin noch nie mit so einem Ding gefahren.«

»Dann wird's aber Zeit!«

Ehe sie sichs versah, saß sie auf dem hinteren Sattel des Tandems und stellte fest, dass es eines gewissen Vertrauens bedurfte, sich auf diese Weise fortzubewegen.

Man hatte zwar einen eigenen Lenker, der an der Rückseite des vorderen Fahrradsattels befestigt war, musste sich aber trotzdem darauf verlassen, dass man gemeinsam die Balance hielt und keiner von beiden etwas Unbesonnenes, Unerwartetes tat.

Voller Wehmut erinnerte sich Nina an eine Kajaktour durch den Spreewald, die sie vor zwei Jahren mit Alexander gemacht hatte. Sie fand Ruderboote und Kanus an sich schon recht speziell, doch Kajaks hatten es wirklich in sich, denn sie kenterten leicht. Trotzdem gehörte diese Tour durch die einsamen Kanäle des märchenhaften Waldgebiets am Wasser zu den schönsten gemeinsamen Urlaubserinnerungen.

Sie hatten unfassbar viel gelacht, weil sie eine Bisamratte mit einem Biber verwechselt und später im kleinen Biergarten am Bootsanleger zu viel Bier getrunken hatten. Schöne, unbeschwerte, kostbare Momente, die sie nie vergessen würde.

Nach diesem Tag hatte sie zum ersten Mal den leisen Wunsch verspürt, irgendwann mit ihm zusammenzuleben.

Wieso hatte sie Alexander das nur nie gesagt?

»Du bist so still, alles gut bei dir dahinten?«, fragte Björn, der mit deutlich mehr Schwung in die Pedale trat als sie. Sie hatte einen kleinen Muskelkater vom Tanzen und war insgesamt in ziemlich schlechter körperlicher Verfassung.

In den kommenden Tagen würde sie einen großen Bogen um sämtliche Drinks machen, egal, wie sehr sie sich nach Entspannung und Vergessen sehnte.

»Alles gut«, erwiderte sie, obwohl natürlich gar nichts gut war. Ihre Welt lag schließlich in Scherben und würde vermutlich nie wieder heil.

Nach einer etwa halbstündigen Fahrt, vorbei an der Alster und quer durch die Stadt, bogen sie in den Pappelstieg ein und nahmen Kurs auf die Villa.

Zeit, Tschüss zu sagen.

Björn stieg zuerst vom Tandem, dann Nina.

Er schien ein wenig verlegen, auch Nina wusste nicht so recht, was sie sagen sollte.

»Mach's gut, und meld dich, wenn dir danach ist«, ergriff er schließlich als Erster das Wort. »Ich bin ein toller Zuhörer, Tröster und auch … Ach was, darum geht's ja jetzt nicht.«

»Du bist der Erste, bei dem ich mich melden würde, sollte mir jemals wieder der Sinn nach dieser Art Vergnügung stehen«, erwiderte Nina äußerst gerührt und gab ihm einen Kuss auf die Wange. »Danke, dass ich heute Nacht bei dir schlafen konnte, für den gestrigen Abend und einfach für alles. Wir sehen uns spätestens Freitag auf dem Markt, ja?«

»Na klar, das machen wir«, erwiderte Björn mit einem schiefen Lächeln, setzte sich aufs Rad und fuhr, ohne sich weiter umzusehen, wieder Richtung Barmbek. Ninas Blick folgte ihm so lange, bis Björn hinter der nächsten Kurve verschwand.

Das Tandem nur mit ihm auf dem Sattel sah ein wenig seltsam aus, ein bisschen wie aus der Balance geraten, fand Nina.

Es sah aus, wie sie sich selbst fühlte: aus dem Gleichgewicht, ohne die dazugehörige Hälfte, unvollständig und irgendwie unnütz.

»Hey, da bist du ja wieder«, rief Leonie, die Nina als Erste entdeckte, als diese durch das Tor in den Garten der Villa trat. »Alles gut bei dir?«

»Alles gut«, bejahte Nina, den Blick fest auf ihre Freundinnen gerichtet. Sie würde nicht zulassen, dass ihre Traurigkeit über die Trennung von Alexander eine derartige Macht über sie hatte.

Sie freute sich, ihre Freundinnen zu sehen, und wollte sich diese Freude auf gar keinen Fall verderben lassen.

»Ich habe zwar einen Mordskater, aber große Lust, mit euch abzuhängen und zu quatschen. Der Sonntag ist bald schon wieder rum, also carpe diem, Mädels.«

»Das klingt nach einem guten Plan«, erwiderte Stella lächelnd. »Wer hat Lust auf Eiskaffee und Kuchen?«

# 8

## *Leonie*

*L*eonie stürmte am Montagmorgen ziemlich abgehetzt und emotional aufgewühlt in das Café Elbherz am Fähranleger Cranz, das ihrem Freund Markus gehörte.

Sie stand immer noch unter dem Eindruck des verunglückten Wochenendes in Hamburg, machte sich schreckliche Sorgen um Nina und hatte ihretwegen die halbe Nacht wach gelegen. »Hallo, Mama, sorry, dass ich zu spät bin, aber einer der Gäste brauchte dringend einen Arzt … und na ja …«

Anke Rohlfs lächelte und umarmte ihre Tochter.

Der Duft ihres frischen Parfüms, einer Mischung aus Pflaume und Bergamotte, stieg Leonie wohltuend in die Nase. »Kein Problem, Schatz. Ich habe schon alles aufgebaut, also könnten wir auch gleich loslegen, wenn du magst. Aber erzähl kurz: Wie war euer Wochenende? Geht's Stella und Nina gut?«

»Frag besser nicht«, knurrte Leonie, nahm Gläser mit selbst gekochter Marmelade aus dem mitgebrachten Weidenkorb und stellte sie nebeneinander auf den Tisch, wo auch Ankes Skript für das YouTube-Video lag, das sie gleich drehen würden.

Anfangs war das Apfelparadies die Kulisse für diese Aufnahmen gewesen, doch irgendwann hatte Anke beschlossen, dass sich die wunderschöne Einrichtung und der unverstellte Blick durchs Fenster auf die Elbe besser eigneten. »Alexander hat Nina Knall auf Fall den Laufpass gegeben. Er ist *amoroso* mit einer Italienerin und wird künftig bei ihr in der Toskana leben. Wir können es immer noch nicht glauben, und Nina ist vollkommen am Boden zerstört, wie du dir sicher denken kannst.«

Auszusprechen, was passiert war, fiel ihr immer noch schwer. Auch Markus war schockiert gewesen, als sie ihm von der unerwarteten Trennung berichtet hatte, nachdem sie spät am Sonntagabend heimgekommen war. Er war gut mit Alexander befreundet, hatte jedoch nicht das Geringste von dessen Plänen geahnt.

»Ach!«

»Wie, ach?« Leonie war irritiert. »Mehr hast du nicht dazu zu sagen?«

»Das war doch zu erwarten, nicht wahr? So leid es mir tut, dass Nina verlassen wurde, aber bei den beiden war doch von Anfang an der Wurm drin. Vielleicht ist es ja besser so.«

Leonie spürte Ärger in sich aufsteigen.

Auch wenn Anke zum Teil recht hatte – wieso war sie so abgeklärt und zeigte keinerlei Mitgefühl? Sie mochte Nina doch und wusste genau, wie sehr es Leonie schmerzte, wenn es ihrer Freundin nicht gut ging. »Na, du bist ja charmant. Weißt du nicht mehr, wie schmerzhaft Eifersucht ist und wie verletzend, wenn man hintergangen wird? Noch dazu, wenn man, wie Nina, generell ein Vertrauensproblem hat.«

Kaum waren die Worte ausgesprochen, bereute Leonie sie auch schon. Sie spielte damit darauf an, dass Anke sich vor zwei Jahren eine Auszeit von ihrer Ehe genommen hatte und für ein halbes Jahr nach Südfrankreich gereist war.

Eine schwierige Phase für die ganze Familie, die durch Ankes Alleingang beinahe zerbrochen wäre. Ein weiblicher Gast hatte die Abwesenheit von Leonies Mutter geschickt genutzt, um sich an Jürgen Rohlfs heranzumachen, der durchaus empfänglich für die hartnäckigen Avancen der attraktiven und erfolgreichen Krimiautorin gewesen war.

Er hatte sich damals – wie er seiner Tochter später gestand – gefühlt wie ein Kleidungsstück, das abgelegt worden war, weil man es nicht mehr sehen konnte.

Hätte Leonie damals nicht bei diesem Techtelmechtel dazwischengefunkt, wer weiß, ob ihre Eltern die Krise überwunden und sich später erneut das Eheversprechen gegeben hätten.

»Doch, das weiß ich«, widersprach Anke. »Aber ich weiß auch, dass so eine Krise heilsam sein kann, weil sie die Situation gnadenlos auf den Punkt bringt. Alexander hat … warte mal, lass mich nachrechnen … an die sechs, sieben Jahre um Nina gekämpft und es nicht geschafft, dass sie sich in letzter Konsequenz öffnet und auf ihn einlässt. Ich finde, er hat genug Geduld bewiesen, und nun reicht's ihm offenbar. Wirklich übel nehmen kann ich ihm das nicht.«

In Leonie brodelte es. So einfach waren die Dinge nicht.

Es gehörten immer zwei dazu, wenn etwas schieflief, und das wusste ihre Mutter ganz genau.

»Tut mir leid, aber das ist mir jetzt ein bisschen zu simpel und kurz gedacht, Mama«, empörte sie sich und schob die Marmeladengläser hin und her, wie Figuren auf einem Schachbrett. »Das klingt, als sei Nina selbst schuld und habe es nicht anders verdient. Alexander hat auch seine Macken, aber bei Männern ist das offenbar immer okay. Nur wir Frauen sollen um des lieben Friedens willen alles schön brav hinnehmen. Hast du nicht selbst den Fehler gemacht, deinen Frust jahrelang in dich hineinzufressen, bis du es so satthattest, dass dir nur noch die Flucht blieb?«

Kaum waren ihr die Worte über die Lippen gekommen, erschrak Leonie über sich selbst.

Was war denn bloß auf einmal in sie gefahren?

Wieso war sie nur so aggressiv?

Sie hatte sich doch so auf den gemeinsamen Vormittag mit ihrer Mutter gefreut. Sie wollten heute Werbung für die Pension machen, in der Hoffnung, dadurch kurzfristige Buchungen für das Apfelparadies zu bekommen. Bedauerlicherweise hatte am Wochenende nämlich niemand Interesse an den frei gewordenen Zimmern bekundet, was Leonie nicht tatenlos hinnehmen konnte und sich deshalb mit ihrer Mutter beraten hatte. Entschlossen, ihrer Tochter zu helfen, hatte Anke Leonie kurzerhand als Gast in ihre »Sendung« eingeladen.

»Na, du bist ja heute ganz schön in Fahrt«, erwiderte sie, ohne jedoch weiter auf die Worte ihrer Tochter einzugehen. »Hast du Zoff mit Markus, oder ist dir eine andere Laus über die Leber gelaufen?«

»Zoff mit mir? Nicht dass ich wüsste«, sagte Markus, den Leonie gar nicht hatte hereinkommen sehen, und gab ihr einen zärtlichen Kuss. »Zwischen uns beide passt doch kein Blatt Papier. Also, ihr Zankhennen: Worum geht's, und was kann ich tun, um euch wieder zu versöhnen? Ihr wollt doch gleich ein hübsches Werbevideo drehen, aber mit euren grimmigen Mienen wird das nichts, so leid es mir auch tut, das zu sagen.«

Das war es, was Leonie so sehr an Markus liebte: Er hatte ein unglaublich großes Talent, die Dinge zwar ernst, aber dennoch spielerisch leichtzunehmen. »Soll ich euch meinen Spezial-Kaffee kochen oder eine meiner köstlichen Elbherz-Pralinen spendieren?«

»Lieber keinen Kaffee mit Schuss, sonst bin ich gleich betrunken«, erwiderte Anke. »Aber wenn du ein, zwei von deinen Pralinen rausrückst, kann ich nicht Nein sagen. Tee dazu wäre super.«

»Ich nehme auch die Praline und einen Chai Latte bitte«, murmelte Leonie, bedrückt, aber zugleich wütend. Sie verstand sich zwar generell gut mit ihrer Mutter, doch es gab immer wieder Situationen, in denen sich in Ankes eigentlich herzliches Wesen etwas Bitteres, beinahe Unerbittliches mischte, das Leonie maßlos irritierte.

Wurde man im Laufe der Jahre so?

Machte das Leben einen unweigerlich irgendwann härter?

»Tee, Chai Latte und Pralinen. Kommt sofort, die Damen«, sagte Markus und verschwand in der Küche des Cafés. Leonie schaute aus dem Fenster, um sich einen Moment zu sammeln.

Sie wollte nicht so wütend sein und schon gar nicht auf ihre Mutter. Dennoch hätte sie in diesem Moment liebend gern Alexander die Leviten gelesen, weil er Nina so wehgetan hatte. Doch natürlich stand es ihr nicht zu, sich da einzumischen, egal, wie lange sie Alex kannte und wie sehr sie ihn mochte.

Also musste sie tief durchatmen und ihr Gefühlschaos wieder in die Balance bringen, und dabei half ihr der Blick über den Elbstrom, der hier besonders breit war. Diese Stelle war eine der schönsten, die sie kannte.

Schon als Kind hatte sie gern auf dem Steg des Fähranlegers Cranz gestanden und auf das gegenüberliegende Ufer geblickt, wo sich die schönsten Villen Hamburgs zärtlich an den Elbhang von Blankenese schmiegten.

»Na, Schatz, träumst du dich wieder in dein Märchenschloss?«, fragte ihre Mutter, die unbemerkt neben sie getreten war, und streichelte liebevoll Leonies Arm. »Deinen Prinzen hast du ja immerhin schon.«

Gerührt davon, dass Anke offenbar einlenken wollte, nickte sie. »Ich habe nicht nur Markus, sondern auch das Schloss. Aber ich möchte es auch gern behalten. Du hast schon recht, wenn du sagst, dass mir eine Laus über die Leber gelaufen ist. Die Buchungssituation des Apfelparadieses macht mich mindestens so fertig wie die Trennung von Nina und Alexander. Es ist Stella und mir superschwer gefallen, gestern Abend wieder nach Hause zu fahren und Nina allein in der Villa zurückzulassen.«

»Das verstehe ich«, erwiderte Leonies Mutter. »Aber warum hast du sie denn nicht mitgebracht? Wir könnten Sie verwöhnen, aufpäppeln und dafür sorgen, dass sie auf andere Gedanken kommt.«

»Weil Nina arbeiten muss. Sowohl ihre Kollegin als auch ihre Chefin Ruth Gellersen sind dummerweise gerade im Urlaub.«

Anke nickte bedächtig. »Oje, das ist ja wirklich ein blödes Timing. Tut mir übrigens leid, wenn es so auf dich wirkt, als würde mir diese Trennung nicht nahegehen. Aber ich werde im Laufe des Lebens nun mal immer realistischer, und wenn ich eines weiß, dann ist es, dass Männer, die sich eine feste Beziehung wünschen, so lange danach suchen, bis sie die passende Partnerin gefunden haben. Ich mag Alex, und ich mag Nina. Aber du kannst nicht leugnen, dass das mit ihnen ein ewiges Auf und Ab war. Unterm Strich wird es beiden bald besser gehen. Natürlich hat Alexander es scheinbar leichter, weil in Italien eine neue Liebe, ein neues Glück und eine wunderbare Chance auf ihn warten. Bei Nina wird es dauern, denn sie muss erst einmal diesen Schock verwinden und darf auf gar keinen Fall wieder in ihr altes Misstrauensmuster verfallen. Doch wenn ihr das gelingt, wird sie auch den Mann oder den Weg finden, der sie dauerhaft glücklich macht, da bin ich mir sicher.«

Leonie schluckte schwer. Ihre Mutter hatte ja doch verstanden, wie schön. »Ich glaube fest daran, dass Nina es schaffen wird. Sie hat so hart an sich gearbeitet, hat sich tapfer ihren Familienthemen und Ängsten gestellt. Und mit eurer Hilfe kann doch sowieso nichts schiefgehen. Also mach dir nicht so viele Sorgen, mein Liebling, du wirst sehen, es wird alles wieder gut.«

Sosehr sie sich auch dagegen wehrte, Leonie schossen Tränen der Rührung in die Augen.

»Hey, nicht weinen, du ruinierst noch dein Augen-Make-up«, sagte Anke und umarmte ihre Tochter.

»Was Süßes für die beiden Süßen«, sagte Markus und stellte Getränke sowie einen kleinen Teller Pralinen vor Leonie und Anke auf den Tisch. »Oh, mein Gott, welch ein dämlicher Spruch. Aber was soll's, mir ist gerade nichts Schlaueres eingefallen. Lasst es euch schmecken, ich werfe derweil eine Ladung Wäsche an, denn diese strenge Dame hier ...«, er blickte zu Leonie, »... hat mir eindringlich klargemacht, dass ich in dieser Hinsicht nicht mehr länger auf ihre Hilfe bauen kann.«

»Vollkommen richtig, schließlich hat meine Tochter alle Hände voll mit der Pension zu tun und hoffentlich bald noch viel mehr, wenn erst das Video online gegangen ist.«

Nachdem Leonie und Anke sich gestärkt, noch einmal die Nase gepudert und ihre Haare gebürstet hatten, ging es auch schon los: Die Kamera lief, während Mutter und Tochter über das Leben im Alten Land, die Apfelernte und über selbst gemachte Marmeladen plauderten. Dann erst kamen sie zum eigentlichen Thema des Beitrags. »Wenn Sie eine dieser Köstlichkeiten, wie zum Beispiel die herrliche *Apfel-liebt-Pflaume-Marmelade,* probieren wollen, kommen Sie doch einfach ins Café Elbherz, in den Steinkirchner Hofladen, oder gönnen Sie sich eine Übernachtung im zauberhaften Apfelparadies«, sagte Anke mit so mitreißend gut gelaunter Stimme, dass Leonie beinahe schwindelig wurde. Ihr Tonfall erinnerte ein wenig an den der Moderatorinnen von Shopping-Kanälen. »Dort gibt's zum Frühstück selbst gebackenes Brot und besondere Köstlichkeiten wie diese.«

Während Anke munter weiterplauderte, hielt Leonie die Marmeladengläser in die Kamera. Doch im Gegensatz zu ihrer Mutter war ihr überhaupt nicht wohl dabei, ganz im Gegenteil: Sie fühlte sich irgendwie schamlos, ganz egal, wie sehr Markus sie gestern Abend in ihrem Vorhaben bestärkt hatte.

»Na, wenn das keine Buchungen bringt, dann weiß ich auch nicht«, sagte Anke, nachdem das Video abgedreht war. »Wollen wir es uns erst mal anschauen, bevor ich es einstelle?«

»Lieber nicht«, erwiderte Leonie. »Ich kann meine Stimme weder auf dem Anrufbeantworter noch bei Voicemails ertragen. Lad es einfach hoch, und dann ab dafür. Dein Show-Gen habe ich leider so gar nicht geerbt, ich bin echt froh, wenn ich wieder in meiner Küche stehe, um das Brot zu backen, das du gerade so vollmundig angepriesen hast.«

»Ich bin gespannt, wie sich die neuen Marmeladensorten verkaufen«, sagte Markus, der den Videodreh mit amüsiertem Interesse verfolgt hatte. »Hast du genug Gläser mitgebracht, Schatz?«

»Von jeder Sorte zwanzig«, antwortete Leonie. »Sonja und ich können aber jederzeit nachproduzieren, wenn sich eine der Sorten als Renner entpuppt. Sie komponiert übrigens gerade wieder neue Rezepturen, will sie uns aber erst verraten, wenn sie zufrieden mit dem Ergebnis ist.«

»Apropos zufrieden mit dem Ergebnis«, sagte Markus und zog Leonie dicht an sich heran, nachdem Anke kurz in Richtung Waschräume verschwunden war. »Ich habe für morgen Abend etwas geplant. Kannst du mich bitte um 8 Uhr hier abholen? Und vielleicht nicht gerade in … äh, Jeans oder so.«

»Huch?«, fragte Leonie verwundert. »Hast du etwa Karten für die Elbphilharmonie?«

»Dann wäre 8 Uhr ja wohl ein bisschen spät, oder?«

»Stimmt. Okay, alles klar. Botschaft verstanden, ich schaue mal nach, ob im Schrank zufällig irgendwo ein gebügeltes Kleid herumhängt. Hm … jetzt hast du mich aber echt neugierig gemacht.«

»Alles klar bei euch?«, fragte Anke, als sie von der Toilette zurückkam, und griff nach dem Videoskript.

Nachdem die drei sich voneinander verabschiedet hatten, gingen alle wieder ihrer Wege: Anke fuhr zurück nach Stade, Leonie nach Steinkirchen, und Markus bediente die ersten Gäste, die gerade mit der Fähre von Blankenese nach Cranz übergesetzt hatten.

»Also los, dann wollen wir mal«, sagte Leonie zu sich und öffnete kurze Zeit später ihren Schrank, der ziemlich übersichtlich sortiert war. Sie trug meist bequeme und praktische Outfits für den Job in der Pension, sich aufzubrezeln lag nicht wirklich in ihrer Natur – im Gegensatz zu Stella und seit einiger Zeit auch Nina.

Während sie nach einem Kleid suchte, das zu einem lauen Sommerabend passte, flog ein Marienkäfer auf ihren nackten Arm.

Leonie erinnerte sich schmunzelnd an den Brauch der provenzalischen Frauen, die die Sekunden zählten, die ein Marienkäfer braucht, um wieder von ihnen wegzufliegen.

Jede dieser Sekunden stand für ein Jahr, das sie bis zu ihrer Hochzeit warten mussten.

Als sie zum ersten Mal in Anwesenheit von Markus Besuch von einem Marienkäfer bekommen hatte, war dieser nach drei Sekunden weggeflogen.

Zweieinhalb von diesen drei Jahren waren nun um ...

# 9

## *Stella*

»Na, wie geht's dir?«, fragte Stella, während sie in Richtung Flensburg zu einem Kundentermin fuhr. Natürlich telefonierte sie ordnungsgemäß über die Freisprechanlage mit Nina, den Blick fest auf die Fahrbahn gerichtet. »Hast du die Nacht gut überstanden?«

»Den Umständen entsprechend«, erwiderte Nina mit gedrückter Stimme. »Es ist ganz gut, dass ich arbeiten muss, das lenkt mich ein bisschen ab. Wobei ehrlich gesagt kaum Kunden in den Laden kommen. Hier herrscht schon seit einer ganzen Weile ziemliche Flaute. Aber so kann ich wenigstens ungestört mit dir telefonieren.«

Kein Wunder, dass die Käufer wegbleiben, schließlich ist der Kolonialstil bei Möbeln schon seit Jahren out, dachte Stella bei sich. Laut sagte sie: »Ach was, das wird schon. Sobald das Wetter sich verschlechtert, kommen die Leute wieder mehr in Shopping-Laune und wollen es sich spätestens im Herbst daheim schön machen. Was hast du denn für heute Abend geplant?«

»Heulen, Eiscreme-Reste von gestern in mich reinstopfen und netflixen, bis ich vom Sofa falle«, erwiderte Nina, und in Stella verkrampfte sich alles. Husum war fast zweieinhalb Stunden Fahrt von Hamburg entfernt, egal ob mit dem Auto oder der Bahn. Viel zu weit weg, um abends mal eben kurz zu Nina zu fahren und ihr beizustehen. »Und du?«

»Nichts Besonderes, die Kids bespaßen, mit ihnen zu Abend essen, ein paar Knöpfe annähen, der übliche Familienkram.« Stella bemühte sich, alles ganz beiläufig klingen zu lassen, um Nina nicht traurig zu machen.

Auch wenn dieser *Familienkram* nicht spektakulär war, Stella genoss es tatsächlich, einfach im Kreis ihrer Lieben zu sein und ein bisschen im Haushalt zu werkeln.

Nie im Leben hätte sie sich früher träumen lassen, dass es sie glücklich machte, gemeinsam mit Robert und den drei Kindern Spinat mit Fischstäbchen zu essen, danach Spiele zu spielen und sich später eng an Robert zu kuscheln, noch ein bisschen zu lesen und dann einfach wegzudösen.

»Das klingt doch … nett«, erwiderte Nina. »Dann wünsche ich euch viel Spaß. Grüß Robert und die Kinder. Ich erwäge übrigens gerade ernsthaft, mir eine Katze oder einen Hund aus dem Tierheim zuzulegen, damit es in der Villa nicht mehr ganz so still ist. Wirklich traurig, dass unsere geliebten Katzen Paula und Paul nicht mehr leben.«

»Das ist eine gute Idee«, stimmte Stella zu. »So ein Hundewelpe oder ein süßes Kätzchen, das hätte was. Emma und Lilly würden vor Freude ausrasten. Sie liegen uns schon seit Wochen mit dem Haustierthema in den Ohren. Aber wir bleiben hart, denn seien wir mal ehrlich: An wem bleibt die ganze Arbeit letztlich hängen?«

Nina lachte leise. »Ich schaue mir schon den ganzen Vormittag Bilder im Netz an. Aber ich fürchte, ich schaffe es nicht, mich dann für ein einziges Tier zu entscheiden, wenn ich erst mal alle in echt gesehen habe. Sollte ich den Schritt allerdings wirklich wagen, melde ich mich vorher noch mal bei euch, ja? Nicht, dass ich mir noch einen ganzen Zoo anlache.«

»Mach das«, stimmte Stella zu und verabschiedete sich, ein bisschen traurig. Die Erinnerung an Paul und Paula löste immer noch Wehmut in ihr aus.

Die beiden betagten Katzen hatten Roberts Mutter gehört und waren nach deren Umzug ins Seniorenstift in der Villa geblieben. Leonie hatte damals ihre Betreuung übernommen, weil sie Katzen über alles liebte. Letztes Jahr waren beide im Abstand von nur wenigen Tagen gestorben, keine wollte ohne die andere sein. Und so hatten die Freundinnen dem Katzenpaar die letzte Ehre erwiesen und eine kleine Trauerfeier für die Tiere abgehalten.

Doch Stella hatte keine Zeit mehr, gedanklich noch länger in der Vergangenheit zu verweilen, denn das Ortsschild Flensburg tauchte in ihrem Blickfeld auf.

Nun war ihre volle Aufmerksamkeit gefordert: Ein Restaurantbesitzer hatte sie beauftragt, ein Konzept für einen umfangreichen Umbau und eine neue Inneneinrichtung zu entwickeln, eine spannende Aufgabe, auf die sie sich sehr freute.

Als sie am frühen Abend nach Hause kam, wo Karin auf die Kinder aufpasste, erwartete sie allerdings eine unschöne Nachricht.

»Ich muss leider zum Ende dieser Woche bei Ihnen aufhören«, sagte Karin, nachdem sie Emma und Lilly zum Spielen in ihr Zimmer geschickt hatte. »Meiner Tochter geht es gesundheitlich sehr schlecht, und ich möchte ihr beistehen.« Tränen glitzerten in den Augen der sympathischen Kinderfrau, die Mitte sechzig war und seit dem Umzug nach Husum für die Familie Behrendsen arbeitete. »Ich weiß, dass ich damit gegen die vertragliche Kündigungsfrist verstoße, aber …« Sie brach in Tränen aus, und Stella nahm sie spontan in den Arm. Diese nette Frau, die so viele Tränen ihrer Töchter getrocknet, die mit ihnen gesungen und Spiele gespielt hatte, die mit ihnen bei Wind und Wetter spazieren gegangen war und beide Mädchen vom Kindergarten abgeholt hatte, war wie eine Großmutter für Emma, Lilly und auch Moritz.

Ihm hatte sie häufig bei den Hausaufgaben geholfen oder ihn bei Fußballspielen angefeuert, wenn Stella oder Robert aus beruflichen Gründen nicht abkömmlich waren.

»Ach was, Kündigungsfrist«, erwiderte sie, zutiefst bewegt von Karins Kummer. »Ihre Tochter hat absolute Priorität. Sie brauchen auch morgen nicht zu kommen, wir kriegen das hier schon hin.« Stella wagte es nicht, Karin zu fragen, was genau ihrer Tochter fehlte, denn sie wollte sie nicht weiter aufwühlen. »Gehen Sie nach Hause, und fahren Sie morgen frisch und ausgeruht los. Und melden Sie sich gern zwischendurch, sollten Sie etwas brauchen oder wir sonst etwas für Sie tun können.«

»Aber das ist doch eigentlich meine Aufgabe«, protestierte Karin, der die Mischung aus Erleichterung und dem Hadern mit ihrer Berufsehre deutlich ins Gesicht geschrieben stand.

»Ab sofort ist es unsere«, widersprach Stella, nahm Karins leichten Sommermantel vom Haken an der Garderobe und legte ihn um Karins Schultern. »Alles Liebe und Gute für Sie beide.« Nun protestierte die Kinderfrau nicht länger und verabschiedete sich, dann fiel die Tür hinter ihr ins Schloss.

Stella seufzte einmal tief und kontrollierte ihren Kalender: noch drei größere Kundentermine in dieser Woche, einer davon auf Sylt, der allein schon wegen der Anreise fast den ganzen Tag in Anspruch nehmen würde. Vielleicht konnte sie zumindest den um ein paar Tage verschieben.

Als Nächstes checkte sie im Internet die Seiten von Agenturen, die Kinderbetreuung von professionellen Nannys anboten. Natürlich hatten Leonie und Nina ihre Hilfe angeboten, doch das ging ja nur, wenn beide freihatten und Zeit, nach Husum zu kommen. Beim Gedanken daran, wie die Mädchen auf eine derartige und vor allem so plötzliche Veränderung in der Betreuung reagieren würden, bekam sie schlagartig Kopfschmerzen. Doch es nützte nichts: Es musste dringend Ersatz für Karin her, andernfalls war Stella gezwungen, Aufträge abzusagen, was bei einigen der Verträge mit Konventionalstrafen verbunden war.

Wie sie es auch drehte und wendete: Die Behrendsens brauchten Stellas Einkünfte für die gemeinsame Kasse.

Einige Telefonate und schriftliche Anfragen später war sie nicht viel weiter als zuvor, erschöpft und ziemlich ratlos.

»Was gibt's denn heute zu essen?«, fragte Moritz, der auf einmal vor ihr stand.

Essen?! Oje! Vor lauter Suchen nach einer neuen Kinderfrau hatte Stella vollkommen die Zeit vergessen, genau wie die Mahlzeiten.

»Hi, Moritz«, erwiderte sie und klappte den Laptop zu. »Sorry, ich war gerade beschäftigt. Hm, mal schauen, worauf hast du denn Appetit?« Oder anders gefragt: Hatten sie überhaupt etwas Brauchbares daheim? Für gewöhnlich kochte Karin, wenn sie nachmittags auf die Kinder aufpasste.

»Auf Sushi«, kam es wie aus der Pistole geschossen. Moritz lächelte ausnahmsweise, dabei blitzte seine feste Zahnspange auf, die der Kieferorthopäde ihm trotz großer Proteste vor einem Jahr verordnet hatte.

»Ist Sushi bei euch an der Schule gerade in?«, fragte Stella, verwirrt über die neue Leidenschaft ihres Stiefsohns. Moritz hatte bis vor Kurzem weder Fischstäbchen gegessen noch geräucherten Lachs mit Meerrettich, den es manchmal sonntags zum Frühstück gab. Doch irgendwann waren die Schüler seines Husumer Gymnasiums nach dem Nachmittagsunterricht zu *Fisch Loof* am Hafen gegangen, seitdem war Moritz ganz vernarrt in *Fish and Chips* sowie den Burger mit Lachs und seit einiger Zeit auch in Sushi, obwohl es das gar nicht in dem Restaurant gab.

»Kann sein«, erwiderte Moritz vage. Was ist nur aus dem frechen, aber zutraulichen Jungen von früher geworden?, fragte Stella sich angesichts dieser Einsilbigkeit und suchte die Schuld – wie so häufig – bei sich selbst.

»Okay, dann rufe ich deinen Papa an, er soll auf dem Heimweg Sushi besorgen. Die Mädchen bekommen Gemüsesuppe oder so was in der Art.«

»Emma mag übrigens auch Sushi«, informierte Moritz sie, sein Lächeln wurde breiter.

»Ach ja? Seit wann denn das?«

»Seit dem Wochenende«, erklärte Moritz ungewohnt mitteilsam. »Papa hat am Samstag, bevor ich auf die Party gegangen bin, für uns beide Sushi geholt und den Mädchen Nudeln gekocht. Aber du kennst ja Emma. Wenn Papa etwas isst, will sie das auch.«

»Sushi? Im Ernst?! Mit Wasabi und Ingwer?« Stella konnte kaum glauben, was sie hörte.

»Wasabi killert im Bauch und in den Augen, sagt Emma«, zitierte Moritz die Worte seiner kleinen Halbschwester. »Und Ingwer schmeckt wie Mamas Parfüm.«

Stella wusste nicht, ob sie das amüsant oder eher bedenklich finden sollte. Vor allem die Bemerkung bezüglich ihres Parfüms irritierte sie.

Denn leider war Emma immens neugierig und erforschte ihre Umgebung mit der Leidenschaft eines Marco Polo. Sie hatte in einem winzigen Moment, als Robert und Stella unaufmerksam gewesen waren, sowohl Stellas Haarshampoo, ein Geschenk von Leonie, *probiert* als auch den Badezusatz. »Schmeckt wie Vanilleeis und Apfel«, hatte sie vergnügt kichernd kommentiert, während Stella vor Sorge beinahe durchgedreht war. Doch zum Glück musste weder Emmas Magen ausgepumpt werden, noch war sonst etwas Schlimmes passiert, denn Robert wusste natürlich, was in so einem Fall zu tun war, und verabreichte ihr rasch Entschäumertropfen.

»Okay, dann weiß ich ja Bescheid«, sagte Stella und nahm das Telefon, um Robert anzurufen. »Und wir sehen uns nachher beim Abendessen, ja?«

»Na, wie war dein Tag?«, fragte Robert, nachdem die Kinder in ihren Zimmern verschwunden waren und beide nebeneinander auf dem Sofa saßen.

Stella hatte ihm bislang noch nichts davon erzählt, dass Karin ab sofort auf unbestimmte Zeit nicht mehr kommen würde.

Doch nun hoffte sie auf genug Ruhe, um mit ihrem Mann zu besprechen, wie sie die Betreuung der Kinder künftig regeln würden.

»Das ist ja ein Hammer«, sagte Robert und seufzte tief, nachdem Stella ihn auf den neuesten Stand gebracht hatte. »Natürlich tut's mir für Karin und ihre Tochter leid, aber ehrlich gesagt auch für uns. Das mit dem Wegfahren können wir wohl erst mal vergessen. Hast du denn schon Rückmeldung von einer der Agenturen bekommen?«

Stella hangelte nach dem Tablet, das am Fußende der Sofalandschaft lag, halb verdeckt unter einer Flauschdecke, und checkte die eingegangenen Mails: drei Absagen und eine Aussicht auf ein Vorstellungsgespräch, allerdings erst zum Ende der darauffolgenden Woche.

Panik stieg in Stella auf.

»Das sieht ja gar nicht gut aus«, sagte Robert, nachdem sie ihm die Nachrichten gezeigt hatte. »Und nun?«

»Nun muss ich wohl versuchen, meine Termine nach hinten zu verschieben, bis wir einen Ersatz für Karin haben. Ich werde behaupten müssen, dass ich krank bin.«

»Wieso hast du denn ihr Angebot, bis zum Ende der Woche zu bleiben, nicht angenommen?«, fragte Robert mit gerunzelter Stirn. »Das hätte uns immerhin vier Tage Luft verschafft.«

In Stellas Panik mischte sich Ärger. »Warum sollte ich eine Frau, die vor lauter Sorge um ihre Tochter beinahe durchdreht, dazu zwingen, länger zu bleiben?«

»Hätte Karin das auch so gesehen, hätte sie mit Sicherheit nicht angeboten, bis Freitag zu arbeiten«, widersprach Robert mit der ihm eigenen, männlichen Logik.

»Sie hat es zwar angeboten, weil sie sowieso schon ein schlechtes Gewissen wegen der Kündigungsfrist hatte, war aber letztlich heilfroh, dass ich sie nach Hause geschickt habe«, versuchte Stella,, ihre Beweggründe zu erklären. »Bitte lass uns jetzt nicht streiten, sondern nach einer Lösung suchen, ich habe nämlich Kopfschmerzen und möchte so schnell wie möglich ins Bett.«

»Und genau deshalb bin ich wütend, dass es so gelaufen ist, wie es gelaufen ist. Wieso hast du das nicht vorher mit mir besprochen? Wir hätten gemeinsam entschieden, was das Beste in dieser Situation ist.«

»Weil … weil« Stella kämpfte mit den Tränen. »Du hättest Karin sehen sollen. Sie war ein totales Nervenbündel und außer sich vor Sorge. Du weißt doch selbst am besten, wie es ist, wenn man Angst um einen Menschen hat, den man liebt.«

*Immerhin hatte Robert seine Frau an den Krebs verloren.*

»Das weiß ich allerdings, und glaub ja nicht, dass mir Karins Situation nicht ebenfalls nahegeht«, murmelte Robert und zog Stella an sich. »Aber ich möchte dich schützen und passe deshalb ganz besonders gut auf dich auf. Du hast dir in den letzten Monaten schon wieder viel zu viel zugemutet. Ich finde es großartig, dass du so erfolgreich bist, und sehe auch, wie viel Freude es dir macht, wieder zu arbeiten. Aber du kannst nicht leugnen, dass diese Mehrbelastung dich sehr erschöpft. Wenn dann noch Sorgen wie die um Nina dazukommen, tut dir das nicht gut.«

Robert hat recht, dachte Stella bedrückt, als sie wenig später Seite an Seite im Bett lagen.

Ich muss mehr auf mich aufpassen.

Ich darf es nicht wieder so weit kommen lassen wie zu der Zeit, bevor ich Robert kannte, als ich beinahe rund um die Uhr gearbeitet habe. Nur um mir selbst zu beweisen, dass ich etwas wert bin. Ich möchte nie wieder mit Burn-out in einer Klinik landen. Nie, nie wieder!

# 10

## *Nina*

Nina konnte sich nicht erinnern, wann sie sich zuletzt derart einsam, wertlos und leer gefühlt hatte.

Tag vier seit der Trennung von Alexander lag fast komplett hinter ihr, und sie wusste nichts mit sich anzufangen. An diesem frühen Abend erschien ihr die Eimsbütteler Villa wie ein Gespensterhaus. Überall sah sie Bilder von Alexander und sich selbst, verschwommen, zerrissen, wie Fragmente aus einem anderen Leben.

Sie hasste es, an jeder Ecke mit dem Verlust und dem Zerbrechen dieser Liebe konfrontiert zu werden, und so wurde aus dem Gespensterhaus mit einem Mal ein bedrohliches Gefängnis.

*Ich muss dringend mit jemandem sprechen und hier raus, sonst werde ich noch irre,* dachte sie, vollkommen verzweifelt, und wählte Leonies Nummer.

Doch sie erreichte nur die Mailbox.

Leonie hatte auch noch keine der Nachrichten abgerufen, ziemlich untypisch für sie.

Stella war mit der Suche nach einer Kinderbetreuung beschäftigt, alle anderen Bekannten waren bei dem schönen Wetter unterwegs. Nina ging frustriert nach draußen und tigerte eine Weile rastlos im Garten auf und ab. Der Garten war stets eine große Kraftquelle für sie, das Kümmern um die Pflanzen eine Art Meditation. Nur leider nicht heute. Teilnahmslos zupfte sie hie und da Unkraut, entfernte vertrocknete Blüten, band Stauden hoch, sammelte Schnecken aus den Beeten und goss die Blumen in den kleineren Töpfen mit der Gießkanne. Den Rasen und die Pflanzen würde sie nachher mit dem Gartenschlauch bewässern.

Heute war der 1. September, Spätsommer.

Für gewöhnlich ihre Lieblingsjahreszeit, doch diesmal war alles anders …

»Hallo, Nina«, hörte sie plötzlich eine vertraute Stimme sagen und zuckte augenblicklich zusammen. Das ist doch hoffentlich nicht Alexander, dachte sie, und drehte sich erschrocken um. Doch tatsächlich. Er war es. Obwohl sie ihn eindringlich gebeten hatte, aus ihrem Leben zu verschwinden.

»Was willst du hier?«, blaffte sie, während ihr der Schweiß auf die Stirn trat. »Welchen Teil von *Lass mich in Ruhe* hast du nicht verstanden?«

*Wie konnte er es wagen?!*

»Ich habe dich sehr deutlich verstanden«, erwiderte Alexander und setzte vorsichtig einen Fuß vor den anderen, als befürchtete er, von Nina attackiert zu werden, wenn er sich ihr zu schnell näherte. »Doch ich muss hier einige Dinge regeln, wie zum Beispiel die Kündigung und die Auflösung der Wohnung. Und das kann ich nun mal nur persönlich. Außerdem …«, Alexander holte tief Luft, »… habe ich gehofft, dass wir doch noch in Ruhe reden können. Es war schließlich nicht geplant, dir das alles am Telefon zu erzählen. Hättest du mich nicht auf WhatsApp blockiert, hätte ich mein Kommen vorher ankündigen können.«

Ninas Herz trommelte wild, es tat unendlich weh, ihn zu sehen. Er war braun gebrannt, die Sonne hatte helle Strähnen in seine dunklen Locken gemalt, er trug Shorts und ein weißes Leinenhemd, als käme er gerade vom Segeln – oder eben frisch aus dem Italienurlaub. »Wenn du nicht möchtest, respektiere ich das natürlich. Aber ich wollte dir auf alle Fälle Bescheid geben, dass ich wieder da bin und zwei, drei Tage bleiben werde.«

Ich muss wirklich hier weg, und zwar dringend, war alles, was Nina denken konnte. Doch wohin?

»Tu, was du tun musst, aber geh mir aus den Augen«, erwiderte sie und stapfte, ohne ihn eines weiteren Blickes zu würdigen, an ihm vorbei in Richtung Villa.

Jede Faser ihres Körpers brannte wie Feuer, sie fühlte sich einer Ohnmacht nahe.

In ihrer Wohnung angekommen, tippte sie mit zittrigen Fingern eine Nachricht an Leonie, denn die war die Einzige, an die sie sich in ihrer Not wenden konnte: »Bin unterwegs zu dir, auf der Flucht vor Alexander. Nehme mein Rad mit, dann brauchst du mich nicht abzuholen, falls du diese Nachricht hier liest und auf dem Sprung bist.«

Anschließend warf sie wahllos einige Kleidungsstücke und Kosmetika in ihren Rucksack, goss die Zimmerpflanzen, schwang sich auf ihr Rad und lenkte es zur nahe gelegenen Haltestelle Christuskirche. Die U-Bahn würde sie zum Hauptbahnhof bringen, von dort fuhr die S-Bahn in Richtung Stade.

Die Fahrt nach Steinkirchen würde zwar eine ganze Weile dauern, doch das war ihr egal.

Alles tausendmal besser, als die kommenden Tage und Nächte Tür an Tür mit Alexander verbringen zu müssen.

Erst als sie in der Bahn saß und tief Luft holte, fiel ihr siedend heiß ein, dass ihre Übersprungshandlung einen gewaltigen Haken hatte: Niemand konnte sie bei *Koloniale Möbel* vertreten. Nina wurde heiß und kalt. Zwei Seelen rangen in ihrer Brust. Einerseits hielt ihr Pflichtgefühl sie davon ab, sich einfach arbeitsunfähig zu melden, andererseits waren gestern und heute nur drei Kunden im Laden gewesen, mit einem Gesamtumsatz von 23 Euro für eine kleine Vase und zwei Teelichterbehälter.

»Liebe Ruth«, tippte sie in ihr Handy. »Ich bin krank und kann mindestens zwei Tage nicht im Laden arbeiten. Sollte es länger dauern, schicke ich natürlich ein ärztliches Attest. Tut mir leid, N.«

Kaum war die Nachricht durch, überfiel Nina ein furchtbar schlechtes Gewissen. Ruth Gellersen verbrachte zurzeit ihre Ferien in Südfrankreich, ihre Kollegin machte Urlaub in Dänemark. Doch andererseits war Nina bislang nur äußerst selten unpässlich gewesen und hatte sich stets nach den Plänen ihrer Chefin gerichtet, die mitunter sehr sprunghaft sein konnte.

Als die Bahn in Neukloster hielt, schob Nina das Rad aus dem U-Bahn-Waggon und machte sich auf den Weg in die Region zwischen den Flüssen Lühe und Schwinge.

Zum Glück war es noch hell, sodass Nina den Weg problemlos fand und die Fahrt nach Steinkirchen sogar ein wenig genoss. Jeder Meter Abstand zu Alexander war eine Wohltat.

Und sie liebte das Alte Land. Die Weite, die kilometerlangen Apfelplantagen, die Flüsse, die Deiche, die schnuckeligen Fachwerkhäuser, die malerischen Klappbrücken, das viele Grün und die saubere Luft.

Hier kann man entschleunigen, dachte sie und schloss einen kurzen Moment die Augen, um noch einmal tief durchzuatmen. Dann tat es einen Rums und einen Ruck. Nina kam ins Schlingern. Irgendetwas Schweres krachte in sie hinein, und schon lag sie auf dem Boden.

Mitsamt Fahrrad und Rucksack.

»Oh, mein Gott, ist Ihnen etwas passiert?«, fragte ein Mann und beugte sich über sie. »Ich ... ich ... dachte, sie hätten mich kommen sehen.« Er streckte ihr die Hand entgegen und half ihr aufzustehen. Nina klopfte sich Dreck von der Jeans, befühlte ihre rechte Gesichtshälfte, auf die sie unsanft gefallen war, und öffnete den Mund, um zu prüfen, ob ihr Kiefer heil geblieben war. Der knackte zwar verdächtig, schien jedoch intakt zu sein.

»Alles in Ordnung? Ich rufe jetzt einen Arzt, ja?«, fragte der Fremde, dessen Mountainbike ebenfalls auf dem Radweg lag, und zückte sein Handy.

»Und ich die Polizei«, knurrte Nina, wütend über den schmerzhaften Zusammenstoß.

Konnte dieser Tag noch schlimmer werden?

»Wieso die Polizei? Ich hatte Vorfahrt. Und Sie sind mit geschlossenen Augen geradelt.«

»Geschlossene Augen, was für ein Unsinn«, konterte Nina. Das Letzte, was sie jetzt gebrauchen konnte, war eine Diskussion über ihren Fahrstil. Sie wollte nach Steinkirchen und, verdammt noch mal, endlich ihre Ruhe haben!

Männer konnten sie allesamt mal kreuzweise. Auch dieser Typ war das Allerletzte und fand sich vermutlich ziemlich toll. Nun gut, er war eindeutig attraktiv und schien durchtrainiert zu sein. Aber das war noch lange kein Grund, sie als Unfallverursacherin hinzustellen.

»Ist Ihnen schwindelig, sehen Sie Doppelbilder?«

»Sind Sie Arzt?«, fragte Nina, der das alles zu viel war.

»Nein, Lehrer. Deshalb habe ich ein bisschen Erfahrung mit Verletzungen und natürlich den üblichen Erste-Hilfe-Kurs absolviert. Ich muss sichergehen, dass Ihnen nichts fehlt, und schlage daher vor, jetzt wirklich einen Arzt zu rufen.«

»Wenn Sie meinen.« Nina war viel zu erschöpft, um weiter zu protestieren. Außerdem begann ihr Kopf zu schmerzen, genau wie ihr Nacken. »Dann soll der sich aber auch gleich um Sie kümmern, Sie bluten nämlich an den Knien und auch im Gesicht. Wieso tragen Sie denn eigentlich keine Knieschoner, wenn Sie so speedy unterwegs sind, dass Sie nicht mal rechtzeitig bremsen können, wenn Ihnen jemand in die Quere kommt?«

»Und warum haben Sie keinen Helm auf dem Kopf?«

Eins zu null. In der Eile hatte sie tatsächlich den Kopfschutz vergessen, der garantiert einen Großteil des Aufpralls abgefangen hätte.

*Kopflos in jeder Beziehung*, dachte sie beschämt und kramte in ihrem Rucksack nach Tempotaschentüchern. Nachdem sie fündig geworden war, reichte sie dem Fremden eins.

»Für Ihre Knie«, erklärte sie und hoffte, dass es nicht mehr allzu lange dauern würde, bis der Arzt kam. »Eigentlich müsste da vorher noch Jod drauf, aber das schleppe ich nicht ständig mit mir herum.«

»Aber zumindest Taschentücher. Sind Sie erkältet, oder hatten Sie heute einen blöden Tag? Von unserem Zusammenprall abgesehen?«

Eins musste man dem Typen lassen: Er war nicht auf den Mund gefallen.

»Eher Letzteres«, erwiderte Nina und ärgerte sich im selben Moment über sich selbst.

Es ging diesen Kerl rein gar nichts an, dass sie gerade todunglücklich war und sich so mickrig fühlte.

»Das tut mir leid. Mein Tag war irgendwie auch nicht so super.«

»Haben Sie eine schlechte Zensur für die Mathearbeit bekommen?«

Der Fremde lachte. »So ähnlich. Aber ich will Sie nicht mit meinem Schulkram langweilen. Ah, da kommt ja der Arzt.«

Zwanzig Minuten später waren beide durchgecheckt und gaben dem netten älteren Herrn ihre Personalien – der Fremde hieß also Kai Martens – sowie die Versichertenkarte. Nina hatte ein leichtes Schleudertrauma und bekam deshalb eine Halskrause verpasst. In zwei Tagen sollte sie zur Nachkontrolle in seine Praxis kommen.

Kai Martens' Wunden wurden desinfiziert und verbunden, ihm fehlte sonst weiter nichts.

»Wohin wollen Sie eigentlich?«, fragte Kai, nachdem der Arzt wieder abgefahren war.

»Nach Steinkirchen«, erwiderte Nina, überprüfte erst ihr Rad auf Fahrtauglichkeit und dann, ob sie den Kopf überhaupt drehen konnte, schließlich saß die Halskrause ziemlich fest.

Leider war ihre Beweglichkeit tatsächlich sehr eingeschränkt, also konnte sie nur geradeaus schauen, nicht unbedingt gut, wenn man fahren wollte. Das Rad war zum Glück in einem weitaus besseren Zustand als sie selbst. Bis auf einen leicht verbogenen Lenker war alles in Ordnung. »Und Sie?«

»Auch«, erwiderte Kai. »Wie sieht's aus? Trauen Sie sich zu, langsam neben mir herzufahren, oder wollen Sie lieber hier warten, bis ich in zehn Minuten mit dem Auto zurückkomme, um Sie einzusammeln?«

»Ich fahre«, sagte Nina und biss sich auf die Zähne. Der Arzt hatte ihr zwar eine Schmerztablette gegeben, doch die wirkte natürlich noch nicht. Beide radelten schweigend und in gemäßigtem Tempo nebeneinanderher. Am Horizont bereitete sich die Sonne allmählich auf den Abgang von der Tagesbühne vor, der Himmel begann sich zartrosa zu färben, immer wieder durchsetzt von bläulich wirkenden Schleierwolken. Vermutlich würde es morgen regnen, denn diese Wolken waren, wie Nina wusste, Vorboten für das kühle Nass, das der Region nach den ungewöhnlich trockenen, warmen Tagen sicher guttun würde.

Der laue Spätsommerwind trieb den Duft von reifen Pflaumen, Äpfeln und frisch gemachtem Heu in Ninas Nase.

Kein Parfüm der Welt duftete so gut wie die Natur.

»Wohnen Sie in Steinkirchen, oder sind Sie nur zu Besuch? Ich kann mich nämlich nicht erinnern, Sie hier in der Gegend schon einmal gesehen zu haben«, durchbrach Kais Stimme die ruhige Idylle.

Nina schmunzelte still in sich hinein.

In Eimsbüttel käme niemand auf die Idee, so etwas zu fragen. Auch wenn dieser Stadtteil einen durchaus dörflichen Charakter hatte, lebten dennoch viel zu viele Menschen dort, um sich an jeden Einzelnen zu erinnern, dem man mal begegnet war.

Wie viele Einwohner hatte Steinkirchen wohl?

Über tausend?

Oder eher weniger?

»Kennen Sie denn wirklich jeden hier?«, fragte sie zurück, nicht bereit, noch mehr Persönliches von sich preiszugeben. Es genügte vollauf, dass der Fremde nun ihren vollen Namen kannte.

»Wenn man Lehrer ist, bleibt das irgendwie nicht aus«, erklärte Kai, als das Ortsschild von Steinkirchen in Sichtweite kam. »Aber man kennt sich natürlich nicht nur aus der Schule, sondern auch von Festen, vom Sport, vom Einkaufen. Ich tippe, Sie sind aus Hamburg. Aus irgendeinem Szenestadtteil wie Ottensen oder dem Karoviertel. So, jetzt sind wir da. Darf ich Sie noch bis an die Haustür bringen?«

»Danke, den Rest schaffe ich allein, ist nicht mehr weit«, erwiderte Nina. Kai war weitaus sympathischer, als sie zunächst angenommen hatte, aber er hatte sich nun genug um sie gekümmert. Schließlich trug sie selbst die Schuld an dem Unfall, wie ihr im Laufe der Fahrt klar geworden war. Gut, dass sie nicht so schnell gefahren war wie er, sonst hätte der Zusammenprall wirklich böse enden können.

»Sicher?«

»Sicher!«

»Und Sie kippen nicht hinter der nächsten Kurve um?«

»Nein, tue ich nicht. Versprochen!«

»Na gut«, sagte Kai seufzend. »Ich kann und will Sie nicht zwingen. Also machen Sie's gut, passen Sie schön auf sich auf, und fahren Sie bitte nicht wieder mit geschlossenen Augen. Sonst übersehen Sie das, was wirklich wichtig ist.«

Erst nachdem er weg war, bog Nina in die Weggabelung ein, die Richtung Apfelparadies führte.

Sie wusste, wo Leonie den Ersatzschlüssel für die Wohnung versteckt hatte. Nina hob den kleinen Leuchtturm aus Keramik an, der im Vorgarten als Deko stand, und atmete tief durch, als sie die Eingangstür neben der zur Pension öffnete: Hier war sie geborgen, das spürte sie schon jetzt.

Hier konnten ihre tiefen Wunden allmählich anfangen zu heilen, zumindest hoffte sie das.

Kais Worte *Sonst übersehen Sie das, was wirklich wichtig ist* gingen ihr allerdings nicht mehr aus dem Sinn.

Was hatte sie in der Beziehung mit Alexander übersehen, dass er nicht anders konnte, als sich ohne Vorwarnung von ihr zu trennen? War es womöglich die Tatsache, dass sie selbst ihn schon innerlich verlassen hatte, ohne sich dessen bewusst gewesen zu sein?

# 11

## Leonie

*E*twa zur selben Zeit ahnte Leonie noch nichts davon, dass ihre Freundin Nina gerade auf dem Weg ins Apfelparadies war, um sich bei ihr einzuquartieren und sich von ihr trösten zu lassen.

Sie selbst fuhr nämlich gerade mit dem Rad nach Cranz auf dem Weg zum Fähranleger, wo sie mit Markus verabredet war.

Das luftige Sommerkleid mit den Schmetterlingsmotiven, das sie sich am Nachmittag extra für diesen Anlass im Modehaus Stackmann in Buxtehude gekauft hatte, umspielte ihre nackten Waden, der sanfte Spätsommerwind kitzelte den frei liegenden Nacken. Leonie trug die Haare hochgesteckt, weil sie wusste, dass ihre Frisur sonst die Radtour nicht überstehen würde, und sie heute Abend besonders hübsch aussehen wollte.

Vielleicht hatte sie ja später Gelegenheit, ihren *Kopfknödel,* wie Markus den Top Knot liebevoll nannte, zu lösen und sich noch die Haare zu bürsten, bevor es – was auch immer es war – losging. Je näher sie dem Elbherz kam, desto aufgeregter wurde sie. Sie konnte kaum glauben, dass sie auch noch nach zwei Jahren inniger Beziehung so verliebt in Markus war, als sei sie ihm gerade erst begegnet.

Was er wohl für heute Abend geplant hatte?

Vielleicht den ersehnten …

Halt, Leonie, das ist Unsinn!, rief sie sich selbst zur Ordnung. Heiraten ist zwar romantisch, aber es kommt doch in erster Linie darauf an, wie man sich versteht. Nicht auf den Ring am Finger, die kirchliche Trauung, das Fest im Kreis der Lieben, die Flitterwochen.

Und dennoch …

Pünktlich um acht Uhr stellte sie ihr Rad in den dafür vorgesehenen Ständer hinter dem Café.

Sie konnte Markus durch die Fensterscheibe dabei zusehen, wie er gerade die Kaffeemaschine reinigte. Leonie war gerührt, denn so chaotisch, wie er manchmal sein konnte, so sorgfältig war er doch bei der Pflege der Dinge, die ihm am Herzen lagen. »Hallo, da bin ich«, rief sie, als sie durch die Tür des schönen Cafés trat, das sie so sehr liebte, weil es genauso war wie Markus: eine wunderbare Mischung aus Bodenständigkeit, verspielter Leichtigkeit, Wärme, Gemütlichkeit und Stil. »Na, bist du noch fleißig?!«

Als Markus in der Bewegung innehielt und sich zu ihr umdrehte, sah sie ein strahlendes Leuchten in seinen Augen. Offenbar verfehlte ihr neues Kleid die beabsichtigte Wirkung nicht. »Du … du siehst umwerfend aus«, erwiderte er, warf den Wischlappen in die Spüle und gab ihr einen langen, zärtlichen Kuss. »Schön, dass du da bist.«

Leonie schmiegte sich an ihn und atmete seinen Duft ein.

Sie hatte in all den Jahren noch keinen anderen Mann kennengelernt, der so gut roch. Wissenschaftler würden sagen, dass sie sich von seinem Geruch angezogen fühlte, weil sein Genpool konträr zu ihrem war, eine essenzielle Voraussetzung, um gemeinsam gesunde Kinder zu bekommen. Leonie liebte es, an Markus herumzuschnuppern, sich an ihn zu kuscheln, seine Hand zu halten oder ihm durchs Haar zu streichen. Weil sie *ihn* liebte und sich ein Leben ohne ihn nicht mehr vorstellen konnte.

Gemeinsame Kinder wären die Krönung dieser Liebe und weit wichtiger für sie als eine Heirat.

»Bist du bereit für einen kleinen Ausflug?«, fragte Markus nach einer Weile, in der sie einander – ohne zu reden – im Arm gehalten hatten.

»Na klar«, sagte Leonie. »Vor allem bin ich aber gespannt darauf, was du vorhast.«

»Dann komm mal mit«, erwiderte Markus, schnappte sich die Jacke, die an der Garderobe hing, und zog Leonie mit sich Richtung Fähranleger. Sie folgte ihm den Abhang hinunter zum tiefer gelegenen Elbufer. Dort erblickte sie sein bunt bemaltes Ruderboot, das fröhlich auf den Wellen schaukelte. »Lust auf eine kleine Tour?«, fragte Markus grinsend.

»Was für eine schöne Idee«, rief Leonie begeistert aus, froh darüber, dass sie keine hohen Schuhe trug, sondern sich wegen des Radfahrens für flache Sandalen entschieden hatte. »Das haben wir schon ewig nicht mehr gemacht. Aber ist die Strömung an dieser Stelle nicht ein bisschen zu stark und somit gefährlich?« Sie folgte ihm den asphaltierten Deich hinunter, wo Disteln zwischen den Steinplatten hervorlugten und sich an einigen Stellen Moos festgesetzt hatte.

Dann entdeckte sie im Boot Fleecedecken, Kissen, einen Picknickkorb und einen Weinkühler, aus dem ein Flaschenhals ragte. Wie romantisch.

Markus hatte wirklich an alles gedacht.

»Darf ich bitten?«, fragte er, nachdem er vor Leonie ins Boot gesprungen war. Er ergriff ihre Hand und geleitete sie sicher an ihren Platz. Sie bekam augenblicklich Gänsehaut. »Keine Sorge, wir paddeln dicht am Ufer entlang bis zu einer Stelle, wo es ruhiger ist. Ich würde niemals etwas tun, das dich oder uns beide in Gefahr bringt. Das weißt du doch, oder?«

»Ja, das weiß ich«, erwiderte Leonie und richtete sich auf ihrem Platz ein. »Was hast du denn da Leckeres zu trinken eingepackt?«, fragte sie neugierig und versuchte, am Etikett abzulesen, ob Markus gekühlten Weißwein mitgenommen hatte oder etwas Prickelndes.

»Das wirst du sehen, wenn es so weit ist«, erwiderte er und begann zu paddeln. »Also los, ab dafür. Und wag es ja nicht, dich zu drücken. Das hier erfordert Teamwork.«

»Aye, aye, Käpten«, sagte Leonie, tippte sich kurz mit der Hand an die Stirn und legte sich dann ins Zeug. Es dauerte einen Moment, bis beide denselben Rhythmus gefunden hatten, der notwendig war, um gemeinsam eine gewisse Wegstrecke zurückzulegen. Doch schon nach einem kurzen Moment verliefen ihre Bewegungen synchron, das Paddeln machte unglaublich viel Spaß.

»So was sollten wir wieder viel öfter machen und nicht immer nur arbeiten«, rief Leonie gegen den aufkommenden Wind an.

Sie saß vorn und bestaunte die Segelboote und Schiffe, die sich auf dem Wasser tummelten.

Hamburg und das Umland waren wirklich großartig, gerade wegen der Elbe und der Nähe zur Nordsee.

Nach etwa einer halben Stunde Fahrt, in der Leonies Gedanken immer wieder voller Sorge zu Nina abgeschweift waren, lenkte Markus das Boot zu einer ufernahen Einbuchtung, in der das Wasser sichtbar flacher wurde und Weiden ihre langen, belaubten Äste wie ein schützendes Dach über die Elbe legten. »Wie gefällt es dir hier?«, fragte er und holte das Paddel ein.

»Hast du einen Anker dabei?«, fragte Leonie schmunzelnd. »Die Stelle ist traumhaft und wildromantisch, aber ich schätze, wir driften ab, wenn wir aufhören zu paddeln.«

»Abdriften ist doch auch mal ganz schön«, erwiderte Markus, warf jedoch tatsächlich einen Anker, den Leonie übersehen hatte. Zu sehr war sie damit beschäftigt gewesen, sich über die fantasievolle Idee, die erfrischende Fahrt übers Wasser und die gemeinsame Unternehmung zu freuen.

»Also, hast du Lust auf ein Gläschen Champagner? Oder willst du erst etwas essen? Ich könnte als Auftakt Kirschen anbieten, die liebst du doch so.«

»Champagner?!« Leonie konnte nichts dagegen tun, ihr Herz schlug schneller als ein Trommelfeuer. »Was haben wir denn zu feiern?«

Mit geübten Händen entkorkte Markus das edle Getränk und schenkte es in zwei langstielige Gläser, die Leonie festhielt. Markus nahm ihr eines der beiden ab, erhob es und prostete ihr zu. »Wir haben zu feiern, dass das Leben uns einander geschenkt hat. Ist schließlich nicht selbstverständlich, dass sich die Wege eines Münchners und einer Altländerin kreuzen. Wir sind also offensichtlich vom Schicksal füreinander bestimmt.«

Leonie war so gerührt, dass sie am liebsten geweint hätte.

Der Tag, an dem sie Markus in der Buchhandlung in Jork zum ersten Mal begegnet war, stellte einen großen Wendepunkt dar.

Zu einem Leben voller Freude und Glück, wofür sie unendlich dankbar war.

»Und weil das so ist und ich dich über alles liebe, Leonie«, fuhr Markus fort, »möchte ich dich fragen, ob du meine Frau werden willst. Ich finde, wir kennen einander nun lange und gut genug. Du weißt, dass ich es manchmal mit fremder Küchenwäsche nicht so genau nehme und im Schlaf rede. Ich weiß, dass du ohne deine Freundinnen nicht leben kannst und auf Musicals stehst, denen ich überhaupt nichts abgewinnen kann. Ich liebe dich und möchte den Rest meines Lebens an deiner Seite verbringen. Also, was sagst du?«

Leonie sagte gar nichts, sondern fiel Markus um den Hals. Dabei schwappte der Champagner über sein hellblaues Hemd, doch das machte nichts. Denn kein Champagner der Welt war so köstlich wie der perfekte Moment und die ganz, ganz große, wahre Liebe.

»Heißt das etwa Ja?« Markus' Stimme zitterte ein bisschen, was ungewöhnlich für den Mann war, den Leonie als so souverän und in sich ruhend kannte.

»Ja, das heißt es«, schrie sie, einem Impuls folgend, so laut über die Elbe, dass man ihre Freude vermutlich noch oben auf dem Süllberg hören konnte. »Ja, ja, ja und nochmals ja. Ich kann mir nichts Schöneres vorstellen, als deine Frau zu sein, jeden Morgen gemeinsam mit dir aufzuwachen, jeden Abend mit dir einzuschlafen und gemeinsam mit dir ein Kind großzuziehen.«

»Wie wunderbar«, erwiderte Markus und bedeckte ihr Gesicht mit zärtlichen Küssen. »Ich wünsche mir ein Kind mit dir, und zwar so schnell wie möglich. Allerdings sollten wir uns vorher darauf einigen, wo wir künftig wohnen wollen, damit diese Pendelei mal ein Ende hat.«

Leonie löste sich aus seiner Umarmung und trank den Champagner.

Versonnen schloss sie die Augen, weil sie diesen kostbaren Augenblick ganz bewusst genießen und für immer in ihrem Herzen bewahren wollte. Davon hatte sie schon als kleines Mädchen geträumt, und nun würde dieser Traum endlich wahr werden. »Könntest du dir denn vorstellen, endgültig zu mir ins Haus zu ziehen?«, fragte sie mit klopfendem Herzen.

Bislang hatten die beiden die gemeinsame Zeit abwechselnd in Markus' Mietwohnung in einem alten Fachwerkhaus am Rande von Steinkirchen und im Apfelparadies verbracht. Allerdings waren sie in den vergangenen Wochen häufiger bei Leonie gewesen, da diese ziemlich eingespannt durch die Arbeit in der Pension war und Markus sich bei ihr daheim wohlfühlte.

Markus zuckte mit den Schultern. »Grundsätzlich schon«, erwiderte er, allerdings ein bisschen zögerlich. »Aber es wäre natürlich mindestens ebenso schön, sich gemeinsam etwas zu suchen. Noch dazu, da wir uns beide eine Familie wünschen. Dann könntest du auch in deiner Freizeit besser vom Apfelparadies abschalten und dich erholen.«

»Aber woher sollen wir das Geld dafür nehmen?« Leonie war enttäuscht, weil sich plötzlich die Realität über den romantischen Moment legte und ihnen vor Augen führte, dass die Dinge nicht ganz so einfach waren: Beide verdienten einigermaßen, hatten aber nicht genug Geld, um große Sprünge zu machen. Leonie wohnte natürlich mietfrei, schließlich gehörte die Pension ihr, und auch Markus zahlte nur wenig, da er der betagten Vermieterin zur Hand ging und das alte Haus durch Reparaturen vor dem endgültigen Verfall bewahrte.

Eine hohe Miete oder gar Kreditraten für die Abzahlung eines Hauses waren schlicht undenkbar.

»Tja, das ist in der Tat eine gute Frage«, sagte Markus und schenkte Champagner nach. »Zurzeit habe ich keine konkrete Idee, aber ich gehe hoffnungsvoll davon aus, dass das Schicksal es auch in dieser Hinsicht gut mit uns meint. Allerdings sollten wir ihm auf die Sprünge helfen, indem wir ab sofort die Immobilienlage im Umkreis checken und alle, die uns bei der Suche helfen können, in unsere Pläne einweihen. Dann ist es sicher nur eine Frage der Zeit, bis wir etwas gefunden haben, das zu uns passt und das wir uns auch leisten können. Unser persönliches Liebesnest, in dem weder Pensionsgäste dazwischenfunken noch die alte Dame, so sympathisch sie auch ist. Was hältst du übrigens von einer Hochzeit im Mai? Oder ist das zu abgedroschen?«

Dieses Thema war schon eher nach Leonies Geschmack.

Zudem beflügelte sie Markus' Zuversicht und Optimismus in Bezug auf die Wohnungsfrage.

»Weihnachten wäre auch toll, aber da sind natürlich alle bei ihren Familien«, murmelte sie gedankenverloren und schaute auf ihre Hand, die mit der von Markus verschränkt war. Sie stellte es sich wunderschön vor, wenn beide endlich einen Ehering trugen, der ihre Liebe auch sichtbar besiegelte.

Und sie wollte nicht mehr lange warten.

»Silvester hätte was«, murmelte Markus. »Neues Jahr, neues Glück. Was meinst du?« Leonie brauchte nicht lange zu überlegen, denn ihr gefiel die Vorstellung, als verheiratete Frau in ein neues Jahr zu starten, ausnehmend gut.

»Das klingt absolut großartig«, rief sie beglückt aus.

Markus gab Leonie sein Glas und nestelte mit der freien Hand an der Tasche seiner Jeans. Dann hielt er ein kleines blaues Kästchen in der Hand, das er auf seine Knie legte.

»Ich muss dich jetzt leider einen Moment loslassen, sonst wird das hier nichts«, sagte er mit warmer, leicht rauer Stimme und öffnete die kleine Schachtel.

Leonie hielt gebannt den Atem an, als sie den Ring sah: Er war aus breitem, blank poliertem Platin und trug die Gravur der Symbole für Glaube, Liebe, Hoffnung.

Einen schöneren Verlobungsring hätte sie sich nicht wünschen können ...

# 12

## *Stella*

ist, Mist, Mist!
Der Besitzer des Hauses auf Sylt, das Stella renovieren sollte, war alles andere als begeistert gewesen, als sie ihn fragte, ob sie den Auftrag um ein, zwei Wochen verschieben könne.

»Arroganter Kerl«, zischte sie in Gedanken an das unsägliche Telefonat mit dem Unternehmer aus Hannover, denn sie hatte große Angst vor dem Verlust des lukrativen Jobs.

»Wenn Sie mir nicht in drei Tagen verbindlich zusagen können, dass Sie termingerecht arbeiten, bekommen Sie den Auftrag für das Umstyling meines Ferienhauses nicht.« Aus den Worten von Frank Petersen sprach der erfolgreiche Geschäftsmann, der es gewohnt war, dass alles nach seinem Plan lief.

Scherte man aus diesem Plan aus, wurde man im Handumdrehen durch jemanden ersetzt, der spurte.

Stella rief die Excel-Tabelle in ihrem Computer auf, in der sie alle Termine, Fixkosten und künftige Einnahmen aufgelistet hatte. Demnächst wurde eine größere Kredit-Abschlagszahlung für das Husumer Haus fällig, für die Stellas Honorar unabdingbar war. Kalter Schweiß trat ihr auf die Stirn, ihr Puls beschleunigte sich, sie begann vor Wut und Angst zu zittern. Wieso war Frank Petersen so hart zu ihr?

Sie hatte ihren potenziellen Auftraggeber doch lediglich um eine Verschiebung um ein, zwei Wochen gebeten?! Und er setzte sie unter Druck, anstatt ihr ein wenig entgegenzukommen.

Nun blieben ihr also noch drei Tage Zeit, um dafür zu sorgen, dass sie künftig, wie geplant, regelmäßig nach Sylt fahren und den Umbau in Kampen durchführen konnte.

Aber wie sollte sie das schaffen?

Ihre Suche nach einer Kinderbetreuung war bislang erfolglos gewesen. Eine kurze, hilfreiche Idee blitzte auf, doch Stella verwarf sie wieder. Nein, Nina konnte sich ganz bestimmt nicht so spontan freinehmen – oder etwa doch? Fragen konnte sie ja mal. Also wählte Stella die Nummer ihrer Freundin, die sofort am Handy war.

»Wie geht's dir?«, fragte sie, froh, Ninas Stimme zu hören.

Nina erzählte, dass sie gerade im Alten Land war, auf der Flucht vor Alexander.

»Hui, das nenne ich mal 'ne spontane Aktion«, erwiderte Stella, nachdem ihr klar geworden war, in welchem emotionalen Schlamassel Nina steckte. »Was … was sagt Leonie denn dazu? Und wie lange wirst du bleiben?«

»Leonie weiß noch nichts davon, weil sie offenbar bei Markus übernachtet und keine meiner Nachrichten abgerufen hat. Aber Sonja meinte, sie müsste jeden Moment kommen.« Dann erzählte Nina von ihrem Fahrradunfall und davon, dass sie deswegen eine Halskrause trug.

»Das bedeutet also, dass du nach dem Kontrollbesuch beim Arzt eventuell krankgeschrieben wirst?«, fragte Stella, deren Kopf auf Hochtouren ratterte. »Bitte versteh mich nicht falsch, aber ich habe gerade ein kleines, nein, ehrlich gesagt, ein großes Problem mit der Betreuung der Kinder.« Dann war sie an der Reihe, Nina zu erzählen, was bei ihr gerade schieflief. Diese hörte ruhig zu und holte nur ab und an hörbar Luft, was Stella unendlich guttat. Worum auch immer es ging: Sie konnte mit niemandem – auch nicht mit Robert – so gut und offen über all das sprechen, was sie bewegte, freute oder aufwühlte, wie mit Nina und Leonie.

»Oh nein, das tut mir leid«, erwiderte Nina schließlich ehrlich betroffen. »Ich mag Karin sehr. Und ich bete inständig, dass ihre Tochter bald wieder gesund wird. Diesem Frank Petersen würde ich liebend gern eins auf die Nase geben und ihm klarmachen, dass er kein Krankenhaus baut, um Leben zu retten, sondern sich lediglich aus lauter Langeweile seine überteuerte Bude auf Sylt umstylen lässt, weil er vermutlich gar nicht weiß, wohin mit seinem Geld. Der soll sich mal nicht so anstellen, sondern lieber froh sein, dass er eine großartige Innenarchitektin wie dich gefunden hat.«

Ninas Zuspruch war Balsam für Stellas Seele.

Wie oft hatte sie sich an diesem Morgen schon gefragt, ob es überhaupt sinnvoll war, derart viel Zeit und Energie in einen Beruf zu stecken, der im Grunde nichts weiter war als purer Luxus. Womöglich war die momentane Situation ein Signal dafür, dass sie gerade auf dem falschen Kurs war und sich lieber mehr auf ihre Familie konzentrieren sollte als auf den Beruf. Doch trotz allem wurden ihre Einnahmen gebraucht.

Zudem liebte sie ihre Arbeit und brauchte sie als Ausgleich zum Familienleben.

»Weißt du, was?«, sagte Nina. »Ich gehe einfach schon heute zum Arzt, jammere ein bisschen herum, dass es mir gar nicht gut geht, und hoffe, dass er mich möglichst aus dem Verkehr zieht.«

»Heißt das etwa ...?« Stella wagte gar nicht, diesen rettenden Gedanken zu Ende zu führen. »Aber du kannst doch nicht krankgeschrieben durch die Gegend gondeln ...«

»Wieso denn nicht? Ich brauche doch schließlich Liebe, Pflege und Fürsorge, nicht wahr? Und weil daheim keiner ist, der sich um mich kümmern könnte, muss ich dringend zu meiner Freundin nach Husum.« Es war nicht zu überhören, dass Ninas Stimme beim letzten Teil des Satzes brüchig wurde.

»Das stimmt allerdings«, erwiderte Stella, deren Laune sich augenblicklich besserte. »Okay, dann machen wir es so: Du gehst zum Arzt und meldest dich, sobald du Näheres weißt. Danach hole ich dich bei Leonie ab. Wir könnten den Grill anschmeißen und am Bootsanleger essen.«

»Schöne Idee«, stimmte Nina ihr zu. »Doch leider hat die Sache einen Haken: Es regnet gerade. Aber vielleicht klart es ja noch auf. Also bis später, ich melde mich.«

Am selben Spätnachmittag fuhr Stella in Richtung Steinkirchen.

Robert konnte sich etwas früher freinehmen, da er mittwochnachmittags keine Sprechstunde hatte, und übernahm die Betreuung von Emma und Lilly. Moritz war bis Freitag auf einer Klassenfahrt in Berlin. Nina war es tatsächlich gelungen, eine Krankschreibung bis zum Ende der darauffolgenden Woche zu bekommen, mit Option auf Verlängerung, wenn es ihr nicht schnell besser ginge.

Dass sie derzeit unter einer schmerzhaften Trennung litt, hatte den netten Landarzt davon überzeugt, ihr ein wenig mehr Zeit als üblich zu gewähren.

Denn Zeit heilt alle Wunden, davon war man auch im Alten Land überzeugt, wie der Doktor Nina gesagt hatte.

Stella summte während der Fahrt, heilfroh darüber, dass sich die bedrohlichen Gewitterwolken ebenso schnell wieder verzogen hatten, wie sie gekommen waren.

Sie fuhr an Feldern vorbei, machte einem Traktor Platz, atmete den Duft von frisch gemachtem Heu ein, der durch das heruntergelassene Fenster ins Innere des Autos strömte, und sah, dass der Mais an einigen Stellen noch nicht geerntet worden war.

Es ist purer Luxus, in dieser Gegend zu leben, dachte sie bei sich, als sie die Kühe betrachtete, die faul in der Sonne dösten. Am Horizont zogen Vögel ihre Kreise, Schäfchenwolken segelten gemächlich über den Himmel, und schon bald tauchten die Baumwipfel des Schobüller Waldes in ihrem Blickfeld auf. In diesem Landstrich wechselten sich Meer, Salzwiesen, Watt und Heidelandschaft ab. Es war nicht weit bis nach Nordstrand und auch nicht nach St. Peter-Ording, wo sie ihre Freundinnen zuletzt getroffen hatte.

Punkt siebzehn Uhr bog sie auf der Einfahrt zum Apfelparadies ein. Eine Welle warmer Freude erfasste sie.

Sie war schon länger nicht mehr bei Leonie im Alten Land gewesen und merkte erst jetzt, wie sehr ihr die heimelige, behagliche Pension mit dem wunderschönen Garten und dem Bootsanleger an der Lühe gefehlt hatte.

»Hey, das nenne ich mal eine spontane super Idee«, rief Leonie, die sie bereits am Eingang erwartete, sofort die Fahrertür aufriss und Stella anstrahlte.

»Erst sehen wir uns gefühlt wochenlang gar nicht und dann so kurz hintereinander. Daran könnte ich mich echt gewöhnen.«

Stella stieg aus und umarmte zuerst Leonie und dann Nina, die auf die Halskrause deutete und eine Grimasse schnitt.

»Ich werde von Mal zu Mal hübscher, oder wie seht ihr das?«, fragte sie grinsend. Doch ihre Miene konnte nicht darüber hinwegtäuschen, dass es ihr immer noch sehr schlecht ging. Unter der Sonnenbräune wirkte ihr Teint fahl und blass.

Die Haare hingen strähnig herunter, in ihren Augen war jeglicher Glanz erloschen. »Aber ich habe jetzt immerhin etwas, das mir Halt gibt.«

Ihre Worte bohrten sich Stella tief ins Herz.

Wie gern hätte sie jetzt einen Zauberstab gehabt, mit dem sie ihr all den Kummer nehmen konnte.

»Kommt mit, Mädels, ich habe uns schon am Anlegeponton alles hergerichtet«, sagte Leonie, sichtlich darum bemüht, dem

Zusammentreffen einen Hauch von Leichtigkeit zu verleihen. »Gut, dass es schon heute Mittag aufgehört hat zu regnen. Jetzt ist alles wieder trocken, und wir können nachher tatsächlich grillen. Nina hat mir bei den Vorbereitungen geholfen.«

Stella folgte den beiden durch den Garten, der an die Pension grenzte und dem der Eimsbütteler Villa in nichts nachstand. »Wie cool, seit wann habt ihr die denn?«, rief sie verzückt, als sie zwei bunt gestreifte Hängematten aus Leinen entdeckte, die zwischen den Kirschbäumen befestigt waren.

»Seit Markus sie gekauft und netterweise auch montiert hat«, erwiderte Leonie mit stolzer Stimme. »Es gibt kaum etwas Schöneres, als in einer lauen Sommernacht darin zu liegen und in den Sternenhimmel zu gucken.«

Das sollten Robert und ich auch mal machen, dachte Stella betrübt. Die Tatsache, nicht zu wissen, wann sie beide wieder einmal Zeit als Paar haben würden, nagte an ihr. Eine Liebe konnte zerbrechen, wenn man nicht genug gemeinsame Erlebnisse teilte, sich fast nur noch die Klinke in die Hand gab und sich überwiegend mit den Banalitäten des Alltags auseinandersetzte, anstatt gemeinsame Wünsche und Träume zu verwirklichen …

»Oje, die Lühe führt ja kaum noch Wasser«, stellte sie erschrocken fest, nachdem sie alle die Treppenstufen zum Deich vor dem Haus hinaufgegangen waren. Dahinter floss das Tide-Flüsschen, dessen Quelle in Horneburg lag. Am Anleger war immer noch das wunderschöne Segelboot von Leonies Vater Jürgen vertäut. Wann immer es die Zeit von Vater und Tochter erlaubte, unternahmen sie kleine Fahrten damit.

»Tja, das sieht hier leider auch nicht viel anders aus als beinahe überall in Deutschland«, erwiderte Leonie seufzend. »Ich hoffe wirklich, dass die vergangenen Sommer nur eine Ausnahme waren, die diesjährige Erntesaison war die schlechteste seit dreißig Jahren.«

»Von einer spontanen Verbesserung der Klimasituation ist wohl kaum auszugehen«, entgegnete Nina düster. »Egal, wie sehr wir uns darum bemühen, Müll zu trennen, den Verbrauch von Plastik zu reduzieren und insgesamt nachhaltig zu leben. Da muss schon deutlich mehr passieren.«

»Lasst uns diesen schönen Moment nicht mit solchen Themen verderben, obwohl die natürlich extrem wichtig sind«, bat Stella. »Auch wenn der Anlass unseres Treffens in vielerlei Hinsicht unschön ist, so finde ich es doch super, dass wir den heutigen Abend gemeinsam verbringen und ich Nina nachher mit nach Husum nehmen kann. Lilly und Emma freuen sich schon riesig und haben jede Menge Pläne.«

»Apropos Pläne«, sagte Leonie, nachdem die drei auf den Stühlen am Holztisch Platz genommen hatten, der mitten auf dem Ponton stand. Erst jetzt entdeckte sie den Sektkühler, in dem eine Flasche lag, und die fein ziselierten Gläser, die aus einem Antiquitätenlädchen in Stade stammten und ihnen dreien gehörten. »Ich möchte euch beiden gern etwas erzählen und euch auch etwas fragen.«

»Du …« Stella wagte kaum zu atmen oder weiterzusprechen. Einerseits freute sie sich wie verrückt für Leonie, denn jetzt sah sie einen Ring an ihrem Finger, der definitiv neu war. Andererseits war dies natürlich der denkbar ungünstigste Zeitpunkt, um Nina von einer bevorstehenden Hochzeit mit Markus zu erzählen.

»Markus hat mir gestern Abend einen Antrag gemacht, und ich habe Ja gesagt«, verkündete Leonie mit leicht geröteten Wangen und voller Vorfreude blitzenden Augen. »Und nun möchte ich euch beide fragen, ob ihr meine Trauzeuginnen werden wollt. Wir heiraten am 31. Dezember, die Feier ist also zugleich eine Silvesterparty.«

Stella suchte Ninas Blick, doch die ließ sich nichts anmerken. Nur das Mahlen ihres Kiefers verriet, wie sehr sie mit sich kämpfte. »Wow, das ist großartig, das freut mich wirklich sehr für dich … und euch natürlich«, rief sie und sprang auf, um Leonie zu umarmen. »Wir haben ja schon die ganze Zeit auf diese Nachricht gewartet. Natürlich bin ich sehr, sehr gern deine Trauzeugin. Es ist mir eine Ehre, Leonie Apfel.«

Dies war Leonies Spitzname gewesen, als sie noch klein war, sonntags mit dem elterlichen Marktwagen am Wegesrand stand und aus Spaß Äpfel an Passanten verkauft hatte, wie Stella wusste. Nun war aus der Kleinen von damals eine erwachsene Frau geworden, die bald heiraten und eine eigene Familie gründen würde. »Glückwunsch, das sind ja phänomenale Neuigkeiten«, rief sie und umarmte ihre Freundin ebenfalls. »Auch ich nehme diese schöne Aufgabe sehr gern an. Das Timing für die Hochzeit könnte nicht besser sein, dann brauchen wir uns alle keinen Kopf mehr darüber zu machen, wie wir Silvester verbringen.«

»Wie lieb, dass ihr euch so für mich freut«, erwiderte Leonie mit Tränen in den Augen. Und zu Nina gewandt: »Es tut mir leid, dass ich ausgerechnet jetzt damit um die Ecke komme, aber ich weiß genau, dass du dich trotz deiner momentanen Traurigkeit für mich freust.«

Nina nahm die Flasche Crémant aus dem Kühler, entkorkte sie und schenkte den dreien ein. Dann hob sie das Glas und sagte: »Auf die Liebe. Und mit Liebe meine ich auch die zwischen uns Freundinnen. Obwohl es mir vor Kummer zurzeit beinahe das Herz zerreißt, freue ich mich ehrlich und wie verrückt für dich. Du hast dieses Glück wirklich mehr als verdient. Also, Mädels, auf uns und auf Markus. Eine tollere Frau als dich hätte er nicht kriegen können. Und du auch keinen tolleren Mann. Was mich jetzt noch interessiert: Müssen wir pinkfarbene Satinkleider mit großen Schleifen auf dem Po tragen? Ich hoffe nicht!«

Ninas Frage nahm allen die Anspannung.

Stella musste so lachen, dass sie versehentlich die Bläschen des Crémants in die Nase bekam und zu niesen begann.

Nina und Leonie heulten beide vor Freude und Rührung um die Wette.

Über ihren Köpfen zog eine Möwe weite Kreise.

Und die Sonne strahlte über das ganze Gesicht.

# 13

## Nina

*I*n Husum goss es seit zwei Tagen in Strömen.

Nina schaute zu, wie die Wassertropfen an der Scheibe von Stellas Küche hinabflossen, auf der Fensterbank zu einem kleinen See wurden und von da wie ein Wasserfall in Kaskaden zu Boden fielen – ihr persönliches Tränenmeer.

In zwanzig Minuten musste sie los, Lilly und Emma vom Kindergarten abholen. Heute war Freitag, das Wochenende stand bevor und damit zwei weitere Tage in Ninas neuem Leben.

Sie fühlte sich immer noch, als sei sie im falschen Film.

So sehr hatten sich die Ereignisse überschlagen und war ihre Welt in Trümmer gegangen, auch wenn ihr immer klarer wurde, dass sie selbst einen großen Teil dazu beigetragen hatte. Zu einem Streit und zu einer Trennung gehörten nun mal immer zwei.

*Los, reiß dich zusammen, die Kids dürfen nicht sehen, dass du schon wieder geweint hast,* ermahnte sie sich selbst und beschloss, sich zum ersten Mal seit Tagen wieder zu schminken.

Zunächst kam es ihr seltsam vor, Mascara und einen hellgrauen Eyeliner aufzutragen. Für wen machte sie sich eigentlich hübsch? Die Mädchen liebten sie, egal, wie sie aussah.

»Das machst du für dich«, hörte sie im Geiste Stella sagen, mit der sie den gestrigen Abend auf der Couch verbracht hatte, eingekuschelt in eine Wolldecke, einen Becher heißen Tee in der Hand. Mit dem Dauerregen war auch ein Temperatursturz einhergegangen, und Nina war überglücklich gewesen, als Stella vorschlug, Feuer im Kamin zu machen. Seit der Trennung von Alexander fror sie unablässig, egal, wie warm es war.

Robert hatte den Abend in seinem Arbeitszimmer verbracht, angeblich musste er sich um wichtige Korrespondenz kümmern.

Doch Nina vermutete, dass er sie nicht stören wollte.

Nach dem ersten, zaghaften Schminkversuch beschloss Nina, auch noch eine getönte Tagescreme aufzutragen und den unschönen Augenringen mithilfe eines Concealers zu Leibe zu rücken.

Mit jedem Pinselstrich und jedem weiteren Hauch Farbe hellte sich ihre Stimmung ein wenig auf. Stella hatte schon recht, wenn sie sagte, dass es einen zusätzlich runterzog, wenn man in einer Krise auch noch sein Äußeres vernachlässigte. Frisch geduscht, dezent geschminkt und die Haare zu einem hohen Pferdeschwanz gebunden, trat sie wenige Minuten später aus der Tür, bewaffnet mit dem Familienschirm der Behrendsens, unter dem mühelos eine Fußballmannschaft Platz gefunden hätte. Er war pink mit kleinen blauen Sonnenbrillen und roten Herzen darauf. Genau der richtige Look für die graue Stadt am Meer, dachte Nina schmunzelnd, als sie den Weg in Richtung Kindergarten einschlug.

So wird man wenigstens nicht übersehen.

»Da bist du ja«, rief Emma, kaum dass sie einen Fuß in die Kita gesetzt hatte. Lilly umschlang mit ihren Kinderärmchen Ninas Beine.

»Da freut sich aber jemand, Sie zu sehen«, sagte Julia schmunzelnd. »Seit Sie in Husum sind, sprechen die beiden von kaum etwas anderem. Geht es Ihrem Nacken inzwischen ein bisschen besser?«

»Ehrlich?« Nina war ein bisschen überrascht. Sie war nie die typische Ich-wünsch-mir-ein-Kind-und-gucke-in-jeden-Kinderwagen-Frau gewesen. Doch Stellas süße, wilde Mädchen hatte sie vom ersten Tag an tief in ihr Herz geschlossen und war dankbar für die Zeit, die sie mit ihnen verbringen durfte, auch wenn das manchmal anstrengend war.

»Danke der Nachfrage, es wird allmählich wieder. Ich bin aber echt froh, wenn ich dieses Ungetüm von Halskrause los bin. Übrigens wollen wir gleich zum Husumer Lesespaß in die Bücherei. Oder ist Lilly dafür noch zu klein?«

»Ach was, das packt sie schon«, erwiderte die sympathische Erzieherin. »Das Vorlesen ist zwar offiziell erst ab drei Jahren, aber Lilly wird es genießen, dabei zu sein. Sie kann währenddessen bestimmt in Bilderbüchern blättern, was sie ja so liebt.« Oh ja, die kleine Lilly würde mal eine richtige Leseratte werden oder vielleicht sogar Buchhändlerin.

Nina hatte ihr bereits kurz nach der Geburt ein Stoffbilderbuch geschenkt, das Lilly, einem Kuscheltier gleich, neben sich in ihrem Babybettchen liegen hatte, darauf herumkaute und auch später ständig mit sich herumschleppte. Sie konnte stundenlang auf Ninas Schoß sitzen, einfache Bildmotive wie »Kuh«, »Baum«, »Apfel« und »Katze« bestaunen und sie nach und nach benennen. Bevor sie »Mama« oder »Papa« sagen konnte, war »Ball« ihr erklärtes Lieblingswort.

»Bis Montag, ich wünsche euch viel Spaß«, rief Julia den dreien hinterher, als sie sich auf den Weg in Richtung Bücherei machten.

Nina war gespannt auf die Veranstaltung, bei der ehrenamtliche Helfer in regelmäßigen Abständen Kindern vorlasen, gemeinsam mit ihnen kleine Geschichten erfanden oder Bilder zu den Storys malen ließen. Das werden vermutlich Senioren sein, die sich auf diese Weise sinnvoll die Zeit vertreiben, spekulierte Nina, beide Mädchen an der Hand, die fröhlich lachend über Pfützen hüpften oder stehen blieben, weil sie einen Hund streicheln wollten.

Zum Glück hatte der Regen eine Pause eingelegt, dunstige Luft lag wie eine feuchte Glocke über der Stadt. Die Haut unter Ninas Halskrause begann zu jucken, sie hätte das Ungetüm am liebsten abgerissen und in die nächste Mülltonne gestopft.

Wieso war sie nur so dämlich gewesen, mit geschlossenen Augen Rad zu fahren?

»Wir sind daaaaaa«, rief Emma aus. Wie immer, wenn sie aufgeregt war oder sich auf etwas freute, wurde ihre Stimme ein bisschen höher und kieksiger.

»Daaaa«, echote Lilly und drückte Ninas Hand fester. Die Kleine war zwar unternehmungslustig, aber gelegentlich auch ein bisschen schüchtern. Beinahe so, als bekäme sie dann Angst vor ihrer eigenen Courage.

»Los, rein mit euch, ihr Süßen«, sagte Nina und schob die beiden durch die Eingangstür der öffentlichen Bücherei. Gleich neben den Neuerscheinungen war ein Büfett aufgebaut, es gab dort beschriftete Thermoskannen mit heißem Kakao, Früchtetee, Kekse, Waffeln und Muffins. Der Verkaufserlös kam einer Bücherei in der polnischen Partnerstadt Trzcianka zugute, der es zuweilen an den nötigen Mitteln für die Anschaffung von Büchern und neuen Medien fehlte. »Worauf habt ihr Appetit?«, fragte Nina, der der köstliche Duft von frisch gebackenen Waffeln in die Nase stieg. Sie hatte seit der Trennung kaum etwas gegessen und wenn, dann ohne wirklichen Genuss oder Appetit.

»Mappins«, rief Lilly begeistert. »Kaukau.«

Emma deutete auf die Waffeln und entschied sich erstaunlicherweise für »Roten Tee«.

Nachdem Nina bestellt hatte – für Erwachsene gab es zum Glück auch Kaffee –, balancierte sie das Tablett mit den Leckereien zu einem langen Tisch, an dem die Kinder essen konnten, bevor das Vorlesen begann.

»Was machen Sie denn hier?«, ertönte die Stimme eines Mannes direkt neben ihrem Ohr, als sie den ersten Schluck Kaffee trank, den Blick fest auf die beiden Mädchen gerichtet.

Nina drehte sich zur Seite und schaute zu ihrer großen Überraschung in die graugrünen Augen von … wie hieß er noch gleich? … Kai. Der Mann, mit dem sie am Dienstagabend zusammengeprallt war.

»Dasselbe könnte ich Sie fragen«, erwiderte sie verblüfft. »Ich bin mit meiner Patentochter und ihrer Schwester hier.« Sie deutete auf Emma und Lilly, die mit viel Genuss ihr Gebäck aßen und dabei fröhlich plapperten. Lillys Mund war mit Schokolade verschmiert, Emma hatte etwas Puderzucker auf der Nasenspitze.

»Geht's Ihnen gut, oder nervt die Halskrause?«, fragte Kai, anstatt auf Ninas indirekte Frage einzugehen. »Ich habe ein paarmal an Sie gedacht.«

»Daran, wie sehr ich Sie umgehauen habe?«, erwiderte Nina, scharf beobachtet von Emma und Lilly, die beide aufgehört hatten zu essen.

»Genau«, entgegnete Kai mit amüsiertem Lächeln, wandte sich dann jedoch von Nina ab und ging zu dem Lesesessel, der sich in der Mitte der Bibliothek befand. Neben dem Sessel stand ein kleiner Beistelltisch, auf dem drei Bücher lagen, von denen Kai eines zur Hand nahm. Dann sagte er mit ruhiger, fester Stimme: »In fünf Minuten geht's los. Wer möchte, kann auf den Kissen sitzen, alle anderen nehmen die Klappstühle.«

Nina fiel beinahe die Kinnlade herunter. Anstelle der erwarteten Lese-Omi saß auf einmal dieser attraktive Mann mit dem Dreitagebart, den nachdenklichen Augen und wunderschönen, gepflegten Händen vor ihr und den Kindern, die sich nach und nach tuschelnd und kichernd einen Platz suchten. Zum *Lesespaß* waren weit mehr Mädchen gekommen als Jungs. Nina war gespannt darauf, welches Buch Kai wählen würde. Und natürlich darauf, zu erfahren, wieso er den weiten Weg auf sich genommen hatte, um Kindern aus Husum vorzulesen. Andererseits: Hatte er nicht gesagt, dass er Lehrer sei?

»Hallo, ich bin Kai, einige von euch kennen mich ja bereits von anderen Vorlesenachmittagen. Ich freue mich, dass ihr heute hier seid und ich euch aus einem Buch von Tove Jansson vorlesen darf. Wer kennt die Mumins aus dem Mumintal?«

Emmas Finger schnellte hoch.

In der Tat gehörten die wundervollen Figuren aus der Kinderbuchreihe der bekannten Schriftstellerin ebenso zu ihren Lieblingen wie *Pettersson & Findus* und nahezu alles von Astrid Lindgren. Die anderen Kinder murmelten, schauten fragend zu ihren Eltern, nickten oder schüttelten den Kopf.

»Bevor ich euch erzähle, wie der Winter über das Mumintal hereinbrach, verrate ich euch aber erst einmal, wer diese tolle Geschichte geschrieben hat.«

Sowohl Nina als auch die Kinder lauschten gebannt Kais Ausführungen, einer spannenden Biografie der schwedischen Autorin, die nicht gern zur Schule ging – großes Gekicher aus der Reihe der Kinder – und später passend zu den Geschichten die Mumintrolle zeichnete.

Kaum zu fassen! Kai Martens besitzt echte Märchenonkel-Qualitäten, dachte Nina bei sich, als er mit unterschiedlich verstellten Stimmen die Geschichte von Mumin, Too-ticki, der kleinen Mü und dem Hemul vorlas. Es war mucksmäuschenstill in der Bibliothek, selbst Lilly lauschte ihm andächtig, auch wenn sie vermutlich kaum etwas verstand.

Nachdem er geendet hatte, brach ein Tumult los. Einige Kinder wollten »Autogramme« von Kai, Eltern Fotos von ihm und ihren Sprösslingen. Nina beobachtete das Ganze amüsiert und fasziniert zugleich, vor allem, weil ihr nicht entging, wie sehr einige Mütter versuchten, seine Aufmerksamkeit zu erregen. Nina konnte sich lebhaft vorstellen, wie es an der Schule bei den Elternabenden zuging. Doch obwohl Kai gerade gefeiert wurde wie ein Superstar, suchte er immer wieder Ninas Blick. Sie fühlte sich davon allerdings nicht geschmeichelt, sondern registrierte erschrocken, dass der Mann ein Frauenmagnet war, wie er im Buche stand.

»Kommt, ihr Süßen, wir müssen los«, rief sie Emma und Lilly zu, nun bestrebt, die Bücherei so schnell wie möglich zu verlassen. »Mama kommt bald nach Hause, und wir wollen doch noch Suppe kochen.«

Die Mädchen konnten sich kaum lösen und winkten Kai zum Abschied, Nina nickte ihm lediglich zu.

Sie wollte sich auf gar keinen Fall so peinlich benehmen wie diese flirtfreudigen Mütter, die ihn anhimmelten.

»Der war nett«, verkündete Lilly im Hinausgehen.

Emmas Kommentar dazu lautete: »Ich will Schriftstellerin werden. Und dann heirate ich Kai.«

»Na, dann können wir euren Eltern beim Abendessen ja so einiges erzählen«, erwiderte Nina schmunzelnd und versuchte, den Anflug von negativen Gefühlen abzuwehren, die sich wie eine dunkle Decke über ihr Gemüt legten.

# 14

## *Leonie*

chön, endlich mal wieder zum Sonntagsessen bei euch in
Stade zu sein«, sagte Leonie und umarmte ihren Vater.
»Mhm, das duftet ja gut hier. Ist Mama in der Küche?«

Ihr Blick wanderte über das gemütlich eingerichtete Wohnzimmer mit der ausladenden, hellbeigen Sofalandschaft, den von
Anke bunt bestickten Kissen, üppigen Pflanzen in Terrakottatöpfen und farbenfrohen Bildern an den Wänden. Zwei von ihnen
stammten von Ankes Malerfreundin Jacqueline Duvall aus Südfrankreich.

Ein Hauch von Rosmarin, Knoblauch und Weißwein lag in der
Luft, beinahe so, wie es in Jacquelines Küche in Gordes geduftet
hatte, als Leonie einmal dort zu Besuch gewesen war. Ihr Magen
knurrte. Sie hatte an diesem Sonntagmorgen ganz bewusst wenig
gefrühstückt, um sich den Appetit für das gemeinsame Mittagessen mit ihren Eltern aufzusparen.

Jürgen Rohlfs nickte. »Sie kommt gleich. Wollen wir uns so
lange auf den Balkon setzen?« Leonie folgte ihrem Vater auf den
sogenannten Balkon, der eigentlich mehr eine Terrasse war und in
einen kleinen Garten überging. Sie musste sich immer noch daran
gewöhnen, dass ihre Eltern nicht mehr in dem großen Haus ihrer
Kindheit in Steinkirchen lebten, sondern in einer Wohnung im
Zentrum der niedersächsischen Kreisstadt.

Und dennoch war das gut so, denn diese Wohnung symbolisierte den Neuanfang und die Versöhnung nach der Ehekrise der Eltern.

»Was gibt's Neues in der Pension?«, wollte ihr Vater wissen und schaute Leonie prüfend an. »Hat das Werbevideo, das du mit deiner Mutter gedreht hast, Wirkung gezeigt?«

Die Art, wie er das Wort *Video* betonte, zeigte, wie skeptisch er diesem Medium gegenüberstand.

»Der Instagram-Account des Apfelparadieses hat einen Zuwachs von 220 Followern, und ich habe drei neue Buchungen reinbekommen«, erwiderte Leonie. »Außerdem ist ein Online-Reisemagazin auf uns aufmerksam geworden, das demnächst einen Bericht über das Apfelparadies drehen, schreiben und Fotos bei uns machen will. Das ist zwar noch nicht die Welt, aber immerhin ein Anfang. Ich habe mich ein bisschen umgehört und erfahren, dass zurzeit viele Besitzer von Pensionen und Ferienwohnungen bei uns in der Region damit zu kämpfen haben, dass die Gäste lange im Voraus buchen, dann aber wieder stornieren, bevor das Storno Kosten nach sich zieht.«

Jürgen Rohlfs runzelte die Stirn.

Leonie liebte ihren Vater, einen stattlichen Mann Mitte siebzig, sehr, hatte aber auch großen Respekt vor ihm. Er hielt nach wie vor den großen Obst- und Apfelbetrieb am Laufen, auch wenn er das Tagesgeschäft in die Hände eines fähigen Geschäftsführers gelegt hatte. Er war ein Macher und konnte sich nur schwer damit abfinden, wenn Dinge, die er sich vorgenommen hatte, scheiterten. Ihm zu gestehen, dass die Situation im Apfelparadies ihr immer mehr aus den Händen zu gleiten drohte, fiel Leonie schwer.

»Woran liegt das?«, fragte er mit dem knurrigen Tonfall, mit dem er auf schlechte Mathezensuren, später auf Leonies Trennung von ihrem Jugendfreund Henning und noch später auf die Kündigung im Reisebüro reagiert hatte.

»Tja, woran?« Die Begründung für dieses unstete Buchungsverhalten lag zu neunzig Prozent an einem Zeitgeist-Phänomen namens Unentschlossenheit. Man fuhr mehrgleisig, verpflichtete sich zu nichts und pickte sich zum Schluss das Beste heraus. Doch wie sollte sie das ihrem Vater, einem Mann, der stets zu seinem Wort stand, erklären?

»Die Gäste von heute buchen Plätze im Restaurant und Unterkünfte online und halten sich mehrere Optionen offen, weil sie sich erst in letzter Minute für eine der Varianten entscheiden wollen. Das ist ähnlich wie mit Silvester: Alle hoffen, dass eine Einladung kommt, die die anderen noch toppt«, ergriff plötzlich Anke Rohlfs das Wort und reichte Leonie einen Löffel. »Hier, koste mal. Schmeckt es dir?«

Leonie schloss die Augen und ließ sich die Soße auf der Zunge zergehen. Sie schmeckte nach Sahne, frischen Kräutern, Weißwein, einem Schuss Zitrone, frisch gemahlenem Pfeffer und Schalotten. »Ja, sehr. Absolut köstlich«, antwortete sie und leckte sich mit der Zunge über die Lippen. Anke Rohlfs war wirklich eine fantastische Köchin und hatte ihr im Laufe der Jahre vieles beigebracht.

»Gegen diese Unsitte muss man doch etwas machen können«, brummte Jürgen Rohlfs, offenbar nicht bereit, zu akzeptieren, dass die Dinge in heutigen Zeiten anders liefen, als er es gewohnt war. »Was ist denn mit der Anzahlung? Die nimmst du doch hoffentlich noch, oder?«

»Ja natürlich«, erwiderte Leonie leicht gereizt. Sie fühlte sich von der latenten Unterstellung ihres Vaters provoziert, beschloss aber ruhig zu bleiben. »Ich berechne mit der Buchung ein Drittel der Kosten, so, wie wir es immer gemacht haben. Doch die muss ich natürlich zurückerstatten, sobald die Gäste fristgerecht storniert haben.«

Jürgen Rohlfs gab einen undefinierbaren Knurrlaut von sich.

»In fünf Minuten können wir essen«, sagte Leonies Mutter, die den Wortwechsel aufmerksam verfolgt hatte. »Deckst du bitte den Tisch, Schatz?«

Ihr Vater blieb sitzen und schaute stumm auf den Garten, ein Zeichen dafür, dass es in ihm arbeitete. Während Leonie Teller, Besteck und Gläser auf dem Tisch verteilte und das weiße Leinentischtuch glatt strich, ärgerte sie sich darüber, dass das Treffen mit ihren Eltern von dem leidigen Thema Apfelparadies dominiert wurde.

Eigentlich wollte sie ihnen heute von der Verlobung mit Markus und der anstehenden Hochzeit erzählen. Sich gemeinsam mit ihnen freuen, auf dieses ganz besondere Ereignis anstoßen und Pläne schmieden, anstatt schon wieder Probleme zu wälzen.

Andererseits war das natürlich ein naiver Wunsch, denn natürlich brauchten Markus und sie eine stabile finanzielle Grundlage, wenn sie eine Familie gründen wollten.

Als sie schließlich am Tisch saßen und Serviettenknödel mit frischen Pfifferlingen und knackfrischen Gartensalat mit Wildkräutern aßen, plauderten sie über Dinge, die nichts mit der Pension zu tun hatten. In der Familie gab es zwei Regeln in Zusammenhang mit den gemeinsamen Mahlzeiten: Alle mussten pünktlich sein, und es durften keine Probleme bei Tisch gewälzt werden.

Regel Nummer zwei galt erst, seit Anke aus Südfrankreich zurückgekehrt war und einiges von der provenzalischen Lebensart eingeführt hatte.

»Apropos Silvester, wir sprachen ja vorhin davon«, begann Leonie, nachdem sie das Geschirr in die Küche getragen und in die Spülmaschine geräumt hatte.

Ihr Herz klopfte wie wild, denn nun wurde es ernst: Indem sie ihren Eltern von ihren Plänen erzählte, bekam der Heiratsantrag von Markus ein ganz eigenes Gewicht und wurde real. »In diesem Jahr braucht ihr euch keine Gedanken darüber zu machen, wo und mit wem ihr feiert, denn Markus und ich werden an diesem Tag heiraten.«

Einen Moment lang war es im Essbereich so still, dass man eine Stecknadel hätte fallen hören können.

Dann durchbrach Ankes Freudenruf »Ach, wie wunderbar« die Stille. Sie sprang von ihrem Stuhl auf und umarmte Leonie. Jürgen Rohlfs saß hingegen stocksteif da und verzog keine Miene. Zum Glück bombardierte ihre Mutter sie mit derart vielen Fragen, dass Leonie kaum Zeit blieb, sich über das Verhalten ihres Vaters zu wundern. Fragen wie »Wie hat Markus den Antrag gemacht?«, »Wo wollt ihr feiern?«, »Was ziehst du an?«, »Wohin geht die Hochzeitsreise?« prasselten unaufhaltsam auf sie ein, bis ihr beinahe schwindelig wurde.

Erst dann fiel auch Anke auf, dass ihr Mann ungewöhnlich still war. »Was ist los mit dir, hat es dir die Sprache verschlagen?«, stellte sie genau die Frage, die Leonie auf der Zunge lag. Ihr Kopf fuhr Achterbahn.

Mochte ihr Vater Markus etwa nicht?

Hätte er sie lieber an der Seite von Henning gesehen?

Ärgerte er sich darüber, dass Markus nicht bei ihm um ihre Hand angehalten hatte, wie es früher Brauch gewesen war?

»Ich … ich weiß nicht, was ich sagen soll«, flüsterte Jürgen Rohlfs, und erst jetzt sah Leonie Tränen in den Augen ihres Vaters schimmern. »Mein kleines Mädchen wird heiraten. Meine Leonie Apfel wird tatsächlich erwachsen.«

»Tja, Jürgen, so ist das nun mal«, sagte Anke und streichelte seinen Arm. »Das ist kein Grund, sentimental zu werden, sondern zu feiern. Holst du Sekt aus dem Kühlschrank?«

Anke kannte ihren Mann lange genug, um zu wissen, dass es ihm guttat, wenn er sich einen Moment zurückziehen und sammeln konnte. »Leonie und ich polieren derweil die Gläser, und ich schaue nach, ob ich irgendwo ein paar Pralinen finde.«

Wie in Trance stand Jürgen Rolfs auf und ging in Richtung Küche.

»Uiuiui, da hat aber jemand Probleme damit, sein kleines Mädchen loszulassen«, wisperte Anke und zwinkerte ihrer Tochter zu. »Sei ihm bitte nicht böse. Ich weiß, dass er sich für dich und Markus freut.«

»Mag er ihn denn überhaupt?«, fragte Leonie, ein wenig überfordert mit der Situation. Sie wusste, dass ihr Vater sie heiß und innig liebte, doch nun hatte sie den Eindruck, dass plötzlich so etwas wie Eifersucht und eine Art Besitzanspruch im Spiel waren.

»Natürlich tut er das. Sehr sogar. Ich denke aber, dass er sich ein kleines bisschen mehr finanzielle Sicherheit für euch beide wünscht. Machen wir uns nichts vor: Sowohl das Café als auch die Pension sind keine verlässlichen Einnahmequellen. Und du kennst doch deinen Vater: Er will, dass die Dinge ihre Ordnung haben und es auch dabei bleibt. Das ist seine Art, dir zu zeigen, dass er dich liebt und ihm dein Wohlergehen sehr am Herzen liegt.«

»Genau so ist es«, stimmte Jürgen Rohlfs den Worten seiner Frau zu. In der Hand hielt er eine Flasche Sekt, die von der Kälte leicht beschlagen war. Gerührt registrierte Leonie, dass es der *gute,* teure Sekt war, der nur in seltenen Fällen kredenzt wurde. Mit einem kräftigen *Plopp* knallte der Korken, flog in Richtung Decke, landete dann auf dem knarzenden Dielenboden und kullerte dort hin und her.

Leonies Vater schenkte ein und erhob als Erster sein Glas.

»Auf dich und Markus«, sagte er mit fester Stimme, offenbar hatte er sich wieder gefangen. »Darauf, dass ihr endlich diesen Schritt geht, den deine Mutter und ich uns schon so lange für dich gewünscht haben. Was eure finanzielle Situation betrifft, so ist es der Tradition zufolge Sitte, dass ich als Brautvater die Hochzeit bezahle und ausrichte. Doch ich will euch darüber hinaus noch etwas anderes anbieten, was ich so bald wie möglich mit Markus besprechen muss. Ich möchte ihm die Leitung des Obstbetriebs übertragen, damit er sich nicht mehr länger mit dem Café herumplagen muss und so anständig verdient, wie es sich gehört, um eine Familie zu ernähren, falls ihr plant, Eltern zu werden.«

Anke schaute zu Leonie, die nicht recht wusste, wie sie auf das Angebot ihres Vaters reagieren sollte.

Sie freute sich natürlich sehr über seine Ansprache und die Aussicht darauf, dass er die Kosten für die Hochzeit übernahm.

Doch sie mochte den Unterton nicht, mit dem Jürgen Rohlfs über das Café Elbherz sprach.

In ihren Ohren hatte er etwas Herablassendes.

Und sie zweifelte sehr daran, dass Markus sich über das Jobangebot freuen würde …

# 15

## Stella

Am frühen Montagmorgen schmiegte sich Stella in ihrem Husumer Schlafzimmer dicht an Robert.

Sie hatte schlecht geträumt, fühlte sich müde, zerschlagen und verloren und hatte das Bedürfnis, sich die Decke über den Kopf zu ziehen und darunter für immer zu verstecken.

Doch in fünf Minuten klingelte der Wecker.

Dann begann die neue Arbeitswoche.

»Oh, du bist ja schon wach«, murmelte Robert schlaftrunken, zog Stella enger an sich und nahm sie in den Arm. »Hast du gut geschlafen?«

Sie zögerte einen Moment mit der Antwort, denn die vergangene Nacht war, wie jede Nacht seit Karins Kündigung, eine ziemliche Qual gewesen: Zukunftsängste und Zweifel plagten sie und raubten ihr die dringend notwendige Nachtruhe. Gähnend antwortete sie: »Ganz okay, und du?«, und schloss für einen Moment die Augen. Gleich würde sie aufstehen, sich im Bad zurechtmachen, dann die Kinder wecken und das Familienfrühstück zubereiten.

Zum Glück hatte sie heute keine Termine und nichts weiter vor, als sich um einen schnellen Ersatz für Karin zu kümmern.

»Auch ganz okay«, murmelte Robert, dem es ebenfalls sichtlich schwerfiel, wach zu werden. »Aber ich könnte jetzt ehrlich gesagt einen Monat Urlaub gebrauchen. Nicht zu fassen, dass das Jahr schon wieder fast um ist.«

»Sobald wir eine zuverlässige Kinderfrau gefunden haben, können wir endlich unser verlängertes Wochenende planen«, erwiderte Stella und setzte sich auf.

Wenn sie jetzt nicht in die Gänge kam, geriet der straffe morgendliche Zeitplan ins Wanken. »Dann haben wir eine schöne Perspektive, die uns hilft, durchzuhalten und das zu bewältigen, was ansteht.«

»Schade, dass Nina schon einen Job hat, ich würde sie sonst glatt engagieren«, sagte Robert und setzte sich ebenfalls im Bett auf. Seine mittlerweile fast komplett ergrauten, aber immer noch vollen Haare standen kreuz und quer vom Kopf ab und verliehen ihm etwas Jungenhaftes. In Augenblicken wie diesen liebte Stella ihn ganz besonders. »Die Kids stehen total auf sie, sogar Moritz taut in ihrer Gegenwart auf«, fuhr Robert fort und rieb sich den Schlaf aus den Augen. Wenn er gut drauf war, blitzten und funkelten diese Augen wie blaue Edelsteine. War er müde und abgespannt, glichen sie der vom Seenebel verhüllten Nordsee. »Schön, dass sie hier ist und ihr mal wieder Zeit miteinander verbringen könnt. Das tut dir doch auch gut, nicht wahr?«

»Ja, das tut es«, stimmte Stella ihm zu, schwang sich aus dem Bett und öffnete die angrenzende Badezimmertür. »Aber ich wünschte wirklich, dass sie nicht so sehr unter der Trennung von Alexander leiden müsste. Ich mag mir gar nicht ausmalen, wie sie sich bei der Hochzeit von Leonie und Markus fühlen wird.«

»Bis dahin ist es ja noch ein Weilchen hin«, sagte Robert und stellte sich neben seine Frau ans Waschbecken. »Schade, dass ich keinen Single-Freund in meinem Bekanntenkreis habe, den ich mit Nina bekannt machen könnte.« Robert drehte den Wasserhahn auf und wusch sich das Gesicht. Sein langer, schlanker Körper steckte in dem weißen Pyjama mit den zartblauen Streifen, den Stella ihm letztes Jahr zu Weihnachten geschenkt hatte und der ihm sensationell gut stand.

»Ich weiß nicht, ob Nina schon dafür offen wäre«, wandte Stella ein, zog ihr Nachthemd aus, legte es über den Korbstuhl und öffnete die Tür zur Kabine der ebenerdigen Dusche. Dann seifte sie sich ein, ließ heißes Wasser über ihren Körper laufen, versuchte, sich auf den Augenblick zu konzentrieren und jeden Gedanken an Kummer und Sorgen abzuschütteln. Diese morgendlichen zwanzig Minuten im Bad waren ihr heilig und eine Kraftquelle für den vor ihr liegenden Tag mit all seinen Anforderungen und Unwägbarkeiten.

Als sie erfrischt und wohlig nach Jasmin duftend aus der Dusche kam, war Robert verschwunden. Wahrscheinlich kochte er in der Küche den ersten Kaffee für sie beide und Nina. Er benutzte das Bad erst wieder, wenn Stella fertig war, so lautete ihre Abmachung. Während sie sich mit Bodylotion eincremte, ging sie im Geiste ihre Kunden und Auftraggeber durch auf der Suche nach jemandem, den sie Nina vorstellen konnte. Vielleicht war Roberts Idee doch gar nicht so schlecht, wie sie anfangs geglaubt hatte. Schließlich hatte Nina in St. Peter-Ording heftig mit dem sexy Kellner geflirtet und neulich in der Bar mit Björn geknutscht. Holger, der Besitzer des Restaurants in Flensburg, das sie gerade umgestaltete, war, soviel sie wusste, Single.

Außerdem ein guter Typ.

Obwohl sie noch vor wenigen Minuten behauptet hatte, dass Nina keinesfalls offen für einen neuen Mann in ihrem Leben wäre, verliebte Stella sich plötzlich in die Vorstellung, ihre Freundin zu verkuppeln oder ihr zumindest die Möglichkeit zu verschaffen, ihr angeknackstes Selbstbewusstsein aufzupolieren.

Doch wie sollte sie das anstellen?

Sie würde erst in zehn Tagen wieder nach Flensburg fahren, bis dahin musste Nina längst wieder arbeiten.

Sollte sie Holger zum Abendessen einladen?

Eine Party geben?

Den letzten Gedanken verwarf sie schnell wieder, denn das war erstens zu kurzfristig und zweitens viel zu aufwendig.

Ein Abendessen hingegen …

»Guten Morgen«, rief Nina, die neben Robert an der Kaffeemaschine stand und bereits einen Becher in der Hand hielt, als Stella in die Küche kam.

An Ninas Anwesenheit in unserem Haus könnte ich mich gewöhnen, dachte sie, sagte: »Guten Morgen«, und nahm den dampfend heißen Kaffee entgegen, den Nina ihr reichte. »Hast du die Kids schon geweckt, oder stellen sie sich tot?«

Nina grinste. »Lilly hat's versucht, aber ich habe sie so lange an den Füßen gekitzelt, bis sie gequiekt hat. Und Emma ist schon im Bad. Ich bringe sie nach dem Frühstück in den Kindergarten. Danach suchen wir weiter nach einer Nanny für sie.«

»Dann drücke ich die Daumen, dass es endlich klappt, und verabschiede mich jetzt«, sagte Robert. »Tschüss, die Damen, ich muss mich jetzt auch hübsch machen.«

»Was hältst du von einem schönen Abendessen am Freitag bei uns?«, fragte Stella an Nina gewandt und pirschte sich damit vorsichtig an ihren Verkupplungsplan heran. »Ich frage Leonie und Markus, ob sie kommen wollen, und noch ein, zwei Leute aus meinem … äh, Bekanntenkreis. Wir könnten bei schönem Wetter im Garten grillen und bei schlechtem Käsefondue machen oder Raclette oder etwas in der Art. Wir hatten schon lange keine Gäste mehr.«

»Gute Idee«, stimmte Nina ihr zu, »zudem wir ja auch so einiges mit Leonie und Markus zu besprechen haben. Zum Beispiel die Organisation der beiden Junggesellenabschiede, die Geschenkeliste, eventuelle Spiele bei der Feier, Reden … immerhin ist es in knapp drei Monaten so weit, gut, dass uns Anke bei der Organisation hilft. Machen wir eigentlich eine Hochzeitszeitung für die beiden, oder ist so was heutzutage out?«

Bei dem Gedanken daran, welch eine Fülle von Aufgaben und Erledigungen in Zusammenhang mit der Hochzeit auf sie zukam, schnürte sich Stellas Kehle augenblicklich zu.

Sie musste schnellstmöglich eine Kinderfrau finden, sonst könnte sie sich an keiner der Vorbereitungen beteiligen, weil sie alle Hände voll damit zu tun haben würde, ihre familiären Pflichten und die beruflichen Aufträge unter einen Hut zu bringen. Sie hatte dem Sylter Hausbesitzer Frank Petersen glaubhaft versichert, dass sie die Umgestaltung wie geplant termingerecht durchführen konnte, und war, dank Ninas Unterstützung, bereits einmal zur Besprechung auf der Insel gewesen. Ihn aus taktischen Gründen hinzuhalten, war das eine.

Den Auftrag tatsächlich termingerecht und professionell durchzuführen, das andere.

»Ganz ehrlich, ich habe keine Ahnung, was beim Heiraten zurzeit angesagt ist. Aber egal, ob in oder out, wichtig ist, was die beiden sich für ihren großen Tag wünschen, und das sollten wir in der Tat möglichst bald klären.«

»Weshalb es eigentlich besser wäre, das Essen im kleinen Kreis zu machen anstatt im großen«, gab Nina zu bedenken. »Wollen wir das nicht erst mal unter uns besprechen und deine Idee ein andermal aufgreifen? Du hast doch eh keine ruhige Minute, solange die Betreuung der Kids nicht zufriedenstellend geklärt ist.«

»Auch wieder wahr«, stimmte Stella zu und verwarf ihr Vorhaben augenblicklich wieder. Die Kinder hatten absolute Priorität. Und wer wusste schon, ob Holger an diesem Freitagabend überhaupt Zeit hätte? Also schrieb sie eine Nachricht an Leonie, in der sie das Paar für Freitag nach Husum einlud, kaum dass Nina und die Kinder nach dem Frühstück zum Kindergarten gegangen waren.

Leonie meldete sich umgehend per Sprachnachricht und erzählte vom Vorschlag ihres Vaters, Markus die Geschäftsführung des Obstbetriebs zu übertragen.

Nachdem sie ein paarmal hin und her geschrieben hatten, beschlossen sie spontan, zu telefonieren, zumal Nina mittlerweile wieder da war.

Stella stellte das Handy auf »Lautsprecher«, und schon erschallte Leonies helle, ein wenig aufgebrachte Stimme im Raum: »Ich habe Markus gestern Abend von Papas Idee erzählt und kann nur sagen: Er war nicht besonders begeistert. Trotzdem werden die beiden sich morgen treffen, da Markus sich zumindest anhören muss und möchte, was mein Vater ihm anbieten will.«

»Aber das ist doch für ihn bestimmt ein bisschen ...«, Stella suchte nach dem passenden Ausdruck, »... verletzend, oder etwa nicht? Das klingt ja beinahe so, als vertraue dein Vater nicht auf den finanziellen Erfolg des Cafés.«

Kaum hatte sie die Worte ausgesprochen, überkam sie schlagartig ein schlechtes Gewissen. Es stand ihr in keinster Weise zu, Leonies Papa irgendwelche niederen Motive zu unterstellen und ihn damit unterschwellig zu kritisieren.

»Genauso empfindet Markus das leider auch«, erwiderte Leonie seufzend. »Das Ganze hat den Anschein, als glaube Papa, Markus könne später die Familie nicht ernähren. Und dass die kleine Leonie Apfel nun die Hilfe ihres großen, starken Papas braucht, weil Markus' Arbeit es nicht bringt. Wir hätten uns gestern deshalb beinahe in die Wolle gekriegt.«

»Und das, obwohl ihr sonst praktisch nie streitet«, mischte sich nun Nina in die Unterhaltung ein. »Oh, oh, das tut mir leid. Aber mal abgesehen davon, wie die Idee bei Markus ankommt. Was hältst du denn davon? Und was soll eigentlich aus dem jetzigen Geschäftsführer werden? Dein Vater ist doch sehr zufrieden mit ihm.«

»Schlau und geschäftstüchtig, wie Papa ist, verlängert er den Vertrag mit ihm trotz seines Vertrauens in ihn immer nur um ein Jahr. Daher läuft der Zeitvertrag Ende Dezember aus«, erklärte

Leonie die Lage. »Ich bin ehrlich gesagt total hin- und hergerissen. Mir macht dabei allerdings weniger das Elbherz Sorgen als die Pension. Ich kann leider nicht abstreiten, dass es für die Familienplanung deutlich entspannter wäre, wenn Markus den Job annähme, dann hätten wir auf alle Fälle feste Einnahmen. Aber wenn er es täte, dann wüsste ich, dass es nur mir zuliebe wäre und dass es ziemlich viel Zeit und Kraft in Anspruch nehmen würde, sich in den Betrieb einzuarbeiten. Papa hat enorm hohe Ansprüche und einen Dickschädel. Ich fürchte, dass die beiden sich schnell in die Haare kriegen würden, und das möchte ich natürlich auf gar keinen Fall.«

»Hm, schwierige Situation«, murmelte Stella kaum hörbar.

Es tat ihr leid, dass Leonies Freude dadurch getrübt wurde, dass sich Jürgen Rohlfs auf einmal in die Paarbeziehung einmischte, egal, wie gut gemeint seine Motive auch waren. Doch sie musste Leonie Mut machen. »Ich würde sagen: Keep cool! Lass die Männer sich ein-, zweimal zusammen an den Tisch setzen und besprechen, wie realistisch dieses Job-Szenario überhaupt ist. Markus hat zwar BWL studiert, ist ein schlauer, patenter Mann und hat lange ein Cateringunternehmen besessen, aber er ist kein gelernter Obstbauer. Und man muss schon eine Menge Wissen und Erfahrung mit Äpfeln haben, um den Betrieb führen zu können. Ich drücke die Daumen, dass ihr gemeinsam eine gute Lösung findet.«

Nachdem die drei noch eine Weile geplaudert und sich dann voneinander verabschiedet hatten, schauten Nina und Stella einander fragend an.

Keine wagte, zuerst auszusprechen, was sie wirklich dachte.

Doch dann war, wie so oft, Nina diejenige, die kein Blatt vor den Mund nahm. Sie sagte: »Shit. Das wird nicht gut ausgehen.«

Stella konnte leider nicht anders, sie musste Nina zustimmen.

*D*er nächtliche Regen hatte sich wie ein Teppich aus durchsichtig schimmernden Tropfen über die Rosen gelegt, die nun noch intensiver dufteten als sonst.

Ihr süßlich-herber Geruch war äußerst betörend, und Nina genoss ihn unendlich. Mit kritischem Blick ging sie durch den Garten, der aufgrund ihrer Abwesenheit ein wenig gelitten hatte. Gut, dass es in den vergangenen Tagen häufig nachts geregnet hatte, sonst wären viele ihrer geliebten Pflanzen verdorrt.

Eine Kelle in der einen Hand, in der anderen einen Korb mit Blumenzwiebeln, machte sie sich ans Werk. Die Hummelköniginnen würden ihr im kommenden Frühjahr die Schneeglöckchen, Winterlinge und Perlhyazinthen danken, denn sie begannen ihre Flüge schon ab wenigen Grad über null und brauchten dann Nahrung.

Ihre Gedanken fest in die Zukunft gerichtet, vermied Nina es tapfer, sich zu vergegenwärtigen, dass Alexander vergangene Woche einige Tage im Haus verbracht und seine Wohnung aufgelöst hatte.

Das fehlende Namensschild an der Klingel hatte sie wie ein Faustschlag getroffen, als sie nach beinahe zehntägiger Abwesenheit wieder nach Eimsbüttel zurückgekommen war.

*Alexander wohnt hier nicht mehr …*

Den handgeschriebenen Brief, der in ihrem Postkasten steckte, hatte sie vor Schreck erst einmal dringelassen. Sie würde ihn –

wenn überhaupt – erst lesen, wenn sie ein bisschen gefestigter war.

Nachdem sie eine Weile gearbeitet hatte und spürte, wie gut ihr die Pflanzen, das Rascheln der Blätter in der alten Kastanie, der Gesang der Amseln und das Summen der Bienen taten, beschloss sie, Englische Rosen in den Farben Hellgelb, Weiß und Zartrosé sowie grünen Frauenmantel zu schneiden und alles zusammen in einem Eimer aus weißer Emaille mit dunklem Holzgriff zu dekorieren. Einige besonders üppige Blüten würde sie in Tassen drapieren, die sie neulich auf dem Flohmarkt gekauft hatte. Die machten sich bestimmt gut auf der antiken Anrichte in der Küche.

Sie erwog auch, weitere Rosen zusammen mit dem zartlilafarbenen Storchschnabel in kleine Windlichter zu stecken und diese an den Griffen der Fenster zu befestigen.

Beschäftigt mit den zahllosen Dekorationsmöglichkeiten, fiel ihr ein, dass sie sich in den kommenden Tagen Gedanken über Leonies Brautstrauß und die gesamte Blumendeko für die Hochzeit machen musste. In Hinblick auf das Datum eine kleine Herausforderung, denn Ende Dezember war die Auswahl an Schnittblumen natürlich klein.

Doch Nina liebte Herausforderungen dieser Art und bedauerte zutiefst, dass sie in ihrem jetzigen Beruf kaum noch Gelegenheit dazu hatte. Nach dem heutigen Kassenabschluss begann sie sich ernsthaft Sorgen zu machen.

Wie konnte Ruth Gellersen es rechtfertigen, das Ladengeschäft aufrechtzuerhalten? Die einzigen nennenswerten Umsätze liefen fast ausschließlich über den Onlineshop. Sollte sie sich sicherheitshalber schon mal nach einem neuen Job umsehen?

Der Signalton einer E-Mail durchschnitt die Stille des frühen Abends.

Nina hatte ihr Smartphone auf den Esstisch gelegt, damit sie auch im Garten erreichbar war. Als sie es sich greifen wollte, bemerkte sie zu ihrem Verzücken, dass ein bunt gemusterter Distelfalter auf ihrem Handy saß, ganz so, als wolle er sich darauf ausruhen oder auf einen Anruf warten.

Obwohl sie sich dem wunderschönen Schmetterling äußerst behutsam näherte, flatterte er davon, in Richtung der lilafarbenen Kugeldisteln, die Nina so sehr liebte, auch wenn sie für einige Gärtner ein lästiges Unkraut darstellten, das es mit aller Macht zu bekämpfen galt. Sie schaute dem Falter einen Moment hinterher, dann öffnete sie die Mail, die von einem gewissen Kai Martens stammte.

Kai Martens?!

Nina war verwirrt.

Was wollte der Mann von ihr?

Liebe Nina, schade, dass Sie nach dem Lesenachmittag in der Bücherei so schnell aufgebrochen sind. Ich hätte gern mit Ihnen geplaudert und erfahren, wann Sie die Halskrause loswerden. Die ist doch bestimmt ziemlich ungemütlich, oder? Sind Sie zurzeit bei Ihrer Freundin im Alten Land oder wieder in Eimsbüttel? Sie kommen ja ganz schön rum. Liebe Grüße, Kai.

Kaum hatte sie die Mail gelesen, brach ein Orkan in ihr los.

Der Kontakt mit Alexander hatte auch via Mail begonnen.

Beide hatten sich wochenlang über den Account des damaligen Ladens *Blumenmeer* geschrieben und waren sich dabei näher und näher gekommen. Allerdings hatte Nina nicht gewusst, dass sich hinter dem Usernamen *Asterdivaricatus* der Mann verbarg, der regelmäßig Blumen bei ihr im Laden gekauft und den sie sehr sympathisch, ja sogar äußerst anziehend gefunden hatte. Es dauerte eine ganze Weile, bis sie Alexander verzeihen konnte, dass er sie auf diese Weise hinters Licht geführt hatte.

»Was soll ich denn davon halten?«, fragte sie in ihrer Verwirrung Leonie, die zum Glück beinahe sofort am Telefon war, nachdem Nina sie angerufen, ihr die E-Mail Wort für Wort vorgelesen und schließlich sogar an sie weitergeleitet hatte.

»Nicht fragen, sondern freuen«, lautete deren Antwort. »Ist er denn sympathisch? Wie sieht er aus?«

Nach dem Zusammenstoß hatte Nina Leonie nur kurz berichtet, dass sie mit einem Lehrer aus Steinkirchen kollidiert war, jedoch nichts weiter. Auch das unerwartete Zusammentreffen mit ihm in Husum hatte sie sowohl ihr als auch Stella gegenüber unerwähnt gelassen.

Was hätte es denn auch schon groß zu berichten gegeben?

Dass Kai attraktiv war? Klug und sympathisch?

Dass er toll vorlesen konnte und die Kinder ihm genauso an den Lippen hingen wie deren Mütter?

Beim Gedanken an dieses unverhohlene Anhimmeln wurde ihr beinahe übel.

»Du bist so still«, hakte Leonie nach. »Hat's dir die Sprache verschlagen? Kann es sein, dass dir dieser Kai gefällt?«

»Und wenn es so wäre?«, presste Nina zwischen den Zähnen hervor und bereute ihre Worte auch schon.

»Dann würde mich das sehr freuen. Er scheint dich zu mögen, sonst würde er sich wohl kaum die Mühe machen, deine Mailadresse herauszufinden und dir zu schreiben.«

»Aber es ist doch gerade mal gut zwei Wochen her, dass Alexander mir den Laufpass gegeben hat«, protestierte Nina.

»Und es ist auch erst ein paar Wochen her, dass du ziemlich anfällig für die Avancen des Kellners in St. Peter-Ording gewesen bist, und sogar erst ein paar Tage, dass du mit Björn in der *Oyster Bar* herumgeknutscht hast.«

»Das zählt nicht, da war ich betrunken.«

»Meinst du nicht, dass du dich weiter den Chancen öffnen solltest, die sich dir bieten?«, fragte Leonie mit besorgtem Unterton in der Stimme. »Natürlich verstehe ich voll und ganz, dass du noch in der Trauerphase bist, zutiefst verletzt und verwirrt. Aber es scheint da einen Mann zu geben, der den Kontakt zu dir sucht. Und wenn du diesen Kai nicht doof, abstoßend oder völlig indiskutabel findest, spricht doch überhaupt nichts dagegen, dass du dich mal auf einen Spaziergang, einen Kaffee oder ein Glas Wein mit ihm triffst.«

»Du vergisst, dass Kai in Steinkirchen wohnt«, erinnerte Nina ihre Freundin. »Das ist nicht mal eben um die Ecke.«

»Dann kommst du eben nächstes Wochenende zu uns zu Besuch und verbindest das mit einem Date. Hier ist schon wieder ein Einzelzimmer frei geworden, das kannst du sehr gerne haben.«

»Oje«, erwiderte Nina, »das tut mir echt leid. Wieso läuft das denn mit der Vermietung zurzeit so schlecht?«

»Das Wetter ist einfach zu unbeständig. Ich kann dummerweise momentan nichts weiter tun, als abzuwarten, bis es wieder besser wird. Doch ich habe Pläne für den November: Ich möchte endlich wieder einen Koch-Workshop mit Gaston anbieten und eventuell auch ein Malerei-Seminar mit Jacqueline Duvall. Dann können die Gäste in der trüben Jahreszeit Wellness machen, lange Spaziergänge unternehmen, kochen lernen oder malen.«

»Schöne Idee«, murmelte Nina, in Gedanken jedoch mehr bei der bevorstehenden Hochzeit als bei Leonies Plänen für Events in der Pension. »Aber ist das zeitlich nicht ein bisschen zu nah an eurer Trauung dran? Solche Workshops machen doch einen Haufen Arbeit. Und eine Hochzeit ebenso.«

»Das stimmt. Aber ich fürchte, ich habe keine andere Wahl. Ich muss mir etwas einfallen lassen, um Gäste hierherzulocken, andernfalls hat das Ganze hier keinen Sinn. Ich darf gar nicht daran denken, wie viel Geld meine Eltern in den Umbau des Hauses gesteckt haben.«

»Dann denk auch nicht dran, denn es war deren Vorschlag und deren Entscheidung, nicht deine. Du arbeitest so hart und viel, es liegt nicht an dir, dass die Pension nicht so viel abwirft, wie sie sollte. Es sind schwierige Zeiten. Ich befürchte ehrlich gesagt auch, dass *Koloniale Möbel* es nicht mehr lange machen wird. Die Umsätze sind seit Monaten katastrophal. Wenn Ruth Gellersen den Laden nicht für Geldwäsche nutzt, müsste sie ihn eigentlich schließen.«

»Oh nein, nicht schon wieder«, stöhnte Leonie. »Kann denn nicht mal irgendetwas rundlaufen? Ich würde dir ja einen Job als Gärtnerin der Pension anbieten, aber …«

Leonies absurd erscheinende Idee rührte etwas in Nina an.

Es gab in Hamburg jede Menge wohlhabender Hausbesitzer, deren Gärten von Firmen gepflegt wurden.

Sobald sie das Telefonat beendet hatten, würde sie sich im Internet Stellenangebote von Garten- und Landschaftsbaufirmen anschauen.

Sie würde nicht sehenden Auges warten, bis sie zum zweiten Mal ihren Job verlor. Möbel konnte man online bestellen. Doch Gartenpflege musste von Menschenhand erledigt werden, zumindest solange es keine Roboter für derlei Tätigkeiten gab, was in absehbarer Zukunft vermutlich auch der Fall sein würde, so schnell, wie die Technik sich in diesem Bereich entwickelte. Immerhin gab es längst Rasenmäher im Autopilot-Modus. »Also gut, dann fahre ich Samstagmittag nach dem Essen bei Stella und Robert mit euch nach Steinkirchen. Ob ich mich dann wirklich mit Kai treffe, kann ich dir zwar nicht versprechen. Aber ich kümmere mich auf alle Fälle um euren Garten und helfe dir beim Backen. Außerdem müssten die Walnüsse geerntet werden, wenn ich mich nicht irre. Es gibt also jede Menge zu tun.«

»Du kannst dich aber auch einfach entspannen«, erwiderte Leonie. »Also los, antworte diesem Kai – oder ich mache es.«

Zehn Minuten nach dem Telefonat setzte Nina sich an den Laptop, den sie auf den Tisch in ihrer Küche gestellt hatte. Sie googelte Hamburger Landschaftsgärtnereien, war jedoch schnell frustriert.

Es war nicht eine einzige Stelle ausgeschrieben. Nachdem sie eine ganze Weile gesurft und nach Inspirationen für Leonies Brautstrauß gesucht hatte, öffnete sie ihren E-Mail-Account und schrieb:

Hallo Kai, ich bin am kommenden Wochenende in Steinkirchen.
Gruß, N.

Keine drei Minuten später antwortete Kai:

Fein! Spaziergang am Deich am frühen Samstagnachmittag?

# 17

## *Leonie*

Am Donnerstagmorgen erwachte Leonie von einem schmerzhaften Ziehen im Unterleib und setzte sich stöhnend auf.

Markus hatte bei sich übernachtet, weil er am Abend einen Freund getroffen und mit ihm zusammen ein Fußballspiel in ihrer Stammkneipe angeschaut hatte. In diesem Moment war sie sehr froh, dass er nicht da war, denn ihr schwante Böses.

Schlaftrunken tappte Leonie ins Bad und setzte sich auf die Toilette. Zehn Sekunden später war klar, dass sie ihre Periode bekommen hatte – wieder einmal.

Tränen der Enttäuschung schossen ihr in die Augen.

Seitdem sie sich mit Markus darauf verständigt hatte, nicht mehr zu verhüten, bestimmte Leonie anhand von Temperaturmessungen und einer speziellen App ihre fruchtbaren Tage, doch offenbar umsonst. Sie duschte sich und versuchte, ihre grenzenlose Enttäuschung mit dem Wasser den Abfluss hinunterzuspülen. Leonie verstand nicht, was los war.

Markus wäre schon zweimal beinahe Vater geworden, doch seine damalige Frau hatte leider beide Kinder verloren. An ihm lag es also höchstwahrscheinlich nicht. Ob sie sich einmal untersuchen lassen sollte? Bei dem Gedanken daran wurde ihr mulmig.

Was, wenn die Ärztin ihr auf den Kopf zusagte, dass sie bereits zu alt war, um noch schwanger zu werden?

Leonie Rohlfs, reiß dich zusammen, befahl sie sich selbst.

Du gehst zu deiner Gynäkologin, besprichst deine Sorgen mit ihr, und dann hast du Klarheit. Mit dreiundvierzig ist es nicht mehr ganz so einfach, schwanger zu werden, und das wusstest du. Es dauert eben so lange, wie es dauert.

Mit verweinten Augen verließ sie die Dusche und versuchte so gut es ging, ihren Kummer und die Angst, die sich ihrer bemächtigte, herunterzuschlucken, denn es wartete jede Menge Arbeit auf sie: Fünf Pensionsgäste freuten sich aufs Frühstück. Brot und Kuchen mussten gebacken, die Buchhaltung erledigt werden.

Froh über die bevorstehende Ablenkung, zog Leonie sich an, band ihre Haare zu einem Knoten und ging in die Küche, um alles für das morgendliche Büfett zuzubereiten: Kaffee, Tee und Eier mussten gekocht, Aufschnitt und Käse auf Platten gelegt werden, dazu Tomaten, Gurken und Karotten. Letztere aus dem eigenen Nutzgarten, alles in Bio-Qualität.

»Guten Morgen«, grüßte die sympathische Endfünfzigerin aus dem Einzelzimmer im ersten Stock, die ein paar Minuten zu früh im Frühstücksraum war. »Welche der Marmeladen würden Sie mir empfehlen?« Die grauhaarige, klug aussehende Frauke Grotius musterte mit der Lesebrille auf der Nase die Etiketten und las sich sorgsam die Beschreibung auf den einzelnen Gläsern durch.

»Ich persönlich mag zurzeit am liebsten die Mischung ›Apfel liebt Pflaume‹«, erwiderte Leonie und drapierte eine Schale selbst gemachtes Birchermüsli sowie rote Grütze mit Vanillesoße in kleinen Einmachgläsern auf dem Büfett. »Das Zusammenspiel der Säure des Apfels und der Süße der Pflaume ergibt eine ganz besondere Mischung. Der Geschmack der Tonkabohne rundet das Ganze ab. Wir bieten sie übrigens in zwei Varianten an: einmal pur und einmal mit einem Schuss Amaretto.«

»Mhmmm, das klingt verführerisch«, erwiderte die Dame und füllte sich eine kleine Portion der von Sonja Mieling zubereiteten

Marmelade in eine essbare Waffelschale. »Das Brot duftet übrigens köstlich. Haben Sie es selbst gebacken?«

Leonie bejahte und bestückte weiter das Büfett.

Währenddessen trafen nach und nach die anderen Gäste ein.

Wenn alle auf einmal kamen, hieß es Nerven bewahren, da manchmal alle zugleich unterschiedliche Eierspeisen, verschiedene Kaffeesorten oder Sonstiges haben wollten.

In Momenten wie diesen hätte Leonie sich Hilfe gewünscht, doch das war natürlich undenkbar.

»Wissen Sie, wie man an Tickets für die Plaza der Elbphilharmonie kommt?«, fragte ein älterer Herr, der soeben einen Cappuccino geordert hatte.

»Haben Sie einen Fahrplan der Lühe-Schulau-Fähre?«, wollte eine andere Dame wissen. Auch die Frage nach den besten Äpfeln der Region musste beantwortet werden, genau wie die nach dem nächsten WLAN-Hotspot.

Leonies Unterleib schmerzte, Kopfschmerz pirschte sich leise heran. Sie überlegte kurz, Sonja um Hilfe zu bitten, doch die hatte alle Hände voll damit zu tun, die Zimmer der Gäste zu putzen, während diese gemütlich beim Frühstück saßen.

Nach und nach beantwortete sie geduldig alle Fragen, servierte Rühr- und Spiegelei, Cappuccino und Latte macchiato mit Sojamilch sowie Porridge, genauestens beobachtet von der Dame, der sie zuvor die Marmelade empfohlen hatte.

Ist die etwa Hotelkritikerin oder hat einen Reiseblog?, fragte sich Leonie, denn anders konnte sie sich das ungewöhnlich große Interesse nicht erklären. Doch Frauke Grotius notierte sich nichts, sondern schien ihr Frühstück einfach in vollen Zügen zu genießen.

Sie blieb sogar noch sitzen, als alle anderen Gäste trotz des beinahe herbstlich anmutenden Wetters bereits auf dem Weg zu einem Ausflug oder Spaziergang waren.

»Ganz schön viel Arbeit für eine Person«, sagte sie, als sie zwischendrin den Blick vom *Hamburger Abendblatt* hob, das, zusammen mit Zeitschriften und dem *Tageblatt,* der Zeitung aus der Region, für die Gäste zur Verfügung stand.

»Das stimmt«, entgegnete Leonie, die das benutzte Geschirr auf ein Tablett stellte und beim Zusammenräumen bemerkte, dass die Blumendeko auf den Tischen ausgetauscht werden musste. Die Blumen, die sie regelmäßig von einem Händler bezog, hatten in den vergangenen Wochen stark in der Qualität nachgelassen.

Sie musste unbedingt mit ihm darüber sprechen, dass die Blüten nicht lange genug frisch blieben, und sich gegebenenfalls nach einer Alternative umschauen, falls der Florist das Problem nicht beheben konnte. »Es gibt viel zu tun, aber es macht großen Spaß, hier zu arbeiten.«

»Sind Sie die Besitzerin?« Diese Frage kam äußerst unvermittelt, und Leonie überlegte: War Frauke Grotius einfach nur neugierig oder ehrlich interessiert? Als hätte sie Leonies Gedanken gelesen, schob die Dame ein »Pardon. Bitte halten Sie mich jetzt nicht für impertinent« hinterher. »Ich habe nur beobachtet, mit wie viel Liebe und Hingabe Sie Ihre Arbeit verrichten, was man heutzutage leider nur noch selten sieht. Daher habe ich mich gefragt, ob Sie so engagiert sind, weil die Pension Ihnen gehört.«

»Ja, das Apfelparadies gehört mir«, erwiderte Leonie mit stolzer Stimme. »Ich habe es von meinen Eltern übernommen, umbauen lassen und versuche nun mein Bestes, um den Betrieb zum Erfolg zu führen.«

»Heutzutage sicher nicht ganz einfach«, sagte Frauke Grotius seufzend. »Im Zeitalter von Portalen wie Booking.com stelle ich es mir ziemlich herausfordernd vor, in diesem Bereich selbstständig zu sein.«

Leonie hätte sie zu gern gefragt, womit sie ihr Geld verdiente. Doch erstens ging sie das rein gar nichts an, zweitens hatte sie keine Zeit für einen Plausch, und drittens – und das war beinahe das Allerwichtigste – lautete die goldene Regel der Vermietung: Lass deine Gäste nicht zu nahe an dich heran. Bewahre den nötigen Abstand, egal, wie sympathisch dir jemand ist.

Deshalb ließ Leonie die Bemerkung unkommentiert und brachte das Geschirr in die Küche.

Dort traf sie auf Sonja Mieling, die gerade neues Wischwasser holte. »In der Zwei tropft der Wasserhahn, und ich habe gesehen, dass der Toilettendeckel einen kleinen Riss hat. In der Drei ist heute Nacht ein bisschen Regenwasser durchs Fenster gekommen, keine Ahnung, was da los ist.«

»Hoffentlich kriege ich schnell einen Handwerker, die sind ja leider nahezu alle ausgebucht«, erwiderte Leonie, leicht genervt von den schlechten Neuigkeiten, und notierte sich die Punkte. Nicht zu fassen, dass beinahe wöchentlich in einem der Zimmer etwas repariert oder ersetzt werden musste.

Hörte das denn nie auf?

»Alles klar, ich muss dann mal wieder, ich drücke die Daumen, dass ganz schnell jemand wegen des Fensters und des Wasserhahns kommt«, sagte Sonja und nahm den frisch befüllten Eimer aus der Spüle. »Nur noch das Gäste-WC hier unten, dann bin ich mit allem durch. Soll ich einen neuen Toilettendeckel besorgen? Ich muss nachher eh noch zum Baumarkt.«

»Das wäre super, dann spare ich mir zumindest einen Weg«, erwiderte Leonie dankbar. »Übrigens: Die ›Apfel liebt Pflaume‹-Marmelade ist im Elbherz der absolute Verkaufsschlager, soll ich Ihnen von Markus ausrichten.«

In diesem Moment ließ ein durchs Fenster fallender Sonnenstrahl ihren an sich schlichten Verlobungsring aufblitzen.

»Hallo, hallo, was haben wir denn da?«, rief Sonja, nahm spontan Leonies rechte Hand und betrachtete den Ring eingehend. »Heiratet da etwa jemand?«

»Ja, zu Silvester.« Leonie konnte es immer noch kaum fassen, dass Markus und sie wirklich den Bund der Ehe eingehen würden.

Dass sie von einem Pastor getraut und vor Zeugen geloben würden, sich zu lieben und zu ehren bis …

*Aber was ist, wenn ich keine Kinder bekommen kann, genau wie seine Ex-Frau?*, schoss es ihr in diesem Moment durch den Kopf. Oder, diese Möglichkeit musste sie natürlich auch mit einbeziehen, Markus selbst war unfruchtbar.

Der bloße Gedanke daran ließ ihren Atem stocken. Nein, das durfte auf gar keinen Fall passieren. Markus' Ehe war an der Kinderlosigkeit gescheitert.

Er liebte Kinder, und sie liebten ihn.

Emma und Lilly waren jedes Mal außer Rand und Band, wenn er mit ihnen spielte und umhertobte. Markus hatte ein Recht darauf, dass sich sein Wunsch endlich erfüllte.

»Silvester also?« Sonja schaute sie erwartungsvoll an und lächelte breit. »Ach, wie schön, ich freue mich so sehr für Sie beide. Sie sind ein tolles Paar und passen ganz wunderbar zusammen.«

»Sie sind natürlich herzlich eingeladen«, erwiderte Leonie, die in Gedanken ganz woanders war und die ersehnte Hochzeit gerade gefährdet sah. Doch sie versuchte, sich nichts anmerken zu lassen und zumindest nach außen die Fassung zu bewahren. »Sobald ich dazu komme, die Einladungen zu entwerfen und drucken zu lassen, sind Sie die Erste, der ich sie mit Freuden überreiche. Ich hoffe, Sie kommen.«

»Ich fühle mich geehrt, natürlich bin ich dabei. So, jetzt aber genug geplaudert, ich muss dringend weiterputzen.«

Mit diesen Worten verschwand Sonja Mieling.

Zurück blieb Leonie mit ihrem düsteren Gedankenszenario.

Sie erwog kurz, Stella oder Nina anzurufen.

Doch die würden nur das sagen, was sie ihnen in einer solchen Situation auch gesagt hätte: Sie musste schnellstmöglich einen

Termin bei ihrer Frauenärztin vereinbaren, um Klarheit zu gewinnen.

Doch ein Termin war in etwa so schwer zu bekommen wie Handwerker, stellte sich wenige Minuten später heraus.

»In fünf Wochen, denn es ist ja kein Notfall«, lautete die Auskunft der Sprechstundenhilfe.

Enttäuscht notierte Leonie sich Datum und Uhrzeit, beschloss jedoch, weitere Praxen in der Umgebung zu kontaktieren, um nicht unnötig kostbare Zeit zu verlieren.

Denn: Je eher sie Bescheid wusste, desto besser!

# 18

## Stella

»Hey, du Frechdachs, Finger weg vom Nachtisch«, schimpfte Stella, weil Emma sich gerade an der Schüssel mit Obstsalat zu schaffen machte und ihre kleine Schwester mit kernlosen Weintrauben fütterte. »Lilly bekommt Bauchschmerzen von den Trauben, und außerdem hast du dir nach dem Spielen noch nicht die Hände gewaschen.«

Emma grinste und fuhr seelenruhig damit fort, sich gezielt alles herauszupicken, was sie mochte. Birne gehörte offenbar nicht dazu, denn die wurde achtlos zur Seite geschoben.

»Schluss jetzt. Wenn du Hunger hast, schmiere ich dir ein Brot, den Obstsalat gibt's erst nach dem Abendessen.« Roberts deutlich energischere Ansage beeindruckte Emma sichtlich, denn sie nahm sofort ihre zarte Hand aus der gläsernen Schale. Lilly spuckte die Traube, die sie sich gerade in den Mund geschoben hatte, wieder aus, und zwar direkt auf den Küchenboden, ein Signal dafür, dass sie sich ertappt fühlte.

»Oh nee, das glaube ich jetzt nicht«, schimpfte Robert und bückte sich nach dem glitschigen Obst. »Das machst du nicht noch mal, ja? Ihr geht jetzt in eure Zimmer und bleibt da, bis ich euch rufe. Nachher kommen Nina, Leonie und Markus zu Besuch, und wir haben hier noch einiges zu tun.«

Und tatsächlich: Beide Schwestern hatten schuldbewusste Mienen und gingen Hand in Hand die Treppe hinauf in den ersten Stock. Erst als sie oben waren, ertönte ein leises Kichern.

»Hörst du, wie Emma sich da oben gerade kaputtlacht?« Robert verzog sein Gesicht zu einer scheinbar verzweifelten Grimasse. »Nicht mehr lange, und die beiden tanzen uns mit solcher Wucht auf der Nase herum, dass wir versucht sein werden, sie zur Adoption freizugeben.«

Im Flur fiel die Eingangstür ins Schloss.

»Bin wieder da«, rief Moritz und steckte seinen Kopf durch den Spalt der Küchentür. »Was gibt's heute zu essen?«

»Käsefondue«, antwortete Stella. »Um sieben geht's los. Isst du mit uns, oder gehst du nachher noch zu Jonas?«

Jonas war Moritz' bester Freund, seit die Behrendsens nach Husum gezogen waren. Beide teilten die Liebe zur Musik, spielten Keyboard und Gitarre und waren gerade dabei, eine Band zu gründen.

»Käsefondue?!« Moritz verzog das Gesicht. »Hab ich was verpasst, ist heute Silvester?«

»Dem Wetter nach ja«, erwiderte Stella seufzend. Das Thermometer zeigte 8 Grad, die Sonne hatte sich den ganzen Tag noch kein einziges Mal blicken lassen. »Ich kann dir aber auch Nudeln mit den Resten der Bolo von gestern machen, wenn du magst«, bot sie an.

»Oder du machst sie dir einfach selbst, alt genug bist du ja«, ergänzte Robert und gab seinem Sohn einen auffordernden Klaps auf die Schulter. »Na, wie läuft's mit der Bandgründung? Habt ihr endlich einen Schlagzeuger?«

»Wir treffen uns nachher mit zwei Typen, die ganz cool sein könnten«, erwiderte Moritz. Und fügte dann noch »Bolo ist okay, mache ich mir« hinzu. »Wenn das klappt, können wir bald loslegen. Wir dürfen übrigens in der Garage von Jonas' Eltern proben.«

»Schön, wenn man zwei Garagen hat«, sagte Robert, nachdem Moritz in sein Zimmer gegangen war. »Wir haben nicht mal eine. Ständig muss ich einen Parkplatz suchen.«

»Oh, du armer, armer Mann«, erwiderte Stella und gab ihm einen Kuss. »Wirst du es überleben, oder müssen wir jetzt umziehen?«

Robert tat zerknirscht und senkte den Kopf, damit Stella ihm durchs Haar wuscheln konnte, was er sehr gern mochte. Dann wandte er sich wieder dem Reiben der vier verschiedenen Käsesorten zu, die für die Fonduesoße benötigt wurden.

»Ich bin schon sehr gespannt darauf zu erfahren, wie die Unterredung zwischen dem Alten und Markus lief«, sagte Robert. »Ehrlich gesagt tut der Junge mir leid. Will einfach nur Leonie heiraten und hat auf einmal den ganzen Familienkram am Hals.«

»Nenn Markus nicht den Jungen und Jürgen nicht immer den Alten«, schimpfte Stella und vermischte die Zutaten für das Salatdressing. »Er ist zwar ein konservativer Altländer Dickschädel, aber er hat das Herz auf dem rechten Fleck. Und er liebt seine Tochter über alles. Das ist doch schön.«

In diesem Moment überkam sie große Trauer darüber, dass sie selbst keine Eltern mehr hatte. Ihr Vater war früh verstorben, ihre Mutter ganz plötzlich im Sommer vergangenen Jahres.

In schwachen Momenten sehnte sie sich danach, Eltern zu haben, die sich um ihr Wohlergehen sorgten und halfen, wenn es nötig war. Und sie fand es schade, dass die Kinder keine Großeltern mehr hatten.

»Du weißt, wie ich es meine, wenn ich so über die beiden aus dem Alten Land spreche«, entgegnete Robert grinsend. »Ach, übrigens: Kann man vom Käsereiben eigentlich eine Sehnenscheidenentzündung bekommen?« Scheinbar anklagend deutete er auf das große Stück Greyerzer Käse, das noch darauf wartete, geraspelt zu werden.

»Du bist der Arzt, was weiß denn ich?«, konterte Stella ungerührt und füllte das Dressing in eine Sauciere um. »Wenn du Angst um deine Hände hast, frag Moritz, ob er dir hilft.« Sie schmunzelte in sich hinein, denn sie liebte dieses Geplänkel mit Robert. Sie hatten sich schon seit ihrer ersten Begegnung liebevoll gekabbelt, und so war es zum Glück bis heute, was sie als ein gutes Zeichen für die Stabilität ihrer Ehe wertete.

Eine halbe Stunde später war auch das Brot in Würfel geschnitten, der Tisch im Esszimmer gedeckt und die Kerzen angezündet.

Sie war gerade mit allem fertig, da klingelte es auch schon an der Tür. Nina stand, einen Koffer in der Hand, auf der Fußmatte.

»Willst du bei uns einziehen?«, fragte Stella verwirrt.

Die drei Gäste würden heute Nacht hier schlafen, aber es war nicht geplant, dass sie das ganze Wochenende blieben.

»Eigentlich nicht, aber wenn ich dein erschrockenes Gesicht sehe, überlege ich es mir womöglich anders«, erwiderte Nina schmunzelnd und umarmte Stella. »Nein, keine Sorge, ich niste mich nicht wieder in Husum ein. Leonie und Markus nehmen mich morgen mit ins Alte Land, ich bleibe bis Montagmorgen und fahre von da aus ins Geschäft. Was macht die Suche nach der neuen Kinderfrau?«

»Ich hatte gestern ein ziemlich vielversprechendes Vorstellungsgespräch und warte noch auf Rückmeldung von Mareile. Drück mir bitte die Daumen, dass es klappt. Bring doch schon mal deine Sachen nach oben, dann checke ich derweil, ob Emma und Lilly die Tischdeko heilgelassen haben. Die haben heute beide einen Clown gefrühstückt, es wird bestimmt schwer, sie nachher ins Bett zu kriegen.«

»Das kann ich doch übernehmen, ich habe ja jetzt Übung«, bot Nina an und wandte sich in Richtung Treppe. »Ich wasche mir nur schnell die Hände und bin dann gleich wieder da, ja?«

Während Nina sich im Gästebad frisch machte, trafen Leonie und Markus ein. Diesmal übernahm Robert die Begrüßung und nahm Leonie einen prall gefüllten Korb ab und Markus die Lederjacke, die feucht vom Regen war.

»Was für ein Mistwetter«, schimpfte Markus und umarmte Robert mit dieser knappen Geste, mit der Männer einander zeigten, dass sie sich mochten und schätzten. »Man hat das Gefühl, dass bald Weihnachten vor der Tür steht. Kein Wunder, dass ihr auf die Idee mit dem Käsefondue verfallen seid.«

»Was hast du denn wieder alles dabei?«, fragte Stella zu Leonie gewandt und nahm Robert den Korb ab. »Ich habe doch gesagt, ihr sollt nichts mitbringen.«

»Das ist so gut wie nichts«, erwiderte Leonie lächelnd. »Nur ein bisschen Marmelade, Obst und Kuchen …«

»… und marinierte Pilze, wie köstlich. Die passen hervorragend zum Käsefondue.«

Kurze Zeit später saßen alle am langen Holztisch, den Robert zuvor extra ausgezogen hatte. Die Mädchen waren außer Atem, weil sie mit Markus Fangen und Verstecken gespielt hatten.

Lilly thronte müde in ihrem Kinderstühlchen, und Emma lümmelte auf Ninas Schoß. Moritz hatte sich Nudeln gekocht und die Bolognesesoße warm gemacht und gesellte sich zu Stellas großer Überraschung ebenfalls zur Runde.

Wie schön, dachte sie gerührt, als ihr Blick über die lange Tafel schweifte. Alle waren in ein lebhaftes Gespräch vertieft, stritten sich um die Fonduegabeln, amüsierten sich über Brot, das unauffindbar in der Käsesoße stecken geblieben war, reichten einander den Salat, die kleinen Pellkartoffeln mit Schale oder Leonies absolut köstliche Pilze.

Nina half den Mädchen beim Essen, Robert stand immer wieder auf, um leere Gläser zu füllen oder das Fenster zu kippen, wenn der Duft von Käse und den brennenden Kerzen zu intensiv wurde. Harmonischer konnte ein Abend nicht sein.

»So, ihr Mäuse, jetzt wird es aber Zeit, ins Bett zu verschwinden«, sagte Robert irgendwann mit Blick auf die Uhr. Moritz war bereits zu seinem Treffen mit Jonas aufgebrochen, nun begann die

*Erwachsenenzeit,* wie Stella diese eher seltenen Momente im Geiste nannte.

Nina stand auf, um die Mädchen nach oben zu begleiten, die ausnahmsweise tatsächlich nicht protestierten. Beide rieben sich die Augen und winkten zum Abschied matt in die Runde.

»Jetzt erzähl mal, wie ist es mit Jürgen gelaufen?«, fragte Robert, nachdem er seinen Töchtern eine Kusshand zugeworfen hatte, und schenkte Markus einen Obstler ein.

Leonie räusperte sich bedeutungsvoll, Stella wartete gespannt.

»Tja, wie soll ich das nur sagen?«, erwiderte Markus und wechselte einen kurzen Blick mit Leonie. »Der alte Herr hatte ganz schön die Hosen an und versuchte, mir einzureden, dass das Elbherz nicht mehr lange laufen wird, ich bald mittellos bin und dann nicht mehr in der Lage sein werde, meine Familie zu ernähren. Schön geht irgendwie anders. Aber was tut man nicht alles aus Liebe?«

Stellas Blick wanderte zu Leonie, die ziemlich gequält dreinschaute, aber nichts sagte.

Stella wusste nicht, wieso, aber sie war plötzlich alarmiert. Warum stieg ihre Freundin nicht auf das ein, was Markus sagte?

Normalerweise hätte sie mit leuchtenden Augen sagen müssen, dass sie sich auf die Hochzeit freute und dass sie ihren Vater schon auf Kurs bringen würde.

Sie nahm sich vor, Leonie zu fragen, ob alles in Ordnung war, sobald sie sie allein zu fassen bekam.

»Habe ich was verpasst?«, wollte Nina wissen, die sich nun wieder zu ihnen gesellte, und schaute fragend in die Runde. »Kommt es mir nur so vor, oder seid ihr etwas angespannt?«

»Wir sprechen gerade von Leonies Papa und dem Jobangebot«, erklärte Robert. »Hast du die kleinen Monster narkotisiert, oder haben sie freiwillig das Handtuch geworfen?«

»Zum Werfen waren sie viel zu erschöpft«, erwiderte Nina mit amüsiertem Lächeln. »Also, was macht die Altländer Jobfront?«

Markus wiederholte geduldig, was er eben gesagt hatte, und Nina runzelte die Stirn. »Ich würde mir von Jürgen nicht die Butter vom Brot nehmen lassen«, sagte sie schließlich. »Er will nur das Beste für Leonie und muss sich erst an den Gedanken gewöhnen, dass es dir ganz genauso geht. Gesetzt den Fall, du würdest diese Challenge annehmen: Was würde dann aus dem Café? So gut, wie es läuft, wäre es doch jammerschade, es aufzugeben. Mal davon abgesehen, dass allein schon der Standort der absolute Jackpot ist.«

Während die beiden lebhaft ihre Gedanken zu diesem Thema austauschten, beteiligte Leonie sich kein bisschen an der Diskussion, also beschloss Stella zu handeln. Sie musste wissen, was los war. »Hilfst du mir bitte mit dem Dessert?«, fragte sie Leonie und deutete Richtung Küche.

Im ersten Moment schien es so, als hätte Leonie sie gar nicht gehört, doch dann kam Leben in sie. Sie folgte Stella und nahm im Vorbeigehen alles vom Tisch mit, was nicht mehr gebraucht wurde. »Du bist hier zu Gast und nicht in deiner Pension«, sagte Stella schmunzelnd und nahm ihr die Gläser und den leeren Brotkorb ab. Dann schaute sie ihrer Freundin fest in die Augen und fragte: »Was ist los? Mit dir ist doch irgendetwas nicht in Ordnung?«

Anstelle einer Antwort brach Leonie in Tränen aus.

Und Stella nahm sie in den Arm …

# 19

## Nina

Da die Sonne am Samstag endlich mal wieder hervorlugte, trafen sich Nina, Leonie und Stella – dick eingemummelt – am frühen Morgen im Garten der Behrendsens, wo es für die Mädchen neben der Sandkiste ein Trampolin sowie eine Schaukel gab.

»Bist du schon aufgeregt?«, fragte Stella, der Nina am Vorabend kurz von dem heute bevorstehenden Spaziergang mit Kai Martens erzählt hatte. Leonie und Nina saßen mit Kaffee auf der Schaukel, Stella stand den beiden gegenüber, ebenfalls einen Becher in der Hand.

Nina drehte sich in der Schaukel ein und dann wieder aus, so, wie sie es als Kind getan hatte, dabei wäre der Kaffee beinahe übergeschwappt. Sehr zu ihrem Ärger konnte sie die Frage nicht mit *Ja* oder *Nein* beantworten.

Sie hatte die halbe Nacht wach gelegen und darüber nachgedacht, ob sie sich nicht mit der Ausrede, sie sei krank geworden, aus der Affäre ziehen und einfach wieder heim nach Eimsbüttel fahren sollte anstatt ins Alte Land, um Kai zu treffen. Björn hatte vorgeschlagen, am Abend essen zu gehen oder Cocktails in der Bar der Tanzenden Türme auf der Reeperbahn zu trinken. Diese Variante war weitaus ungefährlicher und entspannter.

Und damit deutlich reizvoller.

»Hat's dir die Sprache verschlagen?«, fragte Leonie amüsiert.

»Offensichtlich«, setzte Stella eins drauf und grinste wie ein Honigkuchenpferd. »Ich finde, das ist ein gutes Zeichen. Wenn Kai das nächste Mal in der Bücherei vorliest, spiele ich Mäuschen. Emma und Lilly haben so sehr von ihm geschwärmt, dass ich jetzt auch neugierig bin. Allerdings wusste ich zu dem Zeitpunkt noch nicht, dass du den Mann kennst.«

»Jaja, macht euch ruhig lustig über mich und meine Männerphobie«, maulte Nina, die spürte, wie sehr es sie erleichterte, mit ihren Freundinnen über dieses Thema zu reden. »Ich bin hin- und hergerissen. Einerseits finde ich Kai anziehend und spannend, andererseits macht mir aber genau das riesige Angst.«

»Du weißt, worüber wir gestern Abend gesprochen haben, als Robert und Markus schon im Bett waren«, sagte Leonie und schaute ihr tief in die Augen. »Wir waren uns einig, dass es am besten ist, sich allem direkt zu stellen, was uns bedrückt oder scheinbar bedroht. Weglaufen ist nicht, das gilt sowohl für meinen Termin bei der Frauenärztin als auch für dich und Kai. Wir können uns nicht vor den Enttäuschungen schützen, die das Leben für uns bereithält. Aber wir können verhindern, zu Opfern unserer Ängste zu werden.«

»Diese Worte aus dem Mund der ehemals größten Angsthäsin, die ich je kennengelernt habe«, murmelte Nina in Gedanken versunken. »Ich bin zutiefst beeindruckt, und du hast natürlich vollkommen recht. Alexander lebt sein Leben und ist glücklich. Wo steht geschrieben, dass ich das nicht auch tun darf?«

»Ganz genau«, stimmte Stella zu. »Und wer weiß? Vielleicht bist du Alexander eines Tages sogar dankbar dafür, dass er dich auf diese Weise freigegeben hat.« Mit diesen Worten blickte sie nach oben zu den Fenstern der beiden Kinderzimmer.

Ninas Blick folgte dem Stellas, und sie entdeckte Emma und Lilly, die an der Scheibe klebten. »Oh, oh, die sind aber früh wach«, seufzte Stella. »Ich fürchte, unser kleiner Plausch ist hiermit beendet, denn jetzt beginnt die Raubtierfütterung.«

Nach einem gemeinsamen Mittagessen setzte Nina sich auf die Rückbank von Markus' Auto, um gemeinsam mit ihm und Leonie nach Steinkirchen zu fahren.

Sie hatte sich nicht besonders viel Mühe bei der Wahl ihres Outfits gegeben und sich auch so gut wie nicht geschminkt.

Sie würde mit Kai lediglich spazieren gehen, weiter nichts.

Kein Grund, sich aufzubrezeln.

Und kein Grund, die Welle zu machen.

Um 16 Uhr wollten sie sich am Café Möwennest an der Yachthafenstraße in Jork treffen und von dort aus den Deich entlangspazieren. Da Nina diesmal kein Rad dabeihatte, hatten Markus und Leonie netterweise angeboten, sie direkt zum Treffpunkt zu bringen.

»Aber nicht luschern, sondern gleich heimfahren«, drohte sie den beiden spielerisch, als sie auf die Straße zum Jachthafen einbogen. Zum Glück war es heute den ganzen Tag trocken geblieben, doch es war immer noch kühl für Mitte September.

»Das würden wir niemals tun, wir sind doch nicht neugierig«, erwiderte Markus, offenbar belustigt. »Aber bevor du aussteigst, möchte ich noch ein ernstes Wörtchen mit dir reden.«

»Ach ja?«, fragte Leonie verwundert und löste den Anschnallgurt, nachdem das Auto zum Stehen gekommen war.

Markus drehte sich zu Nina um und schaute sie mit ernster Miene an. »Ich habe dir das bislang nicht gesagt, weil ich es irgendwie unpassend gefunden hätte. Aber ich finde, du solltest wissen, dass du eine tolle, kluge und äußerst attraktive Frau bist. Dass Alexander sich von dir getrennt hat, lag nicht daran, dass er dich nicht mehr liebt, sondern einzig und allein daran, dass er es einfach nicht länger ertragen hat, ohne Aussicht auf eine echte Zukunft mit dir leben zu müssen.«

Ninas Herzschlag beschleunigte sich, ihr Mund wurde trocken.

Auch Leonie schaute Markus mit weit aufgerissenen Augen an.

»Woher willst du das wissen?«, fragte Nina, einen dicken Kloß im Hals. »Hat Alexander dir das gesagt?«

»Hat er. Natürlich unter dem Siegel der Verschwiegenheit. Für gewöhnlich halte ich meine Versprechen, aber in diesem Fall finde ich eine Ausnahme gerechtfertigt. Ich sehe, wie du dich quälst, wie sehr dein Selbstbewusstsein gelitten hat und wie schlecht es dir geht. Ich wünsche dir, dass du selbstbewusst, gut gelaunt und offen zu diesem Date gehst. Mach dich nicht klein, und vertrau auf dich selbst, dann ergibt sich alles andere von allein.«

Beschwingt und gerührt von Markus' Worten verabschiedete sich Nina von den beiden und ging dann in Richtung Café, das auf der Deichkrone thronte, mit Blick auf den hübschen Jachthafen.

Sie sah Kai schon von Weitem.

Er empfing sie mit einem verschmitzten Lächeln und den Worten: »Schön, dass es geklappt hat. Du siehst heute übrigens so anders aus.«

»Das liegt vermutlich an der fehlenden Halskrause«, erwiderte Nina und überlegte, wie sie Kai begrüßen sollte.

Per Handschlag?

Mit einer Umarmung?

Irgendwie kam ihr beides unpassend vor.

»Das wird's sein«, sagte Kai und gab ihr einen sanften Begrüßungskuss auf die Wange. Keinen von der Sorte, die Menschen in die Luft hauchten, um Intimität zu demonstrieren, die gar nicht existierte. Aber auch keinen, der Nina in Verlegenheit gebracht hätte. Dieser Kuss fühlte sich gut und entspannt an. »Und wie geht's dir? Ist alles in Ordnung, oder hast du noch Schmerzen?«

Beide schlugen, ohne es vorher vereinbart zu haben, den Weg nach links in Richtung des Leuchtfeuers Grünendeich ein. Unter ihren Füßen frisches Gras, rechts von ihnen der unverstellte Blick auf die Elbe, die heute grüngrau schimmerte, ein leichter Wind, der immer wieder auffrischte. Über ihren Köpfen wechselten sonnige Abschnitte und Wolkenbänder im Sekundentakt und verliehen der malerischen Landschaft ganz gegensätzliche Stimmungen.

Fasziniert beobachtete Nina, wie sich die unterschiedlichen Lichtverhältnisse auch auf das Gesicht von Kai auswirkten: Mal sah es kantig und maskulin aus, dann wiederum sanft und weich.

»So weit alles okay«, beantwortete sie seine Frage nach ihrem Gesundheitszustand, während sie die frische Luft tief einatmete. So gern sie auch in Eimsbüttel lebte, dort ließ die Luftqualität leider deutlich zu wünschen übrig. »Ich arbeite seit Montag wieder, und das Rad ist auch wieder heil. Und du? Erzähl doch mal, wieso du ausgerechnet in der Husumer Bücherei vorliest, das ist doch von hier aus ein ziemlich weiter Weg.«

»Ich war mal Lehrer in Husum und mag die Stadt sehr. In meiner Zeit dort am Gymnasium habe ich gute Freunde gewonnen und verbinde diese Vorlesenachmittage mit einem Besuch bei ihnen.«

Dies gab Nina Anlass zu erzählen, woher die Verbindung mit den Kindern und Stella kam, wieso sie sich zurzeit wieder im Alten Land aufhielt und wie es gewesen war, gemeinsam in der Hamburger Villa zu leben.

»Das klingt, als hättet ihr drei eine sehr, sehr kostbare Verbindung«, sagte Kai, der Ninas Ausführungen mit Interesse gelauscht hatte. »Schade, dass ihr nicht mehr zusammenwohnen könnt. Ich vermisse meine guten Freunde auch, wenn ich sie länger nicht sehe. Andererseits habt ihr jetzt den Vorteil, euch an Orten zu treffen, nach denen sich viele Urlauber die Finger lecken. Ich habe übrigens schon mal Bekannte im Apfelparadies untergebracht. Sie waren ganz begeistert von der Pension deiner Freundin.«

»Wie schön, das werde ich Leonie ausrichten«, erwiderte Nina erfreut. Sie entspannte sich von Minute zu Minute mehr und genoss das Gespräch sogar ein bisschen. Es gelang ihr nicht immer, mit Kai Schritt zu halten, da er lange Beine hatte und sie selbst nicht gerade eine Riesin war. Doch er verlangsamte sofort sein Tempo, wenn er merkte, dass Nina ein wenig zurückfiel. »Welche Fächer unterrichtest du eigentlich?«

»Mathematik, Musik und Sport.«

»Mathe?! Darin war ich schon immer eine Niete«, erwiderte Nina und schüttelte sich. »Ich bin heute noch überfordert, wenn ich versuche, im Laden Preise zu addieren oder mal in die Verlegenheit komme, den Dreisatz anwenden zu müssen. Mein Gehirn kann nur andere Dinge speichern wie Pflanzennamen, den besten Zeitpunkt für Aussaat, Bandnamen, Filmtitel ...«

Kai grinste. »Dann hast du doch alles Wissen, das du brauchst. Den Rest erledigt eh der Taschenrechner im Handy. Und glaub mir, das geht fast all meinen Schülern so. Es gibt Tage, an denen ich denke, dass man dieses Fach einfach vom Lehrplan streichen sollte, aber Mathematik folgt schlussendlich einer Logik, die nie verkehrt ist und die man sich ein bisschen antrainieren kann, wenn man es nur will.«

»Ich bin bislang auch so ganz gut durchs Leben gekommen. Wenn ich noch mal etwas lernen möchte, dann eher ein Instrument oder ...«

Oh, oh, was tat sie da?

Nina war kurz davor, diesem Wildfremden anzuvertrauen, dass sie unheimlich gern Gesangsunterricht nehmen würde.

Schon als Kind hatte sie stets *Popstar* geantwortet, wenn sie gefragt worden war, was sie später werden wolle. Und nach dem Schreiben des kurzen Gedichts für die Veranstaltung in der *Oyster Bar* hatte sie flüchtig darüber nachgedacht, wie schön es wäre, Songtexte verfassen zu können. Keine Kunstrichtung transportierte Gefühle so intensiv und unmittelbar wie die Musik.

»Welches Instrument würdest du denn gern spielen?« Mit dieser Bemerkung hatte sie offenbar Kais Interesse geweckt.

Kein Wunder, der Mann unterrichtete ja auch Musik.

»Am liebsten Klavier oder Bratsche. Ich habe als Kind ganz klassisch Blockflöte gelernt, war aber vollkommen untalentiert, was meiner Ansicht nach jedoch daran lag, dass ich das Instrument nicht mag. Dann habe ich es mit der Viola versucht, weil ich ihre Tonlage deutlich wärmer und angenehmer finde als die der Violine.«

»Wenn du magst, dann komm doch mal nach Unterrichtsschluss bei uns in der Schule vorbei«, bot Kai zu Ninas großer Überraschung an. »Dann setzt du dich ans Klavier und testest, ob dir das wirklich Spaß macht. Und sollte das der Fall sein, kann ich dir gern Stunden geben.«

# 20

## Leonie

„So, liebe Frau Rohlfs, dann erzählen Sie mal, was führt Sie zu mir?«

Doktor med. Stefanie Conrads schenkte Leonie einen warmherzigen Blick aus ihren dunkelbraunen Augen. Die sympathische, weißhaarige Frau Anfang sechzig war die Gynäkologin von Leonies Mutter. Es war Ankes Hartnäckigkeit zu verdanken, dass ihre Tochter an diesem Dienstag einen der heiß begehrten Termine in der Stader Praxis bekommen hatte.

Leonie erzählte von ihrem Kinderwunsch, den Heiratsplänen und davon, dass Markus und sie seit über einem Jahr nicht mehr verhüteten. Dr. Conrads tippte Notizen in den Computer ein und wandte sich dann wieder ihrer Patientin zu. »Ich verstehe. Wie ist es um die Regelmäßigkeit Ihres Zyklus bestellt? Nehmen Sie irgendwelche Medikamente ein? Schlafen Sie beide häufig miteinander?«

Insbesondere die letzte Frage war Leonie zu intim, doch es nützte nichts, sie musste Rede und Antwort stehen.

Dr. Conrads tippte erneut auf der Tastatur des Computers herum, Leonie war mittlerweile so angespannt, dass jede Faser ihres Körpers schmerzte. Vor diesem Termin hatte sie sich richtiggehend gefürchtet.

Doch nun war es so weit, es gab kein Zurück mehr.

»Dann machen Sie sich mal bitte in der Umkleidekabine frei«, sagte die Gynäkologin schließlich. »Ich untersuche gleich per Ul-

traschall Ihre Eierstöcke. Danach nimmt meine Sprechstundenhilfe Ihnen Blut ab, das wir heute noch ins Labor schicken. Zum
Glück dauert es nicht lange, bis wir das Ergebnis bekommen.
Dann wissen wir, ob Ihr Hormonspiegel hoch genug ist und Sie
regelmäßig einen Eisprung haben.«

Eine Dreiviertelstunde später verließ Leonie die Praxis.

Obwohl sie sich immer wieder ermahnte, ruhig und gelassen
zu bleiben, war das Gegenteil der Fall. Einem spontanen Impuls
folgend wählte sie die Nummer ihrer Mutter.

Sie wollte jetzt auf gar keinen Fall allein sein und musste ihre
Ängste jemandem anvertrauen, der Verständnis dafür hatte.

Anke Rohlfs meldete sich mit den Worten: »Ich habe schon auf
deinen Anruf gewartet. Na, was sagt Dr. Conrads?«

»Das würde ich dir lieber persönlich erzählen als am Telefon.
Hast du Lust, mit mir ins Goeben-Café zu gehen?«, fragte Leonie.
»Mir ist gerade nach einem großen Stück Torte.«

Anke ließ sich nicht zweimal bitten, und so trafen sich Mutter
und Tochter kurze Zeit später in dem wunderschönen Café am
alten Hafen, in das sie beide so gern gingen.

Hinter der efeuumrankten Eingangstür schien die Zeit auf eine
angenehme Weise stillzustehen. Es duftete ganz wunderbar nach
frisch gebackenem Kuchen, aromatischem Kaffee und heißer
Schokolade.

Nachdem beide bestellt und Leonie ihre Mutter auf den neuesten Stand der Dinge gebracht hatte, streichelte diese liebevoll ihre
Hand und sagte: »Ach, mein Schätzchen, nun mach dir keine Sorgen, das wird schon. Frau Dr. Conrads ist eine äußerst kompeten-
te Ärztin. Bald weißt du zum Glück mehr, und bis dahin solltest
du versuchen, dich zu entspannen. Vertrau darauf, dass sich alles
so entwickelt, wie es gut für dich und euch ist. Bislang sind doch
alle deine Wünsche in Erfüllung gegangen, nicht wahr?«

Genau das ist es ja, dachte Leonie bei sich, sprach diesen Gedanken jedoch bewusst nicht laut aus. *Ich habe mein Quantum an Glück womöglich schon aufgebraucht ...*

»Erzähl mir mal lieber, wie Markus das Gespräch mit Papa aufgenommen hat. Jürgen sagte, er hätte sich zwar bemüht, den Anschein zu erwecken, offen für alles zu sein, doch so recht überzeugen konnte er ihn offenbar nicht. Das ist wirklich schade, denn Rohlfs-Äpfel ist seit Generationen in der Hand der Familie, und Jürgen wünscht sich natürlich, dass das auch künftig so bleibt. Er hat das neulich beim Mittagessen nicht so deutlich gesagt, weil er euch nicht unter Druck setzen wollte. Mir ist es aber wichtig, dass du weißt, wie dein Vater wirklich über das Geschäftliche denkt, damit kein falscher Eindruck entsteht.«

Die Familientradition. Noch so ein Thema, das Leonie Kopfzerbrechen bereitete.

Wie sollte sie am besten antworten, ohne jemanden zu verletzen?

»Ich weiß, dass Papa es gut meint, aber ich glaube nicht, dass das Ganze eine gute Idee ist, wenn ich ehrlich bin. Markus war schon immer selbstständig, und das aus gutem Grund. Er liebt seine Arbeit, aber auch seine Freiheit. Und wir wissen beide, wie streng und hartnäckig Papa sein kann, wenn es ums Geschäft geht. Ihr habt immer geplant, den Betrieb irgendwann zu verkaufen, wenn Papa keine Lust mehr hat, im Hintergrund tätig zu sein. Dass ich nicht diejenige sein würde, die in den Obstbetrieb einsteigt, war von Anfang an klar.«

Anke wiegte den Kopf hin und her. Natürlich verstand sie genau, was ihre Tochter meinte. Derart ermutigt fuhr Leonie fort: »Markus hat das Elbherz eigenhändig aufgebaut und sieht, genau wie ich, keinen Grund, weshalb es auf einmal nicht mehr laufen und den gewünschten Profit abwerfen sollte. Und deshalb findet er es verständlicherweise nicht so toll, wenn ihm prophezeit wird, dass das Café irgendwann nicht mehr rentabel sein könnte. In diesem Punkt ist Papa eindeutig übers Ziel hinausgeschossen. Es wäre tatsächlich geschickter gewesen, wenn er von Anfang an gesagt hätte, dass er sich wünscht, dass der Betrieb in der Familie bleibt, statt die Umsätze des Cafés vorzuschieben.«

Anke seufzte und murmelte: »Du weißt doch, wie dein Papa ist. Reden ist nicht seine Stärke, und schon gar nicht, wenn es um Dinge geht, die ihm wichtig sind. Das ist der Grund, weshalb unsere Ehe in die Krise geriet, wie du dich erinnerst.«

In der Tat wusste Leonie, dass dies ein großer Schwachpunkt ihres Vaters war, wie bei vielen Männern seiner Generation.

»Und noch etwas, das Markus, aber auch mir auf dem Herzen liegt«, fuhr Leonie fort. »Jetzt ist wieder Apfelerntezeit, und Markus würde es sicher nicht tolerieren, die Helfer so unterzubringen, wie das bislang gehandhabt wird.«

Dieser Punkt war der heikelste in Leonies Monolog. Die Arbeiter, die in den Plantagen von Anfang August bis Mitte November emsig damit beschäftigt waren, Rubinette, Elstar, Holsteiner Cox und andere Apfelsorten zu pflücken, kamen beinahe ausnahmslos aus Ländern wie Rumänien, Polen oder Estland und benötigten für die Dauer von gut drei Monaten eine Unterkunft – und es wurde immer schwerer, gute Leute für diese körperlich anstrengende Arbeit zu bekommen.

»Ich weiß, dass du ein Problem mit den Wohncontainern hast«, erwiderte Anke. »Aber wo sollen die Leute denn untergebracht werden? Bei dir in der Pension?«

»Gibt's denn keine andere Lösung? Wir haben doch so viel Leerstand in der Region. Kann man nicht diese Häuser ein bisschen nett herrichten und dann nutzen?«

»Tut mir leid, Schätzchen, aber ich fürchte, du hast keine Ahnung, wovon du da sprichst. Du kannst doch niemanden in denkmalgeschützten Häusern unterbringen oder irgendwo, wo du

nicht sicher sein kannst, dass nicht irgendetwas über denen ein-
stürzt. Was glaubst du, wieso diese Häuser noch nicht saniert
wurden? Das kostet alles ein Vermögen, und man muss zahllose
Auflagen erfüllen. Wann hast du dir eigentlich zuletzt einen der
Container angeschaut? Unterstellst du da Papa nicht voreilig etwas?«

»Stimmt, das ist schon eine ganze Weile her«, murmelte Leonie
beschämt. Doch Container machten ihr irgendwie Angst.

Egal, ob sie für Bauarbeiter errichtet wurden oder für Flücht-
linge. Für Leonie war die Vorstellung, so leben zu müssen, der
schiere Albtraum. Container waren in ihren Augen dazu da, Ware
auf Frachtschiffen von A nach B zu transportieren, aber nicht, um
darin Menschen zu beherbergen.

»Meinst du allen Ernstes, wir lassen unsere Pflücker unter un-
wirtlichen Bedingungen wie zum Beispiel in einer herunterge-
kommenen Scheune hausen, wie es in der Region leider früher
tatsächlich hin und wieder vorgekommen ist? Wofür hältst du
denn deinen Vater?«

Leonie verkniff sich die Bemerkung, dass Jürgen Rohlfs zwar
alles für seine Familie tat, aber die Finanzen sehr wohl streng im
Blick hatte. Er sparte, wo er nur konnte, denn die Rendite war bei
Obst nicht besonders hoch.

Fiel die Ernte, wie auch in diesem Jahr, schlecht aus, versuchte
er stets, diesen Verlust zu kompensieren, und das ging meist damit einher, dass er an den Personalkosten sparte, wie die meisten
Arbeitgeber.

»Sorry, wenn ich Papa unrecht tue«, lenkte Leonie ein, weil sie
keinen Streit provozieren wollte. »Diese Helfer pflücken 150 Ki-
logramm Äpfel pro Stunde und arbeiten von morgens bis abends.
Ich bin der Meinung, dass das honoriert werden muss, indem man
ihnen für die Dauer ihres Aufenthalts eine anständige Bleibe gibt,
wo sie sich nach getaner Arbeit erholen und wohlfühlen können,

genau wie die studentischen Hilfskräfte, die abends wieder nach Hause fahren und ihre Freizeit genießen können. Es ist gut zu wissen, dass euch das alles bewusst ist.« Leonie holte tief Luft, denn es rumorte in ihr. Das Thema Erntehelfer war nicht das einzige, bei dem sie nicht mit ihrem Vater konform ging. »Und wenn wir schon mal dabei sind: Markus und ich würden beide auf Bio umstellen wollen, wenn er tatsächlich die Geschäftsführung übernimmt. In Zeiten des Klimawandels und eines dringend notwendigen ökologischen Bewusstseins halten wir beide das für den einzig gangbaren Weg.«

Anke seufzte. »Du weißt, wie dein Vater darüber denkt, und du weißt auch, dass diese Art der Landwirtschaft genauso ihre Kehrseite hat wie die herkömmliche. Im Moment ist das Thema Klimawandel sexy und daher in Mode gekommen, an allen Fronten Greenwashing zu betreiben. Das klingt dann alles gut und schön, und es gibt viele Käufer, die horrende Preise für Produkte zahlen, die angeblich fair produziert und nachhaltig sind. Bei genauerem Hinschauen sind es aber häufig genau die Produkte, die unterm Strich eine viel höhere Belastung fürs Ökosystem darstellen.«

»Darauf könnte ich jetzt ausführlich antworten, dass es natürlich in der Verantwortung der Käufer liegt, sich genauer mit Öko-Zertifikaten und Inhaltsstoffen auseinanderzusetzen«, erwiderte Leonie. »Aber das ist gerade gar nicht unser Thema. Was ich eigentlich sagen will, ist, dass ich endlos viele Konflikte auf uns zukommen sehe, sollte Markus die Leitung des Obsthofes übernehmen. Da ich Streit innerhalb der Familie vermeiden möchte, plädiere ich dafür, einfach den Vertrag des jetzigen Geschäftsführers zu verlängern. Sollte sich herausstellen, dass wir, aus welchen Gründen auch immer, kein Kind bekommen können, ist diese ganze Diskussion sowieso überflüssig, denn dann bleibt eh alles beim Alten.«

Während Leonie dies aussprach, traten erneut Tränen in ihre Augen. Es durfte einfach nicht sein, dass ihrer beider Kinderwunsch etwas im Weg stand.

Dann bräche alles zusammen, was sie sich gemeinsam mit Markus erträumt hatte.

Sie mochte sich gar nicht ausmalen, was dann passieren würde ...

# 21

## Stella

»*D*u fährst erst in die Praxis, wenn Mareile da ist, nicht wahr?«

Stella spielte unruhig mit dem Autoschlüssel in der Hand herum. Sie war auf dem Sprung von Husum nach Sylt zum Meeting mit Frank Petersen und dessen Frau und wollte mit dem guten Gefühl fahren können, dass daheim alles seine Ordnung hatte und nach Plan lief.

Mareile war das neue Kindermädchen, das sich zu ihrer großen Freude seit Dienstag kompetent und mit viel Enthusiasmus um die beiden Mädchen kümmerte. Emma und Lilly hatten die quirlige einundzwanzigjährige Erzieherin auf Anhieb ins Herz geschlossen, obwohl sie Karin vermissten, wie beide Stella neulich abends beim Zubettbringen verraten hatten.

Für gewöhnlich kam Mareile um 14 Uhr, doch an diesem Freitag hatte der Kindergarten wegen Renovierungsarbeiten geschlossen, sodass die Kinderfrau ausnahmsweise schon morgens ihren Dienst antreten musste.

Robert gab Stella als Antwort einen Kuss und schob sie dann sanft zur Tür hinaus. »Jetzt aber ab mit dir, sonst kommst du in den zähen Freitagsverkehr oder verpasst den Autozug. Keine Sorge, hier läuft alles glatt, also entspann dich. Grüß die Insel, und sag ihr, dass ich auch gern bald mal wieder dort wäre. Am liebsten natürlich gemeinsam mit dir.«

Stella erwiderte seinen Kuss, klemmte sich die Aktentasche unter den Arm und ging dann zum Auto.

Von ihren Töchtern hatte sie sich vorhin schon verabschiedet und sich darüber gefreut, dass beide es kaum erwarten konnten, am Nachmittag mit Mareile zu einem Märchen-Event im Husumer Schloss zu gehen. Auf dem Programm stand eine Theateraufführung, auf dem Schlossplatz waren Buden aufgebaut, es wurden ein Feuerschlucker und ein Puppenspieler erwartet sowie eine Märchenfee, die Wünsche erfüllen konnte – für Emma und Lilly eine ganz besonders aufregende Sache.

Auf der Autobahn Richtung Niebüll hörte Stella laut Musik, was sie schon seit Ewigkeiten nicht mehr getan hatte.

Im Radio lief einer ihrer Lieblingssongs von Axel Bosse, und sie sang die erste Strophe lauthals mit: »Die Kraniche auf den gepflügten Feldern, Ende September, jedes Jahr wieder. Und ich am Gucken, als wenn's das erste Mal wär …«

Tatsächlich war es schon Ende September, die Sonne stand entsprechend tief, das Getreide war längst abgeerntet, die Maisfelder kahl. Zu dieser Jahreszeit machten die Saatkrähen mit ihrem schwarz glänzenden Gefieder die Felder zu ihrer Bühne und pickten emsig im Boden umher. An den Bäumen hingen die Beeren der Eberesche, im Volksmund auch Vogelbeeren genannt, wie rote Farbbälle, die sich leuchtend von der teils verdorrten, sandfarbenen Landschaft abhoben. In den Hecken reiften die Brombeeren von zartem Grünrot zu tiefem Violett.

Kilometer für Kilometer näherte Stella sich dem Autozug und dachte dabei an das bevorstehende Meeting.

Frau Petersen war mit Stellas Entwürfen nicht ganz zufrieden, und nun galt es, im persönlichen Gespräch mit ihr zu erarbeiten, was genau ihr vorschwebte, und herauszufinden, ob diese Vorstellung auch eins zu eins umsetzbar war.

Zum Glück gab es ausnahmsweise keinen langen Stau am Autozug, sodass Stella zeitlich im Plan war, was ihr die Gelegenheit gab, die Präsentation im Geiste zu wiederholen, um für Nachfragen oder Kritik gewappnet zu sein.

In dem Moment, als sie am Schalter das Rückfahrtticket gelöst hatte und auf den Zubringer gefahren war, rief Robert an. »Ich habe leider eine schlechte Nachricht für dich«, sagte er mit gedrückter Stimmung, und Stella sank augenblicklich das Herz in die Hose. »Bist du schon auf der Insel?«

»Nein, aber so gut wie. Was ist denn passiert?«

»Mareile hat uns leider im Stich gelassen. Offenbar hatte sie sich parallel um eine andere Stelle beworben, für die sie aber erst heute eine Zusage erhalten hat. Diese Familie zahlt beinahe das Doppelte, und da hat sie einfach Ja gesagt.«

»Nicht dein Ernst?«, presste Stella hervor. Ihr erster Gedanke war die Frage, ob es irgendeine Möglichkeit gab, vom Autozug herunterzukommen. Doch da ertönte bereits die Lautsprecherdurchsage mit den wichtigsten Instruktionen für die Überfahrt auf dem Hindenburgdamm. Hinter ihr waren zudem schon jede Menge andere Autos auf den Zug gefahren. Es gab also kein Zurück mehr.

»Hat sie denn den Vertrag unterschrieben?«, wollte Robert wissen, während Stella versuchte, ihren Atem unter Kontrolle zu bekommen, und sich mit der rechten Hand den Nacken massierte, der sich sofort versteift hatte.

»Leider nicht«, erwiderte sie schuldbewusst. »Sie wollte ihn heute mitbringen. Ich habe bislang nicht gedrängt, weil ich keinerlei Zweifel daran hatte, dass sie ihn unterzeichnen würde.«

»Tja, das ist natürlich schlecht. Ohne Unterschrift haben wir zwar eine mündliche Vereinbarung, können aber nichts weiter tun, als ihre Entscheidung zu akzeptieren.« Roberts Stimme klang zwar ruhig, doch Stella kannte ihn gut genug, um zu wissen, dass er sich darüber ärgerte, dass Stella dem neuen Kindermädchen einen solchen Vertrauensvorschuss gewährt hatte. Hätte er Mareile engagiert, hätte sie ihren Job nicht ohne ein unterzeichnetes Schriftstück angetreten.

»Bist du …?« Stella rang nach Atem und nach Worten. Das Letzte, was sie auf dem Weg zu dieser schwierigen Besprechung auf Sylt gebrauchen konnte, war ein Streit mit Robert. »Bist du noch daheim, oder wie hast du das jetzt geregelt?«

»Nein, ich bin in der Praxis, weil wir doch heute nach der Sprechstunde ein Treffen der norddeutschen Kinderärzte mit anschließendem gemeinsamem Abendessen im Ratskeller haben.« Ach ja, das große Treffen. Wie hatte sie das nur vergessen können? »Ina passt auf die beiden auf«, fuhr Robert fort. »Sie kümmert sich netterweise sowohl um das Mittagessen, wenn Moritz aus der Schule kommt, als auch ums Abendessen. Sie bleibt, bis einer von uns zurück ist.«

Ina?!

Roberts Sprechstundenhilfe?!

»Oh, das ist aber nett von Ina«, stammelte Stella, vollkommen perplex angesichts der Vorstellung, dass die attraktive Rotblonde mit dem Julia-Roberts-Lächeln in diesem Moment bei ihnen zu Hause Ersatz-Mama spielte und in ihrer Küche den Kochlöffel schwang. »Ich werde mich persönlich bei ihr bedanken, sobald ich wieder daheim bin. Kann ich denn mein Meeting wie geplant abhalten, oder soll ich lieber den nächsten Zug zurück nach Niebüll nehmen? Und: Wer übernimmt denn eigentlich Inas Arbeit in deiner Praxis?«

»Das erledige ich heute in Personalunion«, erwiderte Robert, »weshalb ich auch gleich auflegen muss. Nein, mach du in Ruhe deinen Job auf Sylt. Ina, die Kids und ich kommen hier schon irgendwie klar. Es kann heute Abend spät werden, aber wir beide sprechen auf alle Fälle am Samstag in Ruhe darüber, wie es mit der Betreuung der Kinder weitergeht. Gab's denn noch andere Bewerberinnen in der engeren Auswahl?«

»Leider nein«, murmelte Stella, mittlerweile außer sich vor Sorge. Wenn sie nachher Frank Petersen gestehen musste, dass sie nicht mehr auf die Insel reisen konnte, solange die Kinder nicht betreut wurden, würde sie den Auftrag nicht bekommen. »Aber ich lasse mir was einfallen.«

Die ganze Fahrt über zermarterte Stella sich das Hirn über eine Lösung. Derart in Gedanken versunken, nahm sie die Fahrt auf dem Schienenstrang durchs Wattenmeer kaum wahr, obwohl sie diese Strecke sehr liebte. Egal, wie oft Stella schon über den Hindenburgdamm gefahren war, die Nordsee zeigte jedes Mal ein vollkommen anderes Gesicht: Mal war die Flut aufgelaufen und man hatte den Eindruck, auf Kufen durchs Wasser zu gleiten. Mal war das Watt beinahe vollständig trockengefallen, sodass man glaubte, parallel zu den Gleisen zu Fuß auf die Insel gehen zu können. In besonders kalten Wintern bildeten sich gelegentlich Eisschollen – im Licht der untergehenden Sonne wirkte die Nordsee mitunter pink oder violett. An anderen Tagen sah man kaum etwas, weil das Meer in dicken Nebel gehüllt war.

Nachdem alle Autos vom Zug gerollt waren, fuhr Stella in Richtung des mondänen Orts Kampen. Sie selbst bevorzugte die Inseldörfer Keitum, Morsum und Archsum.

Kampen war ihr irgendwie zu künstlich, obwohl hier wunderschöne Häuser standen und man hervorragend essen und ausgehen konnte. Das Haus der Petersens befand sich kurz vor dem Strönwai, der Flanier- und Partymeile Kampens, in einer ruhigen Seitenstraße, absolute Premiumlage und schier unbezahlbar.

Stella parkte auf einem der drei freien Parkplätze vor dem Haus, neben dem SUV der Petersens. Natürlich gab es zusätzlich zu den Stellplätzen einen Carport in der gefühlten Größe eines Einfamilienhauses. Eine auftoupierte, überschminkte Frau Mitte sechzig öffnete, nachdem Stella dreimal geklingelt hatte. Die dicke Goldkette konnte nicht darüber hinwegtäuschen, dass der Hals von Frau Petersen faltig war, ein krasser Kontrast zu ihrer straffen Gesichtshaut.

»Guten Tag, ich bin Stella Behrendsen, schön, dass wir uns endlich persönlich kennenlernen«, sagte sie mit einem Lächeln, das zeigen sollte: Sie sind gerade der wichtigste Mensch in meinem Leben.

Frank Petersen tauchte hinter dem Rücken seiner Frau auf, leger und teuer gekleidet, wie es auf der Insel üblich war. *Die hätten sicher kein Problem, ein Kindermädchen zu finden,* dachte Stella betrübt und schluckte schwer.

»Kommen Sie rein«, erwiderte Frau Petersen und deutete Stella mit einem Kopfnicken den Weg an, anstatt ihr zur Begrüßung die Hand zu geben und sie direkt in den Raum zu geleiten, in dem die Besprechung stattfand. Stella kannte diese Vorgehensweise: Das war die Art einiger Auftraggeber zu zeigen, wer hier das Sagen hatte.

Es gab Tage, an denen sie es kaum ertragen konnte, so behandelt zu werden. An anderen wiederum blendete sie derart unhöfliches Verhalten aus, weil sie große Freude an der Aufgabe selbst hatte oder einfach gelassen über den Dingen stand.

Doch heute war kein solcher Tag.

Heute fühlte sich Stella der ganzen Welt gegenüber unterlegen.

Sie hatte in Bezug auf Mareile den fatalen Fehler begangen, nicht auf sofortiger Unterschrift zu bestehen.

Robert hatte sie dabei erwischt und war nun zurecht ungehalten.

Emma und Lilly würden sich schon wieder an eine neue Kinderfrau gewöhnen müssen, vorausgesetzt, sie fanden überhaupt eine.

Und wenn alles schiefging, war sie den Auftrag los …

Frau Petersen dachte nicht im Traum daran, Stella etwas zu trinken anzubieten oder sie zu fragen, ob sie eine gute Reise hatte. Stattdessen kam sie gleich zur Sache. »Ich muss Ihnen leider sagen, meine Liebe, dass Ihre Vorschläge alles andere als State of the Art sind«, sagte sie in einem Tonfall, der in Stellas Ohren mindestens so nervig klang wie eine Kreissäge.

»Diese maritime Deko-Ästhetik kann doch kein Mensch mehr sehen«, stimmte nun auch Frank Petersen seiner Frau zu.

Stella fühlte Wut in sich aufsteigen. Sie hatte sich große Mühe gegeben und zig Varianten vorgeschlagen, mehr, als sie es sonst bei kapriziösen Kunden tat.

»Sie wollten doch einen Stil, der zur Insel passt, also habe ich als Materialien Treibholz und Seegras und als Farben Meer- und Sandtöne vorgeschlagen«, erklärte sie so souverän, wie es ihr gerade möglich war.

Ihre Aufgabe war es gewesen, das Haus von seinem etwas biederen Blümchenmuster-Chic, der überladenen Dekoration und den friesischen Farben Blau-Weiß zu befreien und ein bisschen mehr Luft und Weite in die Räume zu bringen.

Stella hatte zahllose Nächte vor dem Computer verbracht, um die richtige Wandfarbe, Tapeten und Designs auszusuchen.

»Die Entwürfe wirken, als wollten Sie hier ein zweites Hotel Budersand aufziehen«, meldete sich nun wieder Frau Petersen zu Wort. »Aber, Liebes, wir sind hier in Kampen und nicht in Hörnum.«

»Was meine Frau damit sagen will, ist«, an dieser Stelle räusperte sich Frank Petersen und runzelte die Stirn, »dass wir vermuten, dass Sie aufgrund der ungeklärten häuslichen Betreuungsfrage Ihrer kreativen Arbeit nicht in dem Maße nachgehen können, wie wir uns das wünschen. Deshalb spannen wir Sie nicht länger unnötig ein und verschwenden Ihre kostbare Zeit, sondern vergeben den Auftrag statt an Sie an einen Innenarchitekten, der mehr Gespür für das hat, was meine Frau sich wünscht.« Mit diesen Worten stand er auf und deutete unmissverständlich in Richtung Tür. »Ich wünsche Ihnen ein schönes Wochenende. Kommen Sie gut wieder zurück nach … äh, Husum, und grüßen Sie Mann und Kinder. Familie ist das Wichtigste, nicht wahr, Liebes?« Frau Petersen nickte ihrem Mann zu, erhob sich jedoch nicht von der Couch.

Als Stella draußen war, fühlte sie sich wie ein Hund, der kräftig Prügel bezogen hatte.

Ihre Hände zitterten dermaßen, dass sie Mühe hatte, die Fahrertür zu öffnen. Ihr war schwindelig und übel.

In diesem Zustand konnte sie auf keinen Fall fahren, so viel war sicher.

Also beschloss sie, das Auto stehen zu lassen und im Café schräg gegenüber eine Cola zu trinken.

Auf dem Weg dorthin schossen ihr die Tränen in die Augen, und sie hatte große Lust, noch mal umzukehren und den arroganten Petersens gehörig den Marsch zu blasen.

Doch sie wusste, dass sie sich das nicht leisten konnte, denn ein solches Verhalten sprach sich schnell herum.

Als sie durch die Tür des Cafés getreten war, wurde ihr erst bewusst, was soeben neben all der Kränkung passiert war: Sie hatte den lukrativen, spannenden Auftrag, den sie so gern gehabt hätte, nicht bekommen, weil ihre Entwürfe die Auftraggeber nicht überzeugt hatten. Diese Erkenntnis traf sie weitaus schwerer als die Angst vor finanziellen Einbußen. In diesem Ausmaß hatte sie bislang noch nie Kritik einstecken müssen.

Das zu verkraften würde eine ganze Weile dauern, denn Stella war eine Perfektionistin, wie sie im Buche stand.

Wie hatte das nur passieren können?

# 22

## Nina

Am Samstagmorgen erwachte Nina schweißgebadet aus einem Albtraum.

In diesem Traum war sie über Blumenfelder gelaufen, um Sonnenblumen, Klatschmohn und Kornblumen zu pflücken.

Doch je näher sie den farbenfrohen Blüten gekommen war, desto weiter schienen sie sich von ihr zu entfernen.

Nina lief und lief, beschleunigte das Tempo, doch die bunte Pracht wurde kleiner und kleiner, bis sie schließlich ganz aus ihrem Blickfeld verschwand.

Stöhnend setzte sie sich auf und hangelte mit halb geschlossenen Augen nach dem Wecker. Es war halb sieben Uhr morgens, sie musste heute nicht zur Arbeit, weil ihre Kollegin im Laden war. Erleichtert ließ Nina sich wieder sinken und rollte auf ihre bevorzugte Einschlafseite.

Doch so gern sie weitergeschlummert und etwas Schönes geträumt hätte, es gelang ihr nicht.

Eine halbe Stunde später gab sie entnervt auf und tappte barfuß Richtung Küche, um sich Kaffee zu kochen.

Dabei entdeckte sie auf dem Tisch das Handy, das sie am Abend zuvor dort hatte liegen lassen. Seit Alexander und sie keine Nachrichten mehr austauschten, hatte das Telefon für sie ein wenig an Bedeutung verloren. Bis auf die Nachrichten von Leonie und Stella gab es kaum etwas, das nicht warten konnte.

Immer noch schlaftrunken und benommen nahm sie es zur Hand und staunte nicht schlecht: Fünf Nachrichten von Stella persönlich, drei von ihr in der Gruppe *Villa-Mädels* – und eine von Kai Martens. Nina las zuerst die von Stella, weil sie sich sofort Sorgen machte. Wie sich herausstellte, hatte sie den ersehnten Auftrag für den Umbau auf Sylt nicht bekommen und war nun anscheinend vollkommen fertig mit den Nerven. Obwohl es noch früh war, beschloss Nina, bei ihr anzurufen. Wie sie ihre Freundin kannte, war sie sowieso schon wach und zermarterte sich den Kopf darüber, was sie falsch gemacht hatte.

Als sie noch alle gemeinsam in der Villa gewohnt hatten, waren Situationen wie diese kein Problem gewesen, man klingelte einfach nebenan, und schon konnte man gemeinsam über alles reden, einander trösten, schimpfen wie ein Rohrspatz oder sich gegenseitig mit Rat und Tat zur Seite stehen.

Doch bevor sie Stellas Nummer wählte, wollte sie – ja, sie war neugierig – Kais Nachricht lesen.

Bin am Wochenende bei einem Freund in Ottensen. Lust auf ein gemeinsames Abendessen? Kai

Ein Abendessen?

Nach dem Spaziergang in Jork hatte Nina nichts mehr von Kai gehört, was sie zum einen beruhigte, zum anderen aber auch ein bisschen fuchste, wenn sie ehrlich war.

Hatte er sich mit ihr gelangweilt?

War sie nur eine von vielen Frauen, mit denen er spazieren ging und denen er Klavierstunden anbot?

Sie beschloss, ihm nicht sofort zu antworten, sondern sich tatsächlich erst bei Stella zu melden, die auch sofort an ihr Handy ging. »Lieb, dass du anrufst«, flüsterte sie. »Moment, ich nehme dich mal mit raus in den Garten. Robert und die Kids sind noch nicht wach, und ich hätte gern, dass das auch noch einen Moment so bleibt.«

»Konntest du denn ein bisschen schlafen, oder hast du im Geiste Pläne für die Ermordung der Petersens geschmiedet?«, fragte Nina. »Der Typ hat sie ja wohl nicht mehr alle. Um dir zu sagen, dass du den Auftrag nicht bekommst, hätte er dich doch nicht auf Sylt antanzen lassen müssen. Kannst du ihm wenigstens ein bisschen Geld abknöpfen? Zumindest für die aufwendigen Fahrten auf die Insel? Immerhin hast du unheimlich viel Arbeit in die Entwürfe gesteckt, und der Autozug nach Sylt ist auch ganz schön teuer.«

»Gute Frage«, erwiderte Stella. Nina konnte ihre Erschöpfung und Bedrückung beinahe körperlich spüren. »Drei verschiedene Entwürfe sind Bestandteil des Angebots. Dass ich von allein auf fünf erhöht habe, kann ich den Petersens nicht anlasten.«

»Aber die Entwürfe basieren auf der Annahme, dass es zu einem Auftrag kommt, oder nicht?«, versuchte Nina, sich ein Bild von der Lage zu machen. »Und wenn dem nicht so ist, muss der Kunde doch zumindest dafür zahlen, nicht wahr?«

»Nein, muss er nicht«, sagte Stella leise. »Weißt du, was mich an dieser Sache am meisten aufregt beziehungsweise verunsichert? Dass ich den Geschmack der Kunden nicht getroffen habe und mir vorwerfen lassen musste, nicht kreativ und innovativ genug zu sein. Das ist mir bislang noch nie passiert.«

Aha, daher wehte der Wind.

Stellas Selbstbewusstsein war angeknackst. Jetzt galt es, die Worte klug und mit Bedacht zu wählen. Nina kannte ihre Freundin lange und gut genug. Wenn es um ihre Berufsehre ging, war Stella so verwundbar wie kaum jemand, den sie kannte.

Nicht umsonst hatten ihr überhöhter Anspruch an sich selbst und ihr Perfektionsdrang sie vor einigen Jahren in den Burn-out getrieben.

»Ich glaube den beiden Aasgeiern kein Wort«, erwiderte sie. »Ich vermute viel eher, dass sie eine Ausrede gesucht haben, weil sie den Auftrag an jemanden vergeben wollen, den sie vielleicht aus irgendwelchen Gründen pampern müssen und der vorher noch nicht auf dem Plan war.« Das war zwar eine tollkühne Vermutung, verfehlte aber ihre Wirkung auf Stella nicht.

»Meinst du?«, fragte sie, die Stimme schon ein wenig fester. »An eine solche Möglichkeit habe ich gar nicht gedacht.«

»Ich kenne so was von Ruth Gellersen und ihrer Bande. Die schieben sich gegenseitig die Aufträge zu. An sich ist das ja auch gut, denn wir Frauen sollten noch viel mehr netzwerken, aber in deinem Fall bist du diejenige, die in die Röhre gucken muss.«

»Ich muss versuchen herauszufinden, wen sie beauftragen«, sagte Stella. »Womöglich ist das sogar jemand von der Insel, der allein schon deshalb günstiger ist, weil keine Reisekosten anfallen.« Nina war froh, dass ihre kleine Finte offenbar Wirkung zeigte. »Ja, das könnte in der Tat eine Erklärung sein.«

»Sieh es positiv: Du hast ab sofort Luft für einen neuen Auftrag oder, wenn das nicht klappt, mehr Zeit für die Kids. Wie läuft's denn eigentlich mit dieser Mareile?«

Als Nina hörte, dass die Behrendsens schon wieder keine Kinderfrau hatten, dachte sie insgeheim, dass der geplatzte Auftrag genau zur richtigen Zeit gekommen war. Denn wie hätte Stella die ständigen Syltfahrten mit ihrem Familienalltag vereinbaren können? »Das ist aber nett von Ina«, sagte sie, als sie zudem erfuhr, dass Roberts Sprechstundenhilfe in der Not eingesprungen war. »Siehst du, es findet sich immer irgendwie eine Lösung. Plag dich nicht ständig mit Sorgen, und mach dich vor allem nicht andauernd selbst so klein. Das hast du überhaupt nicht nötig und weißt das ganz genau.«

Nachdem sie sich noch eine Weile über dies und das ausgetauscht hatten, erzählte Nina von Kais Einladung zum Abendessen.

»Weißt du, wie blöd ich es finde, dass wir solche Dinge immer am Telefon bequatschen müssen?«, fragte Stella und sprach damit Nina aus dem Herzen. »Wieso haben sie das Beamen immer noch nicht erfunden? Dann käme ich jetzt zu dir oder du zu mir. Und was Kai betrifft: Ich hoffe, du sagst Ja, denn nach allem, was du über euren Spaziergang erzählt hast, klingt es so, als sei er ein wirklich guter Typ. Offenbar auch nicht liiert, sonst würde er dich ja wohl kaum treffen wollen. Also ran an den Speck und sag zu. Gönn dir einen schönen Abend, lass dich chic zum Essen ausführen und ein bisschen verwöhnen. Das hast du nach all dem Mist echt verdient.«

Nachdem beide aufgelegt und durch das lange Gespräch jeweils ein bisschen mehr Klarheit für sich gewonnen hatten, beschloss Nina, Stellas Rat zu folgen. Sie schrieb:

Ich habe heute zufällig Zeit und war schon lange nicht mehr in Ottensen aus. Bin ein großer Fan der Reh Bar, da könnten wir nach dem Essen einen Absacker nehmen. Die Wahl des Restaurants überlasse ich dir, bin gespannt. Gruß, Nina.

Zehn Minuten später kam die Antwort.

Isst du gern peruanisch? Wenn ja: Sei um 19 Uhr im Leche de Tigre. Wir können von da aus zur Reh Bar spazieren. Freue mich. Kai

Peruanisch? Voller Neugier googelte Nina das Restaurant, las vergnügt die vielen guten Bewertungen und betrachtete die appetitanregenden Fotos. Begeistert schickte sie ein kurzes »Ja« per WhatsApp und stellte fest, dass sie sich tatsächlich auf den Abend freute. Sie mochte Menschen, die Eigeninitiative und kreative Ideen hatten.

Und sie mochte Menschen, die gern aßen.

Alexander war ebenso gewesen …

Bei dem Gedanken an ihn schlug ihre gute Stimmung schlagartig ins Gegenteil um.

Was, wenn sie sich in diesen Kai verliebte?

Was, wenn er ihr wehtat, genau wie die Männer zuvor?

Der Gedanke daran, erneut verletzt zu werden, verstärkte das unruhige Pochen ihres Herzens.

Sie musste unbedingt versuchen, diese Angst niederzuringen.

Was hatte Leonie neulich sinngemäß in Husum gesagt?

*Wir dürfen nicht zu Opfern unserer Ängste werden.*

Diesen Satz murmelte Nina wie ein Mantra vor sich hin, als sie sich eine Strickjacke überwarf und mit Gummistiefeln an den Füßen in den Garten stapfte. Die Sonne war um Viertel nach sieben aufgegangen und tauchte die Blumen, Sträucher, die Gartenmöbel und den Teich in ein mildes, beinahe diesiges Licht. Spinnweben glitzerten durch die Feuchtigkeit des Morgentaus, in den Bäumen sangen Vögel ihre Lieder, die Blüten von Sonnenhut, Fetthenne und Astern verströmten den herbsüßen Duft des Altweibersommers.

Nina ging energisch auf und ab, darum bemüht, ihre turbulenten Emotionen in den Griff zu bekommen, und schaute dabei zu, wie ihr Atem kleine Wölkchen bildete. Um diese Uhrzeit war es noch kühl, doch im Laufe des Tages sollten es milde 22 Grad werden.

Also, du Memme, was soll schon passieren, wenn du dich mit Kai triffst?, fragte sie sich. Es ist doch nur ein Essen.

Keiner zwingt dich zu irgendetwas, du hast heute Abend eh nichts vor und würdest sonst nur Trübsal blasen.

Also gib dir einen Ruck, mach dich hübsch, und tu das, was jede andere in einer solchen Situation auch tun würde: Freu dich einfach auf das Abenteuer, das vor dir liegt, und lass los.

Nina werkelte noch eine ganze Weile im Garten herum, schnitt Pflanzen zurück und düngte hie und da. Als sie wieder zurück im

Haus war, wurde ihr auf einmal schwarz vor Augen, und Übelkeit stieg in ihr hoch. Panik erfasste sie und umklammerte sie mit einer solchen Wucht, dass es ihr die Kehle zuschnürte. Für einen kleinen Moment hatte sie das Gefühl, zu sterben.

Halt, Nina, so schnell stirbt es sich nicht!, sagte sie sich in Gedanken an Stella und ihre Panikattacken.

War das eine solche, oder war sie ernsthaft in Gefahr?

Sosehr sie sich in diesem Moment dafür hasste, sie konnte einfach nicht anders. Mit zitternden Händen nahm sie ihr Smartphone und tippte:

Lieber Kai, ich habe mir offenbar den Magen verdorben und kann deshalb heute Abend nicht kommen. Nina

Kaum hatte sie die Nachricht abgeschickt, ging es ihr besser. Nicht sehr viel, aber immerhin so, dass sie keinen Notarzt rufen musste. Ein Gefühl der Erleichterung durchströmte sie, ihr Atem wurde von Minute zu Minute ruhiger.

Sie hatte die richtige Entscheidung getroffen.

Alles war gut.

# 23

*Leonie*

N a, das wird ja heute aufregend«, sagte Sonja Mieling am frühen Morgen und stemmte die Hände in die Hüften. »Mit wie vielen Personen kommen die eigentlich?«

Mit *die* war das Team des Online-Reisemagazins *LandLust-Träume* gemeint, das an diesem Montag im Apfelparadies fotografieren, filmen und ein Interview mit Leonie und Anke aufzeichnen würde. Leonie und ihre Mutter hatten, unterstützt von der patenten, flinken Sonja, am Wochenende sowohl die Pension als auch den Hofladen komplett auf Vordermann gebracht.

Alles glänzte, blitzte und duftete.

»Zum Team gehören, soviel ich weiß, die Redakteurin, ein Fotograf sowie sein Assistent«, erwiderte Leonie. »Ist für das Mittagessen alles startklar, oder muss ich mich noch um irgendetwas kümmern?«

»Ihre Mutter kommt gleich mit einem großen Topf Suppe, das Landbrot haben Sie gestern selbst gebacken, wir haben ausreichend Getränke«, zählte Sonja auf. »Und natürlich die Kuchen und Torten für die Fotos nicht zu vergessen. Es wird also keiner verhungern.«

»Danke nochmals für die Hilfe. Ohne Sie hätte ich das ganz bestimmt nicht geschafft«, sagte Leonie und pustete sich eine Locke aus dem Gesicht. »Ich hoffe, die sind pünktlich, denn ich habe heute Nachmittag noch einen Termin in Stade.« Dieser *Termin* war die Besprechung der Hormonwerte in der Praxis von Dr. Conrads, und Leonie war entsprechend nervös.

»Moin. Na, alles klar?«, rief Anke fröhlich und stellte einen großen Topf auf den Herd. »Ich habe mich für Kürbis-Apfel-Suppe mit frischem Thymian entschieden und hoffe, das ist dir recht.«

Leonie nahm den Deckel vom Topf und schnupperte. »Mhm, lecker und so richtig schön LandLustig. Super Idee.«

Auch Sonja war neugierig. »Davon würde ich nachher gern ein Schälchen kosten«, sagte sie. »Aber jetzt verschwinde ich erst mal in die freien Gästezimmer, da muss dringend mal gelüftet werden.«

»Wie viele stehen denn gerade leer?«, fragte Anke und musterte ihre Tochter besorgt.

»Drei«, erwiderte diese. »Ich werde dem Team sagen, dass die meisten Gäste sonntags abreisen und wir donnerstags Bettenwechsel haben, auch wenn mir nicht wohl dabei ist, zu flunkern.«

»Ach was, manchmal muss man das eben«, versuchte Anke, die Bedenken ihrer Tochter vom Tisch zu wischen. »Die Erklärung klingt plausibel. Außerdem ist es gut, wenn das Team ungehindert filmen und fotografieren kann, schließlich willst du ja in erster Linie Zimmer vermieten und nur in zweiter den Hofladen promoten.«

Kaum hatte sie den Satz ausgesprochen, klingelte es an der Eingangstür des Apfelparadieses, das Redaktionsteam war da.

»Das ist ja traumhaft schön hier«, schwärmte die Redakteurin Luise Thomas, nachdem Leonie ihr alles gezeigt hatte. »Eine gelungene Mischung aus Tradition und Moderne, LandLust und Hideaway. Unsere Leser und Zuschauer werden begeistert sein.«

Nachdem sie dem Fotografen und dessen Assistenten Anweisungen bezüglich der Bildmotive gegeben hatte, stellte sie Leonie und Anke alle Fragen, die für das Magazin interessant waren.

Beide gaben offen Auskunft, und Leonie freute sich darüber, mit welch ehrlichem Interesse Luise Thomas bei der Sache war. »Nun noch eine letzte Frage«, sagte sie abschließend und hielt Leonie erneut das Diktiergerät hin. »Sind Sie mit dem Erfolg der Pension seit dem aufwendigen Umbau zufrieden? Und wovon leben Sie in der Nebensaison?«

Darauf war Leonie ganz und gar nicht vorbereitet, dementsprechend geriet sie mit der Antwort ins Schlingern.

»Meine Tochter hat eine ganz beachtliche Buchungsstatistik«, sprang Anke ihr zur Seite, doch auch dieser Versuch, die Sachlage zu beschönigen, fühlte sich für Leonie nicht richtig an. Wieso sollte sie eigentlich mit der Wahrheit hinter dem Berg halten, dass die Vermietung nicht ganz so gut lief wie erhofft?

Konnte man denn nicht einfach mal ehrlich sein, anstatt eine Show mit dem Titel *Megaerfolgreich* abzuziehen?

Wie viel einfacher wäre das Leben, wenn jeder authentisch wäre und auch mal zugeben würde, dass es nicht so lief, wie es laufen sollte.

»Das stimmt«, fiel sie ihrer Mutter ins Wort. »Zumindest, was das erste Jahr betrifft. Doch jetzt habe ich in der Tat mit erheblichen Schwankungen zu kämpfen, die daraus resultieren, dass sich die Gäste heutzutage mehrere Optionen offenhalten, an verschiedenen Orten Hotels buchen und man als Vermieter häufig Buchungen ablehnen muss, in der Annahme, die Zimmer seien tatsächlich fest vermietet.«

Leonie ignorierte den Blick, den ihre Mutter ihr zuwarf. »Wir leben in Zeiten, in denen jeder es gewohnt ist, alles ständig und möglichst kostengünstig zur Verfügung zu haben. Ich würde mich freuen, wenn endlich ein Umdenken stattfände, denn nicht nur wir leiden unter diesem Phänomen, sondern viele Vermieter, Restaurantbesitzer und Veranstalter von kulturellen Events.«

»Sie sprechen von der Generation Unentschlossen und Jeinsa-ger, die sich nicht verbindlich festlegen will«, nahm Luise Thomas den Ball auf und nickte zustimmend. »Das ist in der Tat ein großes Problem. Wie wirken Sie dem entgegen? Durch höhere Storno-kosten?«

Leonie schüttelte den Kopf. »Nein, so funktioniert das nicht. Meine Strategie ist eher, hier einen Ort zu erschaffen, der so an-ziehend ist, dass die Gäste sich rechtzeitig um ein freies Zimmer bemühen und dann auch tatsächlich anreisen. In der Nebensaison biete ich zum Beispiel Workshops und Events wie Koch- und Malkurse an, Wellness oder auch Yoga. Ich versuche einfach, möglichst kreativ zu sein, und hoffe, dass sich das herumspricht. Sollte ich wider Erwarten mit diesem Konzept scheitern, ist das Apfelparadies immer noch ein wunderschönes Haus, das man notfalls auch anderweitig nutzen könnte.«

Kaum hatte sie diesen Satz ausgesprochen, spürte sie, wie sehr sie diese Vorstellung erleichterte.

Wieso hatte sie nicht schon viel früher über diese Möglichkeit nachgedacht und sich stattdessen derart unter Druck gesetzt?

Sollte es nicht genügend Gäste geben, die hier Urlaub machen wollten, dann war das nicht zu ändern.

Was sie jedoch ändern konnte, waren ihr Umgang und ihre Haltung zu dieser Situation.

*Auch in diesem Fall werde ich nicht zum Opfer meiner Angst vor dem Scheitern ...*

»Nun, so weit ist es ja nicht und wird es sicher auch nicht kom-men«, mischte sich Anke Rohlfs wieder in das Gespräch. »Bericht-erstattungen wie diese sind Gold wert. Auch mein Blog und die YouTube-Videos erzielen eine starke Resonanz. Es muss sich erst einmal herumsprechen, welch ein Paradies wir hier haben. Ich persönlich bin da ganz gelassen und optimistisch. Qualität bahnt sich immer ihren Weg.«

»Das können Sie, denke ich, auch sein«, erwiderte die Redakteurin und stand auf. »Und ich werde meinen Beitrag dazu leisten, dass dieser Traumort möglichst bekannt wird. Vielen Dank für diesen spannenden und schönen Vormittag, das köstliche Essen und den Kuchen. Meine Familie wird sich nachher mit Wonne daraufstürzen. Ich melde mich im Lauf der nächsten Tage mit dem Termin für die Online-Veröffentlichung.«

Nachdem das Team sich verabschiedet hatte, blieben Leonie und Anke noch im Frühstücksraum sitzen. »Was soll das heißen, dass man das Haus auch noch anderweitig nutzen könnte?«, fragte Anke und schaute ihrer Tochter tief in die Augen. »Hast du vor aufzugeben?«

»Nein, habe ich nicht«, erwiderte diese. »Aber ich möchte mir selbst den Druck nehmen, indem ich einen Plan B entwickle. Wir haben übrigens noch gar nicht darüber gesprochen, wer die Pension führen soll, wenn ich in Mutterschutz bin und mit dem Baby beschäftigt.« *Vorausgesetzt, ich kann überhaupt schwanger werden*, fügte sie im Geiste hinzu.

»Das übernehme ich natürlich«, sagte Anke. »Du kannst es dir auf gar keinen Fall leisten, eine Aushilfe zu bezahlen. Ich mache das gern, glaub mir. Dann hocken dein Vater und ich auch nicht ständig aufeinander. Außerdem kann man auch ein Kind haben und arbeiten, ich habe das schließlich auch hingekriegt. Der Hofladen hatte nur eine einzige Woche geschlossen, danach lief wieder alles wie gewohnt.«

»Du bist ja auch ein Energiebündel sondergleichen«, erwiderte Leonie lächelnd. »Ich hoffe, ich bin dann eine ebenso coole Mum, die alles mit links macht. Lieb, dass du das anbietest und mich unterstützen willst. Sag mal, hast du Lust, mit zu Frau Dr. Conrads zu kommen? Ich bin ganz schön nervös, wie du dir denken kannst.«

Punkt drei Uhr nachmittags betraten Mutter und Tochter die gynäkologische Praxis in Stade.

Anke folgte ihrer Tochter, als diese ins Sprechzimmer gerufen wurde.

»Ah. Sie sind auch dabei, Frau Rohlfs, bitte setzen Sie sich doch beide«, sagte die Ärztin lächelnd.

Leonies Herz schlug bis zum Hals. Sie versuchte, aus der Miene von Dr. Conrads abzulesen, ob sie gute oder schlechte Nachrichten hatte. »Nun, liebe Leonie, wir haben jetzt die Ergebnisse …«, die kleine Pause nach dem Wort *Ergebnisse* brachte Leonie schier um den Verstand, »… und ich muss Ihnen leider sagen, dass wir jetzt verstehen, warum Sie noch nicht schwanger sind. Ihr Hormonspiegel ist in der Tat zu niedrig, es tut mir sehr leid.«

Also doch!

Leonie wurde schwarz vor Augen, in ihrem Magen rumorte es. Tief in ihrem Inneren hatte sie seit Monaten geahnt, dass es so kommen würde.

»Ach, du meine Güte, was heißt das denn konkret?«, fragte Anke sichtlich bestürzt. Leonie war unendlich froh, ihre Mutter in dieser Situation an ihrer Seite zu haben.

Sie konnte genau die Fragen stellen, zu denen sie selbst gerade gar nicht in der Lage war.

»Das heißt, dass Ihre Tochter nicht auf natürlichem Weg schwanger werden kann. Die einzige Möglichkeit besteht in einer Hormontherapie. Dass die jedoch ihre Risiken hat, ist Ihnen beiden sicher bekannt, nicht wahr?« Leonie und Anke nickten, Leonie mit angehaltenem Atem. »Wir haben Patientinnen, bei denen eine solche Behandlung gut anschlägt, und erfreuen uns immer wieder an gesunden Babys. Es gibt auch Fälle, in denen wir leider nicht das gewünschte Ergebnis erzielen, das will ich nicht verhehlen. Ich gebe Ihnen jetzt eine Broschüre mit, die Sie und Ihr Partner sich in Ruhe durchlesen sollten. Ich würde Sie bitten, beim nächsten Mal gemeinsam in die Praxis zu kommen, damit ich Sie beide objektiv informieren kann und Sie beide über mögliche Gefahren Bescheid wissen, falls Sie Interesse an einer Hormontherapie haben. Sollten Sie sich zu diesem Schritt entschließen, ist es enorm wichtig, dass Sie sich als Paar darüber im Klaren sind, was auf Sie zukommt. Aber, ich kann Sie ermutigen: In vielen Fällen klappt es, und wir können dankbar sein für die Wunder, die die Medizin heutzutage vollbringen kann. Also dann, melden Sie sich gern jederzeit, sobald Sie zum Gespräch kommen wollen.«

»Willst du das heute Abend mit Markus besprechen oder erst einmal allein die Broschüre studieren und dann in dich hineinhorchen, ob du überhaupt zu solch einem Schritt bereit bist?«, fragte Anke und nahm Leonie in den Arm, nachdem beide die Praxis verlassen hatten.

In diesem Moment fühlte sie sich so zerbrechlich und bedürftig, dass sie sich Schutz suchend an ihre Mutter schmiegte, die ihr beruhigend über den Kopf strich, wie sie es früher getan hatte, als Leonie noch klein gewesen war. »Liebling, es tut mir so leid, ich habe wirklich geglaubt, dass alles in Ordnung und nur eine Frage von Zeit und Geduld ist«, sagte diese und wiegte ihre Tochter in den Armen. »Es wird bestimmt alles gut. Daran glaube ich ganz fest. Und das musst du auch tun, versprochen?«

»Versprochen«, flüsterte Leonie, obwohl sie nicht wusste, ob sie dieses Versprechen auch wirklich halten konnte.

# 24

## Stella

Am Freitagnachmittag fuhr Stella mit äußerst gemischten Gefühlen in Richtung Hamburg: Einerseits freute sie sich auf das monatliche Mädelswochenende, andererseits musste sie mit ihren Freundinnen etwas besprechen, das Nina ganz sicher nicht behagen und auch Leonie traurig machen würde.

Als sie von der Autobahn in Richtung Zentrum abfuhr, wurde ihr von Kilometer zu Kilometer mulmiger zumute.

Nina hatte in der letzten Zeit so viel einstecken müssen, und nun war Stella gezwungen, sie vor eine erneute Herausforderung zu stellen, die sie ihr liebend gern erspart hätte.

Doch es ging nun einmal nicht anders …

Versonnen schaute sie aus dem Fenster und saugte den Anblick Hamburgs in sich auf. Der beginnende Herbstmonat Oktober hatte der Stadt einen neuen Look verpasst: Das Laub war zuerst bunt und nach den ersten Herbststürmen deutlich spärlicher geworden. In den Schaufenstern der Läden war alles üppig mit Kerzen, Windlichtern und vielem dekoriert, das man heutzutage hyggelig, also gemütlich, nannte. Hie und da konnte man sogar die Vorboten von Weihnachtsschmuck erspähen.

Stella bog an der *Kleinen Konditorei* ab, wo es die besten Brötchen Eimsbüttels gab, dann nahm sie Kurs auf den Pappelstieg.

Nina und Leonie standen schon vor der Tür und winkten fröhlich. Stella atmete ein paarmal tief durch, als sie das Auto in der Einfahrt neben dem von Leonie zum Stehen brachte.

Dann gab sie sich einen Ruck und öffnete die Tür.

Es nützte alles nichts, sie musste da jetzt durch.

»Da bist du ja«, sagte Leonie und umarmte Stella. »Du bist super durchgekommen, wie schön.«

»Hello sweetheart«, grüßte Nina in dem für sie typischen, ironischen Tonfall, in den sie immer mal wieder verfiel, wenn sie versuchte zu übertünchen, dass es ihr gerade nicht gut ging. »Welcome home.«

Das Wort *home* verursachte augenblicklich Herzrasen bei Stella, doch sie versuchte, sich die Anspannung nicht anmerken zu lassen. »Schön sieht das aus«, erwiderte sie und deutete auf die ausgehöhlten Kürbisse mit den kleinen Windlichtern, die auf den Stufen des Treppenaufgangs standen. »Du bist ja schon richtig im Halloween-Fieber.«

Wie immer, wenn das Wetter es erlaubte, gingen die drei als Erstes in den Garten. Heute war ein goldener Oktobertag, perfekt, um noch ein bisschen an der frischen Luft zu verweilen, bevor es dunkel wurde.

»Der Strauß ist ja wunderschön«, lobte Leonie mit Blick auf den Zinkeimer auf dem Terrassentisch, in dem Nina gekonnt Lampionblumen, Zweige von hellem Johanniskraut, Dahlien, Vogelbeeren, Hagebutten und Astern dekoriert hatte. »Mir blutet das Herz, weil du nicht mehr als Floristin arbeitest. Mein Lieferant könnte sich von deinem Talent 'ne Scheibe abschneiden. Irgendwie ist bei dem die Luft raus, wieso auch immer.«

»Irgendwann stumpft man in seinem Job ein bisschen ab, das ist leider normal«, erwiderte Nina achselzuckend. »Ich gehe auch nicht mehr mit allzu großer Begeisterung in den Laden.«

*Ich habe auch Neuigkeiten in Sachen Job,* lag es Stella auf der Zunge, doch sie verkniff sich diesen Kommentar.

Er musste noch ein bisschen warten.

Und zwar auf den richtigen Moment, falls es den überhaupt gab.

»Also, Mädels. Tee, Wasser oder lieber einen von mir höchstpersönlich kreierten Herbstcocktail aus Ingwer, Birnen und Rosato?«

»Was für eine Frage, Nina?«, erwiderte Leonie augenzwinkernd. »Das klingt absolut spannend und köstlich. Also her damit.«

Nina verschwand in Richtung Küche, was Stella Gelegenheit gab, Leonie genauer zu betrachten. »Ist alles in Ordnung mit dir?«, fragte sie, weil Leonie sich die Woche über ungewöhnlich rargemacht hatte und nicht gerade aussah wie das blühende Leben. »Wann geht eigentlich der Beitrag über das Apfelparadies online?«

»Am Sonntag«, erwiderte Leonie, bückte sich und holte drei Decken aus der Truhe, die unweit des Tisches stand. »Ich bin schon sehr gespannt, aber vor allem darauf, ob er irgendeine Resonanz auslöst. Leider liegt der Erscheinungstermin etwas ungünstig. Die Saison ist schließlich bald zu Ende.«

»Aber immer noch rechtzeitig genug für das große Apfel- und Kürbisfest im Alten Land«, hielt Stella dagegen. Ihr gefiel Leonies momentane Haltung zur Pension nicht. Es wirkte beinahe so, als hätte sie keine Lust mehr darauf und sei kurz davor, aufzugeben. »Ich drücke die Daumen, dass bald wieder Schwung in die Bude kommt und diese blöde Vermietungsflaute sich legt.«

»Welche Flaute? Geht's ums Apfelparadies?«, fragte Nina, die gerade wiederkam und ein Tablett mit drei Gläsern balancierte. »Irgendjemand Nüsse zum Aperitif?«

Wie auf Kommando raschelte es in der Baumkrone über ihr, und Stella erblickte ein Eichhörnchen, das kopfüber an einem der dickeren Äste hing. Sie war immer wieder fasziniert von der

Schnelligkeit und dem artistischen Können der süßen Nager. Lilly und Emma liebten Eichhörnchen über alles und hatten im Garten extra Schalen mit Nüssen für die possierlichen Tierchen hingestellt, die morgens regelmäßig leer waren.

»Ja, es geht mal wieder um die Pension«, murmelte Leonie. »Das alte Lied. Ich kann's, ehrlich gesagt, bald nicht mehr hören.«

»Könnt ihr nicht nach dem Fest ein paar Tage schließen und wegfahren?«, schlug Nina vor. »Eine kleine Verschnaufpause vor den beiden Workshops im November und der Hochzeit würde euch sicher guttun. Ihr arbeitet beide so viel, und du brauchst wirklich mal eine Auszeit. Du bist ganz schön blass, wenn ich das mal so sagen darf. Gibt's denn eigentlich schon Neuigkeiten von der Gynäkologin?«

»Leider keine guten«, sagte Leonie, nun kaum noch zu verstehen. »Mein Hormonpegel ist viel zu niedrig. Wenn ich schwanger werden möchte, muss ich eine Hormonbehandlung durchführen lassen, und ihr wisst sicher selbst, welche Risiken ein solcher Eingriff birgt. Ich habe die Infobroschüre tausendfach studiert, mich in Internet-Foren umgeschaut und bin echt im Zwiespalt. Auf der einen Seite ist das ein recht riskanter Eingriff in das Gleichgewicht des Körpers, auf der anderen Seite gibt es zahllose Berichte von Frauen, die mithilfe dieser Maßnahme überglückliche Mütter geworden sind.«

Oh nein, dachte Stella entsetzt.

Nicht auch das noch!

Sie hatte schon befürchtet, dass Leonies ungewöhnliche Schweigsamkeit der vergangenen Tage einen anderen Grund hatte als Stress in der Pension.

»Ich … ich habe mich vorher nicht bei euch gemeldet, weil ich euch das lieber persönlich sagen wollte und Zeit brauchte, das alles sacken zu lassen und mich zu informieren. So etwas zu entscheiden ist ja etwas anderes, als ob man sich fragt, ob man die Wand im Wohnzimmer blau oder hellgrau streichen soll.«

Nina nickte verständnisvoll. Obwohl sie versuchte, sich nichts anmerken zu lassen, konnte Stella sehen, wie sehr ihr die Neuigkeit unter die Haut ging. Wenn Nina sich zusammenriss, presste sie ihre Lippen ganz besonders fest aufeinander.

»Oje, das tut mir furchtbar leid, und ich kann mir gut vorstellen, wie schwer diese Entscheidung ist. Was sagt denn Markus dazu?«, fragte sie.

»Er weiß es noch gar nicht«, erwiderte Leonie, sichtlich bedrückt. »Ich wollte es ihm erzählen, habe es aber irgendwie nicht geschafft. Seitdem er mit meinem Vater über den Job gesprochen hat, wir im Betrieb waren und uns die Unterkünfte der Erntehelfer angeschaut haben, hängt dieses Thema irgendwie so blöd zwischen uns in der Luft. Markus sagt zwar, er sei bereit zu allem, aber ich glaube, er tut das wirklich nur mir zuliebe. Das wird auf Dauer sicher nicht gut gehen. Wenn ich ihm jetzt auch noch eröffne, dass ich nicht auf natürlichem Wege schwanger werden kann, obwohl er sich so sehr ein Kind wünscht, dann weiß ich nicht, ob ...« Leonie kam nicht dazu, den Satz zu beenden, denn sie wurde von einem Weinkrampf geschüttelt. Es schien, als ob all die Tränen, die sie in den Tagen zuvor zurückgehalten hatte, nun rausmussten.

»Hey, das wird schon alles wieder«, sagte Stella und nahm die weinende Leonie in den Arm. »Ich kenne einige Frauen, die dank Hormonbehandlungen schwanger geworden sind. Ihr könntet aber auch über eine Adoption oder ein Pflegekind nachdenken. So oder so, wäg Pro und Kontra in Ruhe ab, sprich mit Markus, und dann findet ihr ganz sicher eine Lösung. Das ist alles nicht so dramatisch und aussichtslos, wie es dir gerade erscheint, auch wenn ich dich natürlich sehr gut verstehen kann.«

»Hey, guck nicht so traurig, du bekommst bestimmt Drillinge«, versuchte Nina, mit einem Witz über das hinwegzutäuschen, was alles andere als lustig war. Sie streichelte liebevoll den Arm ihrer Freundin.

Dann wandte sie sich den Getränken zu und verteilte sie. »Lasst uns darauf anstoßen, dass diesem Schrecken ganz bald gute Neuigkeiten folgen«, sagte sie und erhob das Glas.

»Und mach dir keine Sorgen wegen Markus, er wird das verstehen und dich unterstützen, wo er nur kann. Aber du solltest es ihm so bald wie möglich sagen, sonst frisst dich der Frust auf. Außerdem ist Markus weder doof noch unsensibel. Er wundert sich bestimmt schon über dein Verhalten und fragt sich, was los ist. Erzähl es ihm Sonntagabend, wenn du heimkommst. Du wirst sehen, wie gut es dir tun wird, deine Sorgen mit ihm zu teilen.«

Dies ist nicht der Moment, um mit meiner Neuigkeit herauszurücken, dachte Stella insgeheim, als die drei den köstlichen, aromatischen Cocktail tranken.

Das muss warten …

»Ihr habt ja recht«, wisperte Leonie. Einige Tränen hatten sich in ihren Wimpern verfangen und glitzerten im Licht der untergehenden Sonne wie Diamanten. »Lasst uns jetzt bitte das Thema wechseln. Ich habe mich die ganze Woche schon so viel damit auseinandergesetzt, dass ich es kaum noch aushalte. Ich brauche jetzt dringend Ablenkung und ein wenig Spaß. Erzähl du lieber etwas Schönes, Nina. Wie war das Abendessen mit Kai? Ist das peruanische Restaurant empfehlenswert?«

»Ich war gar nicht da«, antwortete Nina mit gedämpfter Stimme und schaute verlegen zu Boden.

Leonie und Stella wechselten bedeutungsvolle Blicke, und Stella dachte: Oh nein! Sie verfällt wieder in ihr altes Angstmuster. »Ich musste an Alexander denken und daran, wie weh es immer noch tut, und da wurde mir auf einmal übel und schwindelig. Also habe ich behauptet, ich hätte mir den Magen verdorben, und habe wieder abgesagt.« Nun schaute Nina mit kindlich aufgerissenen Augen in die Runde. »Findet ihr mich jetzt doof?«

»Das ist aber schade«, erwiderte Leonie. »Wie hat Kai denn reagiert? Habt ihr eine neue Verabredung getroffen?«

»Er hat mir gute Besserung gewünscht und sich am Sonntagabend noch mal nach meinem Befinden erkundigt. Aber er hat kein weiteres Treffen vorgeschlagen.«

»Kein Wunder, er ist ja auch nicht jedes Wochenende in Hamburg«, versuchte sich Leonie in einer plausiblen Erklärung.

Oder er wittert den Braten und hat keine Lust, sich hinhalten zu lassen, dachte Stella bei sich.

»Du solltest dich unbedingt noch mal bei ihm melden und ihm ein anderes Date vorschlagen«, fuhr Leonie fort. »Der Mann hat sich sehr um dich bemüht, ein weiteres Mal wird er das womöglich nicht tun.«

»Aber genau das wollte ich ja auch erreichen«, sagte Nina, doch ihr Gesichtsausdruck verriet das Gegenteil. »Ich verwende meine Energie lieber darauf, mir zu überlegen, wo meine berufliche Reise hingehen soll, damit ich gewappnet bin, falls Ruth Gellersen den Laden dichtmacht. Vielleicht ist diese Situation ja ein guter Anlass, um herauszufinden, was ich eigentlich mit meinem Leben anfangen will. Ich vermisse meinen Beruf, das wird mir immer deutlicher klar, auch wenn ich mir das lange nicht eingestanden habe. Ich liebe nichts so sehr, wie in der Natur zu sein, im Garten herumzubuddeln, Sträuße und Kränze zu binden und Kunden zu beraten. Doch als ich damals das Angebot bekam, bei *Koloniale Möbel* zu arbeiten, habe ich mich gefreut, denn von irgendetwas muss ich ja meine Miete zahlen, nicht wahr?«

Diese Frage war an Stella gerichtet, der durch die Eheschließung mit Robert die Hälfte der Villa gehörte.

Stellas Herz raste, denn sie hatte nun die Wahl: Nina hinhalten oder die Wahrheit sagen.

»Ehrlich gesagt, muss ich genau über dieses Thema mit dir sprechen, Nina«, sagte sie, »oder vielmehr mit euch beiden, weil dieses Haus hier unser aller Heimat ist. Robert und ich denken gerade darüber nach, die Villa zu verkaufen. Wir brauchen das Geld, weil ich künftig beruflich ein bisschen kürzertreten und mich mehr um die Kinder kümmern werde. Wir wollen verkaufen und nicht vermieten, weil wir einen klaren Strich ziehen und uns nicht mit der Verwaltung der Wohnungen belasten möchten. Außerdem könnten wir dann auf einen Schlag eine Kreditrate in Husum tilgen.«

»Das ist nicht dein Ernst, oder?«, rief Nina.

»Wie bitte?«, fragte Leonie.

Stella rutschte augenblicklich das Herz in die Hose.

Ihre Freundinnen starrten sie an, als hätte sie gerade ein Verbrechen begangen oder als sei Stella plötzlich eine wildfremde, bedrohliche Person.

Diese Blicke taten unendlich weh.

Konnte dieser Abend noch schlimmer werden?

# 25

## *Nina*

Nina musste sich schwer beherrschen, nicht laut loszu-brüllen.

Was hatte sie eigentlich verbrochen, dass das Leben ihr gerade derart übel mitspielte?

Angestachelt durch Wut und Selbstmitleid war sie nach Stellas Ankündigung des Verkaufs ohne ein Wort aus der Villa gestürmt und irrte nun ziellos durch Eimsbüttel, kaum fähig, einen anderen Gedanken zuzulassen als: Nun verliere ich nach dem Mann auch noch mein Zuhause und meinen heiß geliebten Garten.

Obgleich sie nicht besonders stolz auf sich war, weil sie mal wieder kindischerweise die Flucht ergriffen hatte, statt sich erwachsen dem Konflikt zu stellen, tat es gut, an der frischen Luft zu sein und zu versuchen, eine andere Haltung zu diesem neuerlichen Verlust zu finden.

Das ist nur eine schwierige Phase, sprach Nina sich selbst Mut zu. Die geht auch wieder vorüber.

Stella hat keine Schuld, es sind einfach die Umstände.

Mittlerweile war Nina beim Park am Weiher angekommen, der bald von der Abenddämmerung verschluckt werden würde. Um diese Uhrzeit waren nur noch ein paar Jogger unterwegs, Hundebesitzer, die ihre Lieblinge Gassi führten, und eine alte Dame, die tapfer den Rollator vor sich herschob und die Enten im Parksee fütterte, obwohl das verboten war.

Die Konturen der Sträucher, Bäume und Büsche verschwammen allmählich, in Ninas Innerem tobte ein heftiger Sturm.

Sie wusste zwar, dass einfach wegzulaufen keine Lösung war, doch das war ihr vorhin vollkommen egal gewesen.

Sie kannte sich selbst gut genug, um zu wissen, dass sie in solchen Momenten nahezu unberechenbar war und Dinge sagte, die sie später meist zutiefst bereute.

Davor wollte sie sowohl ihre Freundinnen als auch sich selbst schützen.

Wie oft hatte sie Alexander im Streit Dinge an den Kopf geknallt, die sie gar nicht so gemeint hatte, die aber auf ewig zwischen ihnen standen – und vermutlich immer stehen würden. Er hatte ihr zwar stets ein leidenschaftliches Temperament bescheinigt und versichert, dass er sich von ihren Ausbrüchen nicht verunsichern ließ, doch irgendwann hatte sich das Blatt ja offensichtlich gewendet. Seine Italienerin war bestimmt das Gegenteil von ihr: Sanftmütig, hingebungsvoll und liebreizend, auch wenn man gerade bei Italienerinnen ein ganz anderes Klischee im Kopf hatte.

Nina beschleunigte ihre Schritte, weil sie nicht wusste, wohin mit ihrem unbändigen Zorn, der sich mit kurzen Momenten der Zuversicht abwechselte. Sie hasste es, in einem solchen Gedankenkarussell zu sitzen, ohne jemanden an der Seite, der ihr da raushalf, wie sonst ihre Freundinnen.

Ihre Gedanken streiften kurz Leonie und Stella, die im Garten der Villa zurückgeblieben waren und sich nun vermutlich die Köpfe darüber heißredeten, wie man Nina wieder besänftigen und auf Kurs bringen konnte.

Es wurde von Minute zu Minute dunkler, und nach und nach erloschen auch die Lichter des kleinen Cafés am Rande des Parks, wo Nina sich so gern einen Kaffee holte oder sich ab und zu ein Stück Kuchen gönnte.

Sie beobachtete neidvoll, wie die junge Aushilfe von einem Typen abgeholt wurde, der Björn ähnlich sah. Die beiden umarmten und küssten sich so inniglich, als seien sie ein Jahr voneinander getrennt gewesen. Ihr Herz zog sich zusammen wie ein stacheliger Igel.

In diesem Moment sehnte sich Nina so sehr nach Liebe, Zusammengehörigkeit und Beständigkeit, dass es wehtat. Sie wollte auch einen Mann an ihrer Seite haben, der ihre Hand hielt, wenn sie spazieren gingen oder gemeinsam auf dem Markt einkauften. Einen, der ihr Ingwertee kochte, wenn sie kränkelte, und mit dem sie sich über die Dinge, die sie gerade beschäftigten, austauschen konnte.

Jemanden, der sie nahm, wie sie war, und umgekehrt.

War Kai womöglich dieser Jemand?

Leonie und Stella hatten ihr deutlich gemacht, dass sie sich bei ihm melden musste, wenn sie Kontakt zu ihm halten wollte.

Und natürlich hatten sie recht damit, wie so häufig.

Nina kramte das Handy aus der Tasche der Jeansjacke, die sie sich vorhin hastig übergeworfen hatte, und tippte, ohne groß darüber nachzudenken:

Bin wieder fit und würde unsere Verabredung gern nachholen. Bist du mal wieder in Hamburg, oder soll ich ins Alte Land kommen? Gruß, Nina.

Entgegen ihrer sonstigen Gewohnheiten schickte sie die Nachricht ab, ohne sie vorher tausendmal durchdacht, überprüft oder durchgelesen zu haben. Sie musste dringend den Kopf freikriegen und mehr ins Gefühl gehen, ganz, wie die Therapeutin es ihr immer wieder geraten hatte, auch neulich, als sie in einer Sitzung das Ende ihrer Beziehung mit Alexander analysiert hatte.

Sie war im Laufe der Jahre tatsächlich viel weniger kopflastig geworden, doch die Trennung von Alexander war nicht anders zu überstehen gewesen als mit radikaler Rationalisierung.

Nina stapfte durch die Dunkelheit, mittlerweile war sie die Einzige im Park. Es war kalt und ein bisschen klamm, sie bereute, dass sie keinen Schal trug.

Während sie im Schein von wenigen Laternen schnellen Schrittes weiterging, lauschte sie bange auf den Eingang einer Nachricht. Doch nichts passierte.

Sonst hatte Kai sich doch immer sofort gemeldet?!

Nach der fünften Runde hatte Nina keine Lust mehr, weiterzugehen. Sie hatte das Gefühl, sich sprichwörtlich *im Kreis zu drehen* – und irgendwann wurde man dessen unweigerlich überdrüssig.

Doch alles in ihr sträubte sich, jetzt zurück in die Villa zu gehen, wo eine Auseinandersetzung mit Leonie und Stella unvermeidlich war. Aber schließlich hatte sie seit Stellas Umzug nach Husum gewusst, dass der Tag kommen würde, an dem die Behrendsens die Villa verkaufen würden.

Der Auszug von Alexander hatte offenbar den Startschuss dazu gegeben.

Entschlossen, sich etwas Gutes zu tun und auf andere Gedanken zu kommen, bog sie rechts in die Osterstraße ein und ging in Richtung der Weinhandlung Vineyard, die im Hinterhof erlesene Weine verkaufte, aber auch herzhafte »Brotzeit« zum Verzehr im urigen Ladenlokal anbot. Für gewöhnlich war es dort rappelvoll, aber sie wollte zumindest ihr Glück versuchen.

Wie durch ein Wunder war bis auf einen einzigen Platz in der Mitte einer Bierbank jeder freie Zentimeter besetzt.

Die Luft dampfte förmlich vom warmen Atem der Gäste, die fröhlich vor sich hin schnatterten, über Weine fachsimpelten, Flammkuchen, Tapas oder Käse aßen.

»Nina?«, fragte ein Typ schräg gegenüber, und erst jetzt erkannte sie, dass es Björn war, in Begleitung von Freunden.

Sie nickte ihm lächelnd zu, weil sie nicht vorhatte, sein Beisammensein zu stören.

Zudem war ihr nicht nach Small Talk zumute.

»Darf ich tauschen?«, fragte Björn seinen Nachbarn zwei Sitze weiter, und schwups saß er auch schon direkt ihr gegenüber.

»Ich hab dich auf dem Markt vermisst. Kaufst du deinen Käse jetzt woanders?« Björns Mund lächelte zwar, doch Nina konnte einen leichten Hauch von Wehmut oder Enttäuschung in seinem Blick erkennen.

»Natürlich nicht«, erwiderte Nina. »Ich war nur viel unterwegs. In Husum bei Stella, bei Leonie im Alten Land …« *Und ich wollte dir aus dem Weg gehen, damit ich nicht wieder in Versuchung komme, Mist zu bauen.*

»Stimmt, das hattest du ja geschrieben, als ich mit dir Cocktails trinken gehen wollte. Wie geht's dir denn überhaupt? Was machst du hier so allein?«

Nina registrierte sehr wohl, dass Björns Freunde sie neugierig beäugten. Insbesondere eine hübsche Rothaarige drei Plätze von ihm entfernt schien jeden Zentimeter ihrer Erscheinung abzumessen.

Sie witterte anscheinend Konkurrenz und war offensichtlich nicht mit Björn liiert, sonst hätte sie direkt neben ihm gesessen.

»Ich war spazieren, weil ich einen klaren Kopf bekommen wollte, und hatte plötzlich Appetit auf ein Glas Wein und Tapas. In der Villa warten Leonie und Stella auf mich, aber ich habe gerade etwas Zoff mit ihnen, also gehe ich den beiden fürs Erste aus dem Weg.«

»Zoff?« Björn schüttelte ungläubig den Kopf. »Ihr seid doch sonst so gut wie unzertrennlich. Darf ich fragen, was passiert ist?«

Nina rang mit sich, denn es ging ihn schließlich nichts an, dass die Villa verkauft werden würde.

Andererseits brauchte sie demnächst dringend eine neue Wohnung, und Björn war bestens vernetzt.

»Ich muss über kurz oder lang meine Wohnung in der Villa aufgeben. Du kennst nicht zufällig jemanden, der eine günstige Zweizimmerwohnung in dieser Gegend vermietet?«

Björn schüttelte den Kopf. »Sorry, aber da muss ich echt passen. Der Hamburger Wohnungsmarkt ist ultrakrass geworden. Aber ich teile jederzeit gern meinen Bauwagen mit dir, wenn du magst.«

»Na, so weit kommt's noch«, fauchte die Rothaarige und funkelte Björn wütend an. »Bist du jetzt eine männliche Mutter Teresa?«

Nina klappte beinahe die Kinnlade herunter, weil sie die Eifersucht der anderen geradezu körperlich spürte. Und sie wusste gar nicht, was sie schlimmer finden sollte: die Art, wie dieses bildhübsche Mädchen sich vor aller Augen lächerlich machte und ihren Wutanfall garantiert schon in fünf Minuten bereute, oder dass sie selbst gerade einen Spiegel vorgehalten bekam und nun deutlich spürte, wie ihr eigenes Verhalten auf Außenstehende wirken musste, wenn sie mal wieder einen ihrer legendären impulsiven Ausraster bekam.

»Wie bitte ...?!«, fragte Björn sichtlich verärgert. »Wen ich bei mir daheim zu Gast habe oder nicht, entscheide ich immer noch selbst.«

»Lass gut sein, Karla«, sprang eine Freundin der Rothaarigen bei, nahm sie sanft an der Schulter und dirigierte sie in Richtung Waschräume. Diese Geste rührte Nina. Obwohl die gesamte Situation höchst unangenehm war, musste sie schmunzeln, denn die beiden jungen Frauen hätten genauso gut Leonie und sie selbst sein können.

Beste Freundinnen, die aufeinander aufpassten und einander schützten.

In diesem Moment sehnte sie sich mit jeder Faser ihres Herzens nach Stella und Leonie und dem tiefen Zusammenhalt, der ihr Dreierkleeblatt seit vielen Jahren zu etwas Einzigartigem machte.

»Tut mir leid, ich weiß gar nicht, was in sie gefahren ist«, murmelte Björn betreten. »Vergiss bitte, was sie gesagt hat.«

»Weißt du, was?«, sagte Nina und stand auf. »Ich lasse euch jetzt mal lieber allein, gehe zurück in die Villa und trinke zusammen mit meinen Mädels ein Glas Wein. Ich denke, du hast da heute Abend noch ein bisschen was zu klären. Und ich auch. Also, bis bald auf dem Markt.«

Ohne sich weiter umzudrehen, verließ sie die Weinhandlung.

Wie gut, dass sie ihre Bestellung noch nicht aufgegeben hatte, also war sie frei wie der Wind.

An der frischen Luft atmete sie einen Moment tief durch, übermannt von unschönen Erinnerungen.

Auch sie hatte, ohne es zu wollen, Alexander im Laufe ihrer Beziehung immer mal wieder kleine Eifersuchtsszenen gemacht, auch wenn er ihr eigentlich gar keinen Anlass dazu gegeben hatte, wie sie sich ehrlicherweise eingestehen musste.

Zu Anfang war er amüsiert gewesen, ja sogar ein wenig geschmeichelt. Doch irgendwann hatte er wütend gefragt, wieso sie ihm derart misstraute.

Heute wusste sie, dass es im Grunde gar nicht um ihn ging, sondern um ihr geringes Selbstwertgefühl in Beziehungen mit Männern.

Und nun hatte sich ihre Eifersucht in eine Selffulfilling Prophecy gewandelt, eine Art emotionalen Bumerang, ausgelöst durch ihr unreifes Verhalten.

Sie konnte nicht anders, als sich einzugestehen, dass sie einen großen Teil Schuld am Scheitern ihrer Beziehung mit Alexander trug und ihm seine Entscheidung im Grunde nicht mal verübeln konnte, so schmerzhaft sie auch war.

Als sie auf die Villa zuging, wunderte sie sich, dass nirgendwo Licht brannte, und schaute auf die Uhr: Es war kurz nach neun Uhr abends, viel zu früh für Leonie und Stella, um ins Bett zu gehen.

Mit einem mulmigen Gefühl im Bauch öffnete sie die Tür, betätigte den Lichtschalter und schaute sich im Flur um.

Keine Nachricht an der Pinnwand.

Im ganzen Haus war es mucksmäuschenstill.

Es schien keiner da zu sein.

Auch ihr Handy schwieg.

Weder die Freundinnen noch Kai hatten sich gemeldet …

# 26

## Leonie

*I*m ersten Moment wusste Leonie nicht, wo sie war. Benommen rollte sie sich auf die Seite und erblickte einen blonden Haarschopf auf dem Kopfkissen neben sich.

Dann fiel es ihr wieder ein: Stella und sie hatten sich gestern so dermaßen über Ninas Wutausbruch und ihr kindisches Davonstürmen geärgert, dass sie beschlossen hatten, sich einen schönen Abend ohne Nina zu machen. Stella hatte Leonie kurz entschlossen zum Flammkuchenessen ins Restaurant *Jimmy Elsass* mit anschließender Übernachtung in einer kleinen Pension ganz in der Nähe eingeladen, da beide nicht den weiten Weg zurück nach Hause fahren, aber auch nicht in der Villa schlafen wollten.

»Oh, du bist ja schon wach«, murmelte Stella und gähnte herzhaft. »Wie spät ist es denn?«

Leonie schaute auf ihr Handy, das acht Uhr anzeigte.

Und mindestens sechs Nachrichten von Nina, sowohl an sie persönlich als auch in der Gruppe.

»Kurz nach acht«, murmelte sie und massierte sich die Schläfe.

Nach dem Flammkuchenessen hatten sie in einer Bar Cocktails getrunken und sich bis tief in die Nacht die Köpfe heißgeredet. Ihr Blick wanderte zu dem Wasserkocher, der auf einem flachen Regal stand, und einem kleinen Sortiment Teebeutel und Instantkaffee. »Ich koche uns einen Kaffee, und dann entscheiden wir, wo wir frühstücken, ja?«

»Du bist ein Engel«, erwiderte Stella mit halb erstickter Stimme, da sie sich die Bettdecke tief ins Gesicht gezogen hatte. Tatsächlich war es ziemlich kühl im Zimmer.

Leonie schloss das gekippte Fenster und füllte Wasser in den Kocher, dann verteilte sie das Kaffeepulver auf zwei Becher.

Obwohl sie immer noch sauer auf Nina war, dachte sie darüber nach, wie es ihr wohl gerade ging.

Nachdem sie geduscht und ausgecheckt hatten, beschlossen sie, das Frühstück in ihrem Lieblingscafé, der *Speisekammer* im Weidenstieg, einzunehmen.

Sie schlenderten vorbei an kleinen Lädchen und dem Isebekkanal, auf dem sie schon das eine oder andere Mal Kanu gefahren waren, als sie noch alle gemeinsam in der Villa gewohnt hatten. Ihr Lieblingscafé lag am Ende des Weidenstiegs.

»Mhmm, für diese Brioche könnte ich sterben«, murmelte Stella, nachdem das Frühstück serviert worden war, und bestrich das vom Aufbacken dampfende Hefegebäck mit Butter und selbst gemachter Erdbeermarmelade. »Hast du eigentlich die Nachrichten von Nina gelesen? Geht's ihr so weit gut?«

»Ich denke schon«, erwiderte Leonie und versuchte erneut, den Anflug von schlechtem Gewissen niederzuringen, der sie schon gestern Abend ergriffen hatte, als die Wirkung des Cocktails nachgelassen hatte. »Aber wir sollten uns bald bei ihr melden, damit sie weiß, dass wir noch in Hamburg sind und nicht wieder daheim. Ich denke, unsere Aktion hat Wirkung gezeigt, denn sie hat sich bei mir für ihren Auftritt entschuldigt. Und bei dir ganz sicher auch.«

»Hat sie«, bestätigte Stella genüsslich kauend.

»Also hast du ihre Nachrichten doch gelesen?«

»Aber natürlich. Glaubst du allen Ernstes, es ist mir egal, wie es Nina geht? Ich weiß, dass ich sie in einer ganz, ganz schwierigen Phase mit einem weiteren Problem konfrontiert habe. Das ist auch furchtbar, keine Frage. Aber sie muss sich dieses Weglaufen, wenn es schwierig wird, echt mal abgewöhnen. Das nervt total und bringt zudem gar nichts.«

»Außer unnötigen Ärger mit den Freundinnen ...«, ergänzte Leonie. »Wollen wir nicht anrufen und fragen, ob sie vorbeikommen möchte?«

Stella grinste, schnappte sich das Handy und sagte: »Darauf hatte ich gewartet.«

»Na, redet ihr noch mit mir?«, fragte Nina mit betretener Miene, als sie zehn Minuten später im Café eintraf und sich zu den beiden an den gemütlichen Holztisch auf der Galerie setzte.

»Nein«, erwiderte Stella und schob Nina den Teller hin. »Aber du bekommst den Rest meiner Brioche, wenn du magst.«

»Und eine eigene, wenn du dir anhörst, wie Stella und ich es finden, dass du, anstatt in Ruhe abzuwarten, was sie zu sagen hatte, einfach davongestürmt bist wie ein kleines Kind, dem man das Lieblingsspielzeug weggenommen hat«, ergänzte Leonie.

»Ich weiß, ich habe mich mal wieder total danebenbenommen«, erwiderte Nina zerknirscht. »Keine Ahnung, wieso dieses kleine Teufelchen in mir durchgebrochen ist, das ich selbst so an mir hasse.«

»Was vor allem echt doof an diesem Teufelchen ist«, übernahm nun Stella wieder den Gesprächsfaden, »ist die Tatsache, dass du es dir mit solchen Ausbrüchen noch schwerer machst als nötig, und das weißt du selbst eigentlich am besten, denn du bist eine kluge Frau von dreiundvierzig Jahren.«

»Eine kluge Frau, die in Krisensituationen manchmal immer noch in ihren Kinderschuhen steckt«, erwiderte Nina mit leiser Stimme. »Es tut mir leid, dass ich uns allen den Abend versaut habe, statt einfach zu sagen, dass ich es unfassbar traurig finde, dass die Villa verkauft wird. Auch wenn ihr beide schon länger nicht mehr dort wohnt, ist sie doch unser Zuhause.«

»Ja, das ist auch traurig, und auch mir fällt es nicht leicht, mir vorzustellen, dass es diesen Ort bald nicht mehr für uns geben wird«, wandte Leonie ein. »Das alles ändert aber nichts an unserer Freundschaft. Und was deine konkrete Situation betrifft, so hättest du gestern gehört, was Stella sich wegen deiner Wohnung überlegt hat, wenn du nicht weggelaufen wärst.«

»Wegen der Wohnung?«, fragte Nina verdutzt. »Ich dachte, die wird bald verkauft.«

»Ja, das stimmt«, sagte Stella. »Aber glaubst du allen Ernstes, Robert und ich würden dir dein Liebstes wegnehmen ohne adäquaten Ersatz? Wofür hältst du uns? Für geldgierige, gefühllose Monster?«

Leonie konnte nicht anders, sie musste lachen, weil Nina gerade aussah, als könne sie nicht bis drei zählen.

»Ich habe über Kontakte eine schöne, bezahlbare Wohnung in der Eichenstraße an der Hand, im Erdgeschoss und mit Garten. Sie wird zum 1. Dezember frei, und du kannst sie haben, wenn du magst. Sie wird dir auf alle Fälle gefallen, davon bin ich fest überzeugt. Einzige Bedingung: Du musst den Garten in Schuss halten, weil alle anderen Mieter entweder keinen grünen Daumen haben oder zu wenig Zeit.«

»Ehrlich?« Nina riss ihre grünen Augen auf, und Leonie freute sich unbändig über das Strahlen, das mit einem Mal auf ihrem Gesicht lag.

»Ehrlich«, erwiderte Stella. »Wir haben am Sonntag um 15 Uhr einen Termin mit dem Vermieter.«

»Wow, das ist ja … das ist ja aufregend … tut mir leid, dass ich dir nicht vertraut und dir nicht bis zum Ende zugehört habe. Ich hätte uns dreien wohl einiges erspart, wenn ich einfach geblieben wäre und in Ruhe mit euch über alles gesprochen hätte.«

Stella grinste. »Och, das muss dir nicht leidtun, denn wir hatten einen super Abend mit Flammkuchen und Cocktails, Übernachtung in einer netten Pension inklusive. Aber ich freue mich zu hören, dass dir bewusst ist, in welch blöde Situation du dich und damit auch uns manövriert hast.«

Nun war Leonie neugierig. »Womit hast du dir denn gestern eigentlich die Zeit vertrieben?«

Nina erzählte von ihrem Spaziergang und dem kleinen Abstecher in die Weinhandlung, den Eifersuchtsanfall der Rothaarigen eingeschlossen. »Aber wo halten wir denn künftig unsere Mädelswochenenden ab? Meine Wohnung wird dann ja sicher zu klein sein.«

Leonies Herz begann zu flattern.

Bei allem Verständnis für Stellas Situation hatte sie natürlich ebenfalls damit zu kämpfen, dass das Haus, in dem sich die drei kennengelernt hatten und mit dem sie so viel verbanden, auf absehbare Zeit nicht mehr zu ihrem Leben gehören würde.

Auch Stellas Gesicht verdüsterte sich. »Nun, wir sehen uns auf alle Fälle in Husum, in Steinkirchen und vielleicht ja sogar bei dir. Wir besorgen einfach zwei aufblasbare Gästeluftmatratzen, die lassen sich platzsparend verstauen. Oder wir gönnen uns ab und an wieder einen schönen Trip wie neulich nach St. Peter-Ording. Wir werden uns, wie Leonie vorhin schon gesagt hat, angesichts dieser neuen Situation genauso wenig aus den Augen verlieren wie bisher. Freundinnen für immer, wisst ihr nicht mehr?«

Leonie wurde wehmütig ums Herz, als sie an den denkwürdigen Abend vor ungefähr einem Jahr dachte, an dem die drei an der Elbe gegrillt und das Schauspiel der auslaufenden Schiffe während der Cruise Days verfolgt hatten.

Diese Nacht war für Hamburger Verhältnisse unglaublich warm gewesen, sie hatten alles dabeigehabt, was man für einen Abend am Strand brauchte, planschten sogar ein wenig in der Elbe und waren ganz berauscht vom Rosé Secco, der Wärme und der Magie gewesen, die die mit blauen Lichtern geschmückten Schiffe verströmt hatten. Zu ihrer aller Überraschung kramte Nina zu später Stunde drei kleine, hübsch verzierte Päckchen aus ihrer Handtasche und gab zwei davon Stella und Leonie. Beide waren vollkommen verzückt von den filigranen Armkettchen aus Silber gewesen, an denen ein Dreierkleeblatt hing, das jede von ihnen seitdem trug. »Freundinnen für immer«, hatte Nina gesagt, und die drei hatten einander zugeprostet, gerührt von dieser schönen Geste und liebevollen Idee.

»Freundinnen für immer«, wiederholte Stella. »Egal, was passiert, und egal, in welche Richtungen das Schicksal uns verstreut.«

Leonie spürte Trauer in sich aufsteigen.

Es schien, als ginge erneut eine Ära zu Ende.

Ähnlich wie damals, als sie sich entschieden hatte, ins Alte Land zurückzukehren und das Apfelparadies zu übernehmen.

Stella und ihrer Familie waren immerhin die beiden Wohnungen im ersten Stock geblieben, die sie nutzen konnten, wann immer ihnen der Sinn danach stand. Doch auch dort würden künftig Menschen wohnen, die niemand von ihnen kannte.

»Ich bin gespannt, wer die Villa kauft und wer später dort leben wird«, sagte Stella mit bedrückter Stimme. »Es wäre schön, wenn wieder drei Menschen die Chance bekämen, etwas so Wunderschönes zu erfahren, wie wir es durften.«

»Diesmal könnten es sogar mehr sein«, korrigierte Nina. »Immerhin stehen dann insgesamt vier Wohnungen zur Verfügung. Ich hoffe nur, dass die neuen Besitzer zu schätzen wissen, was ich aus dem Garten gemacht habe.«

»Darauf werden wir achten, genau wie auf alles andere«, erwiderte Stella. »Am liebsten wäre es mir, wenn wir die Käufer gemeinsam aussuchten.«

»Das wäre schön«, sagte Leonie, melancholisch versunken in Gedanken an eine ungewisse Zukunft. »Im Übrigen wollte ich dir noch sagen, dass ich es gut finde, dass du beruflich kürzertrittst und mehr für deine Familie da bist. Es hat keinen Sinn, sich aufzureiben und damit die kostbare Zeit zu verpassen, in der Lilly und Emma noch klein sind. Wenn ihr finanziell schlechter aufgestellt wäret, könntet ihr das natürlich nicht tun, aber in diesem Fall sage ich: Nutzt die Gelegenheit, euch freizuschwimmen. Womöglich kann auch Robert etwas kürzertreten, er wirkt in letzter Zeit ziemlich gestresst. Und du kannst ja wieder mehr arbeiten, wenn die beiden Mädchen etwas älter sind und Moritz aus dem Haus. Eure Entscheidung gefällt mir.«

»Ich kann Leonie nur zustimmen«, sagte Nina. »Du solltest dich auf gar keinen Fall für irgendwelche Idioten aufreiben, die deine Arbeit nicht mal honorieren. Deine Töchter freuen sich, wenn du wieder mehr Zeit für sie hast, und du wirst es auch genießen, dir nicht ständig Gedanken darüber machen zu müssen, ob sie auch gut versorgt sind.«

Stellas Gesicht erhellte sich merklich. »Danke, dass ihr das sagt, das ist sehr hilfreich für mich. Ich bin natürlich auch ein wenig traurig. Aber wir müssten so oder so einen Nachmieter für Alexander suchen, zudem nutzen wir die beiden Wohnungen ja kaum. Diese Entscheidung stand schon lange im Raum, und nun ist sie eben spruchreif geworden.«

»Wollt ihr eigentlich das gesamte Haus an einen Besitzer verkaufen oder die Wohnungen einzeln?«, fragte Leonie, die trotz aller Wehmut unendlich froh darüber war, dass sich die Differenzen so positiv aufgelöst hatten.

Hoffentlich lief das morgige Gespräch mit Markus auch einigermaßen glimpflich ab.

Während die Freundinnen weiterhin genüsslich frühstückten und Nina erzählte, dass sie Kai eine Verabredung vorgeschlagen hatte, rumorte es in Leonies Bauch. Sie hätte Markus gleich nach dem Besuch bei der Gynäkologin erzählen sollen, was bei der Untersuchung herausgekommen war, dann würde sie das jetzt nicht so belasten.

»Alles in Ordnung mit dir?«, fragte Stella, als sie von ihrer Tasse grünen Tee aufsah. »Du guckst so komisch.«

»Mir steht die Aussprache mit Markus bevor«, gab Leonie unumwunden zu. »Im Moment habe ich das Gefühl, gleich zu platzen, wenn ich es ihm nicht bald sage und ihm in die Augen schaue, wenn wir über unsere Zukunft reden. Wie kann ich eine Hochzeit planen oder irgendetwas sonst, wenn ich nicht weiß, was die Zukunft bringt?«

»Erstens weiß das sowieso keiner, und das ist auch ganz gut so, und zweitens schlage ich vor, dass du das Ganze schnell in Angriff nimmst. Fahr los, und sprich mit ihm«, schlug Nina vor. »Wir verlangen ja gar nicht von dir, dass du bis morgen Abend hierbleibst. Dieses Thema ist viel zu wichtig, um es am Sonntagabend zwischen Tür und Angel zu klären. Ruf ihn an, und sag ihm, dass du heute Abend mit ihm schön essen gehen willst oder so, und dann redet ihr ganz in Ruhe über deine Ängste und Sorgen.«

Leonie ging es bei der Aussicht darauf, schon bald reinen Tisch machen zu können, deutlich besser. Doch sie war im Konflikt: Sie wollte natürlich auch gern Zeit mit ihren Freundinnen verbringen. »Ist das auch wirklich okay?«, fragte sie mit Blick in die Runde. »Wir sehen uns doch so selten, und der gestrige Abend verlief auch nicht so, wie wir es geplant hatten. Was wird denn dann aus unserem gemütlichen Filmmarathon?«

»Es wird noch viele weitere gemeinsame Filmabende geben, also mach dir darüber mal keine Gedanken«, wischte Stella ihre Bedenken vom Tisch. »Das Leben spielt uns gerade allen einen kleinen Streich, also sollten wir gemeinsam versuchen, das Beste daraus zu machen, nicht wahr?«

Wie aufs Stichwort erhielt Nina eine WhatsApp. »Kai sagt, dass er heute Abend wieder in Hamburg ist und Zeit für ein Treffen hätte«, erzählte sie mit leuchtenden Augen, nachdem sie die Nachricht gelesen hatte.

»Na also, geht doch«, sagte Stella lächelnd. »Schreib gefälligst, dass du dich freust, und kneif nicht wieder in letzter Sekunde. Leonie und ich fahren nach Hause zu unseren Männern und hoffen, dass die nicht allzu genervt sind, wenn wir plötzlich wieder auftauchen und damit ihre Pläne durcheinanderbringen. Schließlich sind die auch froh, wenn sie uns mal eine Weile los sind.«

# 27

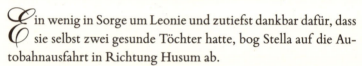

Ein wenig in Sorge um Leonie und zutiefst dankbar dafür, dass sie selbst zwei gesunde Töchter hatte, bog Stella auf die Autobahnausfahrt in Richtung Husum ab.

Robert hatte sich darüber gefreut, dass sie schon am Samstagnachmittag wieder zurück sein würde, da er noch einige Dinge in der Praxis zu erledigen hatte, was wiederum Stella traurig machte. Wieso hatten sie beide nur immer so schrecklich viel zu tun?

»Mach nicht so lang«, sagte sie zu ihrem Mann, als sie zu Hause angekommen war, stürmisch begrüßt von Emma und Lilly, die gerade dabei waren, mit Plastilin zu modellieren, und ihr die halb fertigen Kunstwerke vorführten. »Du arbeitest viel zu viel.« Ihren Töchtern versprach sie, gleich zu ihnen zu kommen und mit ihnen zu spielen.

»Glaub mir, ich habe darauf auch keine Lust, aber irgendeiner muss es ja tun«, knurrte Robert, für seine Verhältnisse ungewöhnlich genervt.

»Kann dir Ina nicht mehr abnehmen?« Stella war wirklich enttäuscht darüber, dass Robert in die Praxis musste, statt dass beide die geschenkte Zeit nutzten, um etwas Schönes mit den Mädchen zu unternehmen. Dieses Aneinander-Vorbeileben musste bald ein Ende haben.

»Kann sie nicht. Patientenberichte für die Krankenkasse und Gutachten fallen nun wirklich nicht in ihren Bereich. Keine Ahnung, was zurzeit los ist, aber man hat den Eindruck, dass sämtliche Kinder aus Husum und Umgebung auf einmal beschlossen haben, krank zu werden, sich impfen zu lassen oder operiert werden zu müssen … Glaub mir, ich wäre auch lieber bei euch daheim oder würde endlich mal wieder ang…«

Stella wusste, was Robert sagen wollte: Er hatte schon ewig keine Zeit mehr gefunden, mit seinem Freund Max angeln zu gehen, geschweige denn, wie früher, ein paar Tage wandern oder segeln. Im Vergleich zu Stella nahm er sich deutlich weniger Freiheiten für seine Hobbys, obwohl sie ihn immer wieder dazu ermunterte, sich seinen Interessen zu widmen. Doch er entschied sich jedes Mal für Zeit mit der Familie, die ihm im Zweifelsfall wichtiger war als das Treffen mit einem Freund.

»Lass uns bitte heute Abend ganz in Ruhe über dieses Thema sprechen«, schlug Stella vor. »Du solltest dir endlich mal wieder Zeit für dich nehmen und ein bisschen mehr auf dich achten. Was für mich gilt, gilt auch für dich. Wir müssen beide auf uns, aber auch aufeinander aufpassen.«

»Das klingt gut«, murmelte Robert und gab Stella einen Kuss auf die Wange. »So, ich muss jetzt los. Viel Spaß beim Modellieren, ich bin gespannt, was ihr alles Schönes zaubert.«

Kaum war er gegangen, überfiel Stella eine Art Katzenjammer.

Da Emma und Lilly ins Spielen und Basteln vertieft waren, beschloss sie, sich noch einen kleinen Moment Ruhe zu gönnen und Kaffee zu trinken. Die Nacht in der Pension war unruhig gewesen, und ihr fehlte eindeutig eine große Mütze Schlaf.

Während der koffeinhaltige Muntermacher langsam durch den Handfilter tröpfelte, versuchte Stella, sich vorzustellen, wie es sein würde, weniger zu arbeiten.

Als Robert und sie vergangenes Wochenende beschlossen hatten, dass Stella kürzertreten und sich mehr um die Familie küm-

mern würde, hatte sich die Entscheidung gut und richtig ange-
fühlt.

Sie wollte sich nicht mehr ständig um die Kinderbetreuung
sorgen müssen und auch nicht mehr so viel reisen, vor allem
nicht, wenn ein Auftrag mit aushäusigen Übernachtungen verbunden war, also würde sie künftig nur noch Aufträge in Husum
oder der näheren Umgebung annehmen.

Lilly war immer noch sehr auf sie fixiert und Emma gerade in
einer Phase, in der sie ebenfalls viel Zuwendung brauchte.

Kaum zu glauben, dass sie kommenden Herbst schon eingeschult werden würde. Leonie und Nina hatten recht: Die
Zeit raste, und nicht mehr lange, dann würden sich die Mädchen genauso abnabeln, wie Moritz es bereits tat, der vollauf
mit seiner Band und den Proben für kleine Auftritte beschäftigt
war.

Als Stella den Milchkaffee an ihre Lippen führte, wurde ihr
klar, dass sie künftig auch mal nachmittags Kaffee trinken oder
Kuchen essen konnte, ohne an Arbeit, Konzepte, Kostenvoran-
schläge und Präsentationen denken zu müssen.

Eine schöne, äußerst entspannte Vorstellung, nur ein wenig
ungewohnt.

In diesem Augenblick bedauerte Stella es, dass das Mädelswochenende einen derart schrägen Verlauf und ein so abruptes Ende
genommen hatte.

Sie war wegen der Neuigkeiten bezüglich des geplanten Verkaufs der Villa noch nicht einmal dazu gekommen, Nina und
Leonie davon zu erzählen, wie sie künftig ihr Leben gestalten
würde.

Hoffentlich hat Nina einen schönen Abend mit Kai, dachte sie,
in Gedanken ganz bei ihren Freundinnen.

Vielleicht kann er sie ja von ihren Ängsten kurieren und glücklich machen.

Und hoffentlich bekommen Leonie und Markus das Kinderthema in den Griff, genau wie die vertrackte berufliche Situation.

Der Gedanke an die Probleme ihrer Freundinnen bereitete ihr Kummer, und sie fragte sich nicht zum ersten Mal in diesem Jahr, wieso die Zeit der Unbeschwertheit nun plötzlich vorüber war und wie sie damit am besten umgehen konnten.

Stella, sitz hier nicht herum und werd melancholisch, sondern nutz lieber die Gunst der Stunde und koch heute Abend etwas Schönes für Robert und dich, ermahnte sie sich selbst.

Endlich wieder mal mit Ruhe und Muße eine schöne Mahlzeit für ihre Familie zuzubereiten, das war jetzt genau das, was sie brauchte. Stella verspürte plötzlich großen Appetit auf Fisch, wollte Robert aber sicherheitshalber fragen, ob sie für ihn lieber ein Steak besorgen sollte. Doch sie erreichte nur seine Mailbox, also wählte sie die Telefonnummer der Praxis.

Als sich unerwartet Ina meldete, ließ Stella vor Schreck beinahe den Hörer fallen.

Ina?!

Robert hatte vorhin doch ganz klar gesagt, dass sie ihm nicht bei der Arbeit helfen konnte, die heute anlag.

Aber was machte sie dann an einem Samstag in der Praxis?

In ihrer Verwirrung legte sie einfach auf, statt zu sagen, dass sie ihren Mann sprechen wollte.

Mit hochrotem Kopf saß sie auf der Couch, schaute durchs Fenster nach draußen in den Garten und wünschte, dass sie die Zeiger der Uhr um fünf Minuten zurückdrehen könnte.

Wie peinlich, dass sie einfach aufgelegt hatte.

Und wie kindisch!

Was Ina jetzt wohl dachte?

Doch weitaus wichtiger als das, was Ina womöglich dachte, war, dass sie selbst alarmiert war.

Irgendetwas stimmte hier ganz und gar nicht.

Und dem musste sie auf den Grund gehen.

Gerade als sie beschloss, noch einmal in der Praxis anzurufen und zu behaupten, Lilly hätte sie beim Telefonieren gestört, als sie Robert sprechen wollte, stand plötzlich ihre kleine Tochter vor ihr.

»Mama, kommst du?«, fragte Lilly.

Stella nahm sie in den Arm, drückte sie fest an sich und vergrub das Gesicht in den zart duftenden Locken. Lilly sollte nicht sehen, wie durcheinander sie gerade war.

Und offenbar eifersüchtig auf Ina, so schwer es ihr auch fiel, sich dieses Gefühl einzugestehen.

»Mama traurig?«, fragte Lilly mit heller Kinderstimme und schmiegte sich ganz fest an sie. Im Gegensatz zu Emma war sie eine kleine Schmusekatze, die körperliche Nähe sehr genoss.

»Nein, Lilly-Maus, nur ein bisschen müde«, erwiderte Stella und spürte das Pochen des kleinen Herzens ihrer Tochter.

Während beide einander innigst umarmten, schossen Stella unzählige Gedanken durch den Kopf: Roberts viele Überstunden, die Kongresse, Inas Bereitschaft, spontan als Kindermädchen einzuspringen, als sie dringend Hilfe benötigten, seine häufige innere Abwesenheit – das alles erschien Stella plötzlich in einem vollkommen anderen Licht.

Nina hatte intuitiv gespürt, dass mit Alexander etwas nicht stimmte, bevor er ihr die Wahrheit gestanden hatte.

War sie selbst blind gewesen und hatte verdrängt, dass Robert lieber Zeit mit seiner jungen, gut gelaunten Sprechstundenhilfe verbrachte als mit seiner dauergestressten, kopfschmerzgeplagten Ehefrau?

»Komm, wir gehen jetzt nach oben zu Emma und schauen, was ihr Schönes gebastelt habt«, sagte sie schließlich und löste sich aus der Umarmung mit Lilly.

Nicht auszudenken, was es für sie selbst und ihre Familie bedeuten würde, wenn diese zerbrach ...

Den Rest des späten Nachmittags verbrachte sie in einer Art mechanischer Trance. Sie spielte mit ihren Töchtern, kochte Kakao, ging jedoch nicht mehr wie geplant einkaufen.

Wer wusste schon, ob Robert überhaupt so bald nach Hause kommen würde. Moritz war mal wieder unterwegs, und die Mädchen freuten sich am meisten über Nudeln mit Tomatensoße.

Ihr selbst war jeglicher Appetit vergangen.

Während Emma und Lilly genüsslich heiße Schokolade tranken und dabei eine CD mit Kinderliedern hörten, rief Robert an. Er hielt sich gar nicht lange auf, sondern informierte Stella mit gereizter Stimme darüber, dass sich seine Planung geändert hatte: »Es tut mir leid, aber ich schaffe es nicht zum Abendessen. Es gab in der Praxis einen Computerabsturz, und ich kann nicht hier weg, ehe der Techniker alles repariert hat und ich weiß, dass auch alle relevanten Daten gesichert sind. Ich hatte mich sehr auf den Abend mit euch dreien gefreut. Grüß bitte die Mädchen, und richte ihnen aus, dass ich nachher noch kurz Gute Nacht sagen komme. Bis später, ich muss jetzt wieder ...«

Stella war unfähig, irgendetwas anderes zu erwidern als: »Dann alles Gute.«

Ihre Kehle schnürte sich zu, der Brustkorb verengte sich, Schweißperlen traten ihr auf die Stirn.

Als sie das Gefühl hatte, gleich sterben zu müssen, wusste sie: Sie waren wieder da, die Panikattacken, die sie vor einigen Jahren in eine Klinik für psychosomatische Erkrankungen gebracht hatten. Stellas gefürchtete Alarmsignale in privaten und beruflichen Stresssituationen.

# 28

## Nina

*A*m selben Abend bereitete Nina sich vor dem großen Spiegel mit dem antiken Silberrahmen auf ihre Verabredung mit Kai Martens vor.

Zehn verschiedene Outfits waren bereits als *ungeeignet* auf dem Korbstuhl in der Ecke ihres Schlafzimmers gelandet, bis sie beschloss, in der Wahl ihrer Kleidung simpel auf Jeans und ein schwarzes Oberteil zu setzen, anstatt noch weiteren Aufwand zu betreiben und damit womöglich overdressed zu sein.

Das peruanische Restaurant wirkte auf den Fotos eher schlicht, und sie wollte Kai zudem nicht das Gefühl geben, sie wolle ihn durch ein aufreizendes Äußeres ködern.

Mit vor Aufregung wackligen Knien bog Nina wenig später am Bahnhof Altona in die Straße Richtung Restaurant ein und versuchte mit aller Macht, Erinnerungen an ihre ersten Treffen mit Alexander zu verdrängen, die sich in den vergangenen Stunden heimtückisch an sie herangepirscht und sie erneut furchtbar traurig gemacht hatten.

»Da bist du ja«, sagte Kai, der vor dem *Leche de Tigre* auf sie wartete. »Schön, dass es geklappt hat.«

»Ich freue mich auch«, erwiderte Nina, erstaunt darüber, dass sich ihr Puls in dem Augenblick beruhigte und die dunklen Gedankenwolken wie durch Zauberhand verschwanden, als Kai ihr einen Kuss auf die Wange gab. »Ich bin schon sehr gespannt auf das Essen.« *Aber vor allem auf dich,* ergänzte sie innerlich.

Kai begrüßte die Kellnerin, die sie in Empfang nahm und dann an ihren reservierten Platz führte.

»Ist ein bisschen arg laut hier«, sagte Kai entschuldigend, als sie an einem der einfachen Holztische Platz genommen hatten. »Aber das Essen ist fantastisch, das Publikum nett und entspannt, und wir können ja nachher woanders hingehen, wo es ein bisschen ruhiger ist.« Mit diesen Worten reichte er Nina eine der beiden Speisekarten. »Keine Ahnung, worauf du so Appetit hast, aber ich hätte Lust auf verschiedene Vorspeisen. Wenn du magst, könnten wir uns etwas teilen, dann haben wir die Möglichkeit, vieles zu kosten.«

*Teilen …*

Obwohl sie sich dagegen wehrte, war Nina tief in ihrem Inneren berührt. Sie beobachtete, wie intensiv Kai die Speisekarte studierte, hörte begeistert zu, als er ihr erklärte, was *Ceviche,* das peruanische Nationalgericht, war: klein geschnittener, roher Fisch, mariniert in der sogenannten Tigermilch, bestehend aus Limettensaft, Chili, Salz, Zwiebeln, Gewürzen und verschiedenen Kräutern. Es folgte eine kleine, spannende Abhandlung darüber, dass diese Art der Zubereitung der Inka-Kultur entstammte.

»Du bist bestimmt ein super Lehrer«, sagte Nina, während sie den Blick kaum von seinen schönen Händen lösen konnte, die sicher fantastisch Klavier spielen konnten. »Es ist eine Kunst, dem Gegenüber etwas zu erklären, ohne dass es einschläfernd, herablassend oder ober…«

»Oberlehrerhaft daherkommt?!«, ergänzte Kai grinsend. »Freut mich, wenn du das so siehst. Einige meiner Schüler empfinden das ganz anders, fürchte ich.«

»Hast du eigentlich Kinder?« Nina erschrak, weil ihr diese äußerst persönliche Frage unbeabsichtigt entschlüpft war.

»Eine Tochter«, erwiderte Kai, nun deutlich ernster. »Sie ist zehn und lebt bei ihrer Mutter in Husum.«

»Ah, daher die Verbindung zu dieser Stadt.«

Eine Tochter.

Diese Information musste sie erst einmal verdauen.

Kai war also Vater, genau wie Alexander.

»Ja. Antje und ich haben uns dort am Gymnasium kennengelernt, verliebt und beschlossen, eine Familie zu gründen. Doch leider haben wir uns im Laufe der Ehe auseinandergelebt und mussten uns irgendwann eingestehen, dass wir besser als Eltern und Freunde funktionieren denn als Paar. Antje ist längst wieder neu liiert, und Hannah versteht sich zum Glück wirklich gut mit ihrem Stiefvater. Wenn wir uns sehen wollen, übernachte ich bei meinem besten Freund Stefan, oder Hannah besucht mich in Steinkirchen.«

»Dann bist du also geschieden«, murmelte Nina.

»Warst du auch mal verheiratet?« Kai schenkte ihr einen intensiven Blick aus diesen wunderschönen graugrünen Augen, in denen sie am liebsten versunken wäre, tanzten da nicht die Warnsignale und Stoppschilder mit der Aufschrift ACHTUNG! FAMILIENMENSCH! und INTERESSIERT AN FESTER BINDUNG! vor ihrem inneren Auge auf und ab.

»Nein. Aber ich hatte eine längere Beziehung mit einem tollen Mann, der sich … nun ja, von mir getrennt hat, weil er sich eine engere, festere Bindung wünschte, für die ich nicht bereit war. Nun lebt er auf einem Weingut in der Toskana und ist glücklich mit einer Italienerin. Wahrscheinlich heiraten die beiden bald.«

Kai murmelte etwas, das in ihren Ohren wie »Glück für mich« klang. Doch sie war nicht sicher, ob ihr das Unterbewusstsein nicht einen kleinen Streich gespielt hatte, denn es war wirklich laut im Restaurant. Nina war dankbar, als die Kellnerin vier verschiedene Gerichte auf hübschem, buntem Keramikgeschirr brachte.

Nun konnten sie essen, anstatt sich über schwierige Beziehungsthemen zu unterhalten.

Der Ceviche war tatsächlich ein absoluter Gaumenschmaus. Nina würde Leonie bei nächster Gelegenheit fragen, ob sie diese Art der Speisenzubereitung kannte. Das wäre ein grandioses Essen für den nächsten, womöglich allerletzten Mädelsabend in Eimsbüttel.

»Habe ich dir eigentlich schon erzählt, dass Stella und Robert die Villa verkaufen werden?«, fragte sie, um das Gespräch mit einem anderen Thema wieder in Gang zu bringen. »Morgen Nachmittag habe ich einen Besichtigungstermin für die neue Wohnung, die Stella mir netterweise vermitteln könnte, wenn ich sie haben möchte.«

Kai legte das Besteck beiseite. »Tut mir leid, das zu hören, das muss ja ein echter Schock für dich gewesen sein. Wie kommt das denn so plötzlich?«

Auch wenn Nina sich nicht erklären konnte, wieso sie mit einem Mann, den sie gerade zum dritten Mal in ihrem Leben traf, über etwas derart Persönliches sprach, schüttete sie ihm freimütig ihr Herz aus. Sie erzählte, wie sehr die Nachricht von Freitag sie verstört und aus der Fassung gebracht hatte, von ihrem kindischen Davonlaufen aus der Villa, von der Versöhnung mit Stella und Leonie heute Morgen und ihrer Aufregung hinsichtlich des anstehenden Besichtigungstermins.

»Dürfte ich dich zu diesem Termin begleiten?«, fragte Kai unvermittelt.

Nina war verwirrt und erfreut zugleich. »Mich … begleiten?!«

»Ich weiß, dass du mich nicht brauchst, um einschätzen zu können, ob du künftig in der Eichenstraße wohnen willst«, sagte Kai. »Doch ich könnte mir vorstellen, dass das morgen eine etwas befremdliche und womöglich traurige Situation für dich sein wird. Immerhin hängst du sehr an der Villa, sie symbolisiert für dich die Verbindung zu deinen Freundinnen, die morgen nicht dabei sein können. Es ist sicher kein leichter Schritt, sich von alldem zu lösen, zumal du ja auch gerade eine Trennung zu verkraften und zu verarbeiten hast, die noch nicht allzu lange zurückliegt, wenn ich das richtig interpretiere.«

So peinlich es auch war: Nina schossen augenblicklich heiße Tränen in die Augen. Sie fühlte sich von Kai so gesehen und verstanden wie noch nie zuvor von einem Mann.

Alexander war ebenfalls empathisch und gefühlvoll gewesen, aber immer nur bis zu einem bestimmten Punkt.

Und zwar meistens genau bis dahin, wo Ninas Sorgen, Ängste und ausgeprägte Neurosen einsetzten und es jemanden gebraucht hätte, der dem standhalten konnte, ohne sich selbst durch ihre Macken verletzt zu fühlen.

»Woher weißt du so genau, was ich empfinde?«, fragte sie und blinzelte die Tränen weg, in der Hoffnung, dass Kai sie nicht bemerkt hatte.

»Weil ich dich sehr mag«, erwiderte Kai, griff nach ihrer Hand und streichelte sie zärtlich. »Genügt dir das vorerst als Antwort?«

»Vollkommen«, flüsterte Nina, der mittlerweile die Tränen über die Wange rannen. Doch das war ihr egal. Kai mochte sie offenbar genau so, wie sie war, hielt mit der einen Hand ihre und wischte mit der anderen die nassen Spuren auf ihrem Gesicht weg. »Aber ich bin alles andere als einfach, um nicht zu sagen ein echt harter Brocken. Das solltest du wissen.«

»Das weiß ich«, erwiderte Kai, beugte sich über den Tisch und nahm ihr Gesicht zärtlich in seine Hände. »Aber was soll ich machen? Ich habe mich in dich verliebt, schon in der ersten Sekunde unseres Zusammenpralls. Du bist eine ziemlich toughe, temperamentvolle Frau, hast Format und bist weder auf den Kopf noch auf den Mund gefallen, selbst wenn du vom Rad purzelst. So etwas imponiert mir. Dass du so viele – wie du es nennst – Macken hast, finde ich sogar spannend. Heutzutage gibt es doch kaum noch Menschen mit Ecken und Kanten. Deshalb freue ich mich

sehr darauf, noch ganz, ganz viele dieser Macken kennenzulernen.«

»Das sagst du jetzt«, erwiderte sie, vollkommen überwältigt
von der ungewöhnlichen Mischung aus lässiger Männlichkeit,
Humor und Zärtlichkeit, die Kai ausstrahlte. »Wir sprechen uns
in ein paar Wochen, da siehst du alles bestimmt schon ganz anders.«

»Auf den Versuch lasse ich es sehr gern ankommen«, gab Kai
zurück. »Was hältst du davon, wenn wir jetzt zu Ende essen und
dann einen kleinen Spaziergang machen?«

»Und anschließend in die Reh Bar gehen?«, fragte Nina. »Ach,
übrigens: Ich fürchte, ich war neulich gar nicht krank.«

»Das dachte ich mir«, erwiderte Kai lächelnd. »Aber schön, dass
du mir das jetzt erzählst. Ein erster Schritt in Richtung Vertrau-
ensbildung.«


»Wovor hast du eigentlich so große Angst?«, fragte Kai, als sie
nach dem Essen durch Ottensen flanierten und Ninas Hand wie
selbstverständlich in seiner lag.

Erstaunt und zugleich verzückt betrachtete sie immer wieder
ihrer beider Spiegelbild in den Fensterscheiben der kleinen Läden,
die diesen Stadtteil so charmant machten.

Hätte sie nicht ihr Herz an Eimsbüttel verloren, wäre dieser
Teil Hamburgs eine echte Alternative zum Wohnen gewesen.

»Angst im Allgemeinen oder in Bezug auf dich?«, fragte sie,
entschlossen, ab jetzt nicht mit der Wahrheit hinter dem Berg zu
halten. Es machte die Dinge viel, viel leichter, wenn sie erst einmal offen ausgesprochen waren.

Alexander hatte diese Art Fragen oft vermieden, weil er die
Antwort darauf fürchtete.

»Beides, wenn du willst«, erwiderte Kai. »Aber ich würde natürlich vor allem gern wissen, was an der Aussicht darauf, mit mir

essen zu gehen, derart Furcht einflößend war, dass du eine Krankheit vorschieben musstest. Und weshalb du dann ein paar Tage später deine Meinung geändert hast.«

Ermutigt durch die Wärme von Kais großer, fester Hand und einem gewissen Gefühl von Leichtigkeit, das sie durchströmte, seit er ihr gesagt hatte, dass er in sie verliebt sei, beschloss sie, hundertprozentig ehrlich zu sein. Ihm offen zu erzählen, wie häufig sie schon verletzt worden war, wie tief verwurzelt ihr Misstrauen gegen Männer war – und dass sie keinesfalls vorhatte, mit jemandem zusammenzuziehen.

Kai hörte ruhig zu, unterbrach sie kein einziges Mal und hielt währenddessen unablässig ihre Hand. Er wartete geduldig, bis Nina ihren Monolog beendet hatte; sie war selbst ein wenig erschrocken darüber, wie viel auf ihrer Seele gelastet hatte.

»Da hat sich ja offenbar einiges angestaut«, sagte er schließlich ohne jegliche Spur von Überheblichkeit, Wertung oder Unverständnis. »Der Einfachheit halber beginne ich mit dem Thema Freiheit: Ich lebe selbst sehr gern allein, denn ich genieße den Freiraum nach der Trennung von Antje. Zudem habe ich einen Beruf, der ausgesprochen viel Kommunikation mit sich bringt, sodass ich es geradezu brauche, auch mal für mich zu sein, auszuspannen und die Klappe zu halten. Ich führe ein Leben, das ich sehr gern mag und das mich erfüllt, habe einen netten Freundeskreis, eine Tochter, die ich sehr liebe, und einen tollen Job. Kurz: Ich brauche niemanden, der mich glücklich macht oder komplettiert. Ich war nicht aktiv auf der Suche nach Liebe oder einer Beziehung. Diesen Punkt kannst du also schon mal getrost von deiner Sorgenliste streichen.«

»Klingt gut«, erwiderte Nina und wunderte sich über den kleinen Stich, den ihr Kais Worte trotz der Freude über seine Antwort versetzten.

Ein Mann, der, genau wie sie selbst, frei sein wollte, war doch genau das, wonach sie sich sehnte.

Oder etwa nicht?

»Was das andere betrifft, weißt du am besten, dass nur du selbst dich heilen kannst. Traumata wiegen schwer, keine Frage. Aber es ist nie zu spät, sich seinen Ängsten zu stellen, zu beschließen, ihnen keine Macht einzuräumen und einfach glücklich zu sein.«

Einfach glücklich sein, das wär's, dachte Nina und drückte Kais Hand. Dieser blieb stehen, schaute ihr tief in die Augen und fragte dann: »Ist es okay, wenn ich dich jetzt küsse?«

Prompt stellte Nina sich auf die Fußspitzen, nahm nun sein Gesicht in ihre Hände und gab ihm einen Kuss.

Diesem ersten, wunderschönen Kuss folgten unzählige weitere, die alles in ihr zum Tanzen und Vibrieren brachten.

Sie hätte die ganze Nacht dastehen und einfach nur bei Kai sein können, ohne jeglichen Gedanken daran, was alles passieren könnte.

Einfach im Hier und Jetzt sein und das Schöne genießen können.

Einen Versuch war es auf alle Fälle wert, es zu probieren und damit einen vollkommen neuen Weg in der Liebe einzuschlagen.

Oder etwa nicht?

# 29

## *Leonie*

Leonie erwachte an diesem Sonntagmorgen wie gerädert.

Markus hatte am Abend zuvor keine Zeit für sie gehabt, weil er bei Freunden eingeladen gewesen war und diese Verabredung nicht einfach sausen lassen wollte, nur weil Leonie ihre Pläne geändert hatte.

Gegen neun Uhr abends hatte Stella ihr gestern eine kryptisch klingende WhatsApp geschickt, in der stand, dass sie den Verdacht hegte, Robert hätte ein Verhältnis mit seiner Sprechstundenhilfe.

Natürlich hatte Leonie sofort zurückgerufen, und beide hatten lange telefoniert.

Was Stella sagte, klang gar nicht gut, wenngleich Leonie nicht bereit war zu glauben, dass Robert seine Frau hinterging. Und das hatte sie Stella auch genau so gesagt.

Schlaftrunken griff sie nach ihrem Handy und tippte eine Nachricht:

Hattest du gestern noch die Chance, mit ihm zu sprechen? L.

Nein. Er kam erst gegen drei Uhr morgens heim. Habe getan, als würde ich schlafen, obwohl ich natürlich wach war. S.

Kannst du reden? L.

Momentan nicht. Mache gerade Frühstück und versuche, mich zu
beruhigen. Melde mich später. S.

Leonie ließ das Handy sinken und gähnte erschöpft. Probleme, so
weit das Auge reichte.

Wenigstens schien Nina einen schönen Abend mit Kai verbracht zu haben, denn sie schickte gegen Mitternacht Smileys mit
blauen Sternchenaugen in die Gruppe, verbunden mit der Ankündigung, sich direkt nach der Wohnungsbesichtigung bei Stella
und ihr zu melden.

Um elf Uhr war sie selbst mit Markus zu einem Spaziergang
verabredet.

»Hey, ich habe dich ein bisschen vermisst«, sagte Markus zur Begrüßung, als sie sich, wie besprochen, an der Hogendiekbrücke trafen,
um von der hübschen Holländer-Klappbrücke aus gemeinsam über
den Deich zu spazieren, und gab Leonie einen Kuss.

»Nur ein kleines bisschen?«, fragte sie in dem Versuch, scherz-
haft zu klingen und sich ihren Trübsinn nicht anmerken zu lassen.

»Sag mal, was ist eigentlich los mit dir?«, fragte Markus, zog sie an
sich und setzte sein Wir-klären-das-jetzt-Gesicht auf. »Du frotzelst
nicht herum, bist in den letzten Tagen wie ausgewechselt, siehst un-
glücklich aus und kommst auch noch früher als geplant von eurem
Wochenende zurück. Hast du etwa Stress mit den Mädels?«

Leonie hakte sich bei ihm unter, froh, endlich über alles reden
zu können, was ihr so schwer auf der Seele lag.

Die frische Luft und die wärmenden Strahlen der schräg stehenden Herbstsonne taten gut und stimmten sie ein wenig zuver-
sichtlicher.

Sie erzählte ihm vom anstehenden Verkauf der Villa, Ninas
Reaktion darauf und der ungeplanten Nacht in der Hamburger
Pension, gemeinsam mit Stella.

Den Verdacht, Robert könne ihre Freundin mit seiner Sprech-stundenhilfe betrügen, ließ sie unerwähnt.

Markus mochte Robert, und Leonie wollte keinesfalls böse Ge-rüchte in die Welt setzen. Außerdem glaubte sie fest daran, dass sich das alles aufklären und als Missverständnis herausstellen würde.

»Na, das sind ja Neuigkeiten«, erwiderte Markus und zog Leo-nie eng an sich. »Das war sicher nicht nur für Nina ein Schock, sondern auch für dich, nicht wahr? Ach, Mensch, ich kann das gar nicht so recht glauben … wirklich schade, dass ihr euren Freun-dinnen-Treffpunkt verliert und die beiden das Haus.«

Es tat gut, zu hören und zu spüren, dass Markus genau wusste, wie Leonie sich angesichts dieser Neuigkeit fühlte.

Er kannte sie in der Tat in- und auswendig.

»Ich hoffe nur, dass Nina die Wohnung gefällt, dann sind wir wenigstens diese Sorge los«, murmelte Leonie, die natürlich eben-falls mit großer Wehmut zu kämpfen hatte. Die drei hatten sich in der Villa kennengelernt, gezofft, einander blöd gefunden und waren irgendwann unmerklich zu dem Freundinnen-für-immer-Kleeblatt geworden, das sie heute waren. »Aber es gibt ein weitaus wichtigeres Thema, über das ich heute mit dir sprechen muss. Es betrifft unsere … nun ja … Familienplanung …« So, nun war es raus, es gab kein Zurück mehr.

Markus blieb abrupt stehen und schaute Leonie an. In seinem Gesicht spiegelten sich Sorge und jede Menge Fragen.

»Ich habe mich untersuchen lassen und weiß jetzt, dass ich auf natürlichem Wege nicht schwanger werden kann«, sagte Leonie und vermied in diesem Moment den Blickkontakt mit Markus. Sie konnte es nicht ertragen, ihm in die Augen zu sehen, wenn sie ihren gemeinsamen Traum zum Platzen brachte. »Mein Hormon-spiegel ist zu niedrig, und ich kann mir nur schwer vorstellen, eine oder mehrere Hormonbehandlungen durchführen zu lassen, über die ich schon so viel Negatives gehört habe.«

Leonie hielt inne, denn sie wartete darauf, dass Markus etwas sagte oder zumindest fragte.

Doch nichts davon geschah.

»Solche Hormongaben sind ein unheimlich starker Eingriff in Körper und Psyche«, fuhr sie fort, verunsichert davon, dass Markus weder etwas sagte noch sonst wie erkennbar reagierte. Also sprach sie weiter, wohl wissend, dass sie sich in ähnlichen Situationen oftmals um Kopf und Kragen redete. »Viele Frauen werden durch diese Behandlung regelrecht depressiv. Ich ... ich weiß nicht, ob ich das mir und auch uns zumuten kann oder möchte. Wenn ich keine Kinder bekommen kann, brauchst du auch nicht als Geschäftsführer im Obsthof anzufangen, was du ja sowieso nicht möchtest, und ... wir müssen natürlich auch nicht heiraten, falls du dich ...«

Oh nein, sie hatte sich doch fest vorgenommen, das Thema Hochzeit nicht anzuschneiden. Was war denn nur in sie gefahren, dass sie sich so wenig unter Kontrolle hatte?

»Bist du jetzt fertig damit, über unser gemeinsames Leben zu entscheiden, ohne mich einzubeziehen?«, fragte Markus mit derart ernster, beinahe strenger Miene, die Leonie gar nicht von ihm kannte.

Sie bekam einen riesigen Schreck und umklammerte instinktiv seine Hand. »Es war nicht meine Absicht, etwas über deinen Kopf hinweg zu beschließen, bis auf die Geschichte mit der Hormonbehandlung, denn die betrifft schließlich mich und meinen Körper«, stammelte sie, vollkommen überfordert mit der Situation. »Ich wollte dir nur signalisieren, dass ich weiß, wie gerne du ein Kind hättest, und dich sozusagen freigeben für den Fall, dass für dich nur ein leibliches Kind infrage kommt und eine Adoption oder ein Pflegekind als Möglichkeit ausscheiden ... dass du deinen Traum ... nun ja ... mit einer anderen ...«

»Sag mal, spinnst du?« Markus ließ ihre Hand los und funkelte sie derart wütend an, dass Leonie am liebsten das getan hätte, was sonst Ninas Spezialität war, nämlich davonlaufen. »Wie lange schleppst du diese Information und diese ganzen Gedanken eigentlich schon mit dir herum? Und wer weiß noch davon?«

»Seit … seit Montag. Und außer meiner Mutter und den Mädels …« Sie hatte den Satz kaum ausgesprochen, da wurde Leonie klar, wie das in Markus' Ohren klingen musste.

»Du und der gesamte Rest der Welt wissen seit einer Woche von deinen Problemen? Nur ich, der Mann, der dich liebt, den das alles mindestens ebenso betrifft wie dich und der dich heiraten möchte, hat keine blasse Ahnung? Ich fass es nicht. Ganz im Ernst, darüber muss ich erst einmal nachdenken.«

»Was soll das heißen?«, fragte Leonie mit banger Stimme.

»Das heißt, dass sich unsere Wege an dieser Stelle trennen und ich ein paar Tage für mich sein möchte. Ich verstehe, dass es dir zurzeit nicht gut geht und dass du diese Nachricht selbst erst verkraften musst. Was ich aber nicht verstehe, ist dein Umgang mit diesem Thema. Du hast offenbar keinerlei Vertrauen zu mir. Doch Vertrauen ist nun mal eine unabdingbare Voraussetzung dafür, wenn du und ich zusammenbleiben wollen.«

*Wenn du und ich zusammenbleiben wollen …*

Leonie konnte nicht glauben, was da gerade geschah.

Dies war sicher nur ein Albtraum, aus dem sie hoffentlich bald erwachte, mit Markus an ihrer Seite, der ihr einen Kuss gab und sagte, wie sehr er sich auf die Hochzeit und die Flitterwochen freute.

»Wie lange brauchst du?«, fragte sie und griff erneut nach Markus' Hand.

Doch er entzog sie ihr wieder und sagte: »Keine Ahnung, ich melde mich, wenn ich so weit bin.«

Mit diesen Worten wandte er sich ab und stapfte davon, ohne sich auch nur ein einziges Mal nach ihr umzudrehen.

Leonie stand da wie vom Donner gerührt und wusste nicht, wohin mit sich. Stella hatte momentan ihre eigenen Probleme.

Nina schwebte endlich mal auf Wolke sieben und war vielleicht sogar gerade mit Kai zusammen. Und ihre Eltern waren übers Wochenende zu Freunden nach Hannover gefahren.

So allein hatte Leonie sich schon lange nicht mehr gefühlt.

Am besten, sie ging heim, zog sich dort die Decke über den Kopf und tauchte erst wieder auf, wenn Markus ihr verziehen hatte.

Falls er ihr überhaupt verzieh …

Benommen und tieftraurig schlug sie den Weg in Richtung Apfelparadies ein und fragte sich währenddessen, ob sie Markus irgendwie besänftigen und ihm klarmachen konnte, dass es niemals ihre Absicht gewesen war, ihn auszuschließen oder gar zu kränken.

Doch sie wusste nicht, wie er in solchen Situationen reagierte und wie sie dann am besten mit ihm umging.

Bislang hatten sie sich so gut wie nie gestritten und wenn, dann nur über kleinen, bedeutungslosen Alltagskram. Auch mit ihrem Ex-Freund Henning hatte sie kaum Auseinandersetzungen gehabt, weil er dazu viel zu konfliktscheu und phlegmatisch gewesen war, wie so viele Männer. Dieses Muster kannte sie schon von der Ehe ihrer Eltern, die letztlich beinahe daran gescheitert wäre, dass weder Anke noch Jürgen damals aussprachen, was sie wirklich fühlten.

Insofern konnte sie Markus dankbar sein, denn er hatte klare Worte für seine Gefühle gewählt und eine nicht minder klare Entscheidung getroffen, so weh es auch tat.

Immer noch wie vor den Kopf gestoßen, ging sie zurück in die Pension, die ihr mit einem Mal nicht mehr heimelig, sondern belastend, ja geradezu erdrückend erschien.

Was hatte sie sich nur dabei gedacht, wieder ins Alte Land zurückzukehren und sowohl die Pension als auch den Hofladen der Eltern zu übernehmen?

Ihr Leben wäre sicherlich vollkommen anders verlaufen, wenn sie gemeinsam mit Nina in der Villa geblieben wäre.

Andererseits hätte sie dann Markus nicht kennengelernt.

»Hallo, Frau Rohlfs, gut, dass ich Sie gerade treffe.« Die Stimme von Frauke Grotius riss Leonie jäh aus ihren düsteren Gedanken. »Ich wollte fragen, ob ich um drei weitere Nächte verlängern kann. Es ist so schön und erholsam hier, dass ich mich gar nicht trennen mag.«

»Oh, das freut mich aber sehr«, erwiderte Leonie und zwang sich zu einem herzlichen Lächeln. »Geben Sie mir bitte fünf Minuten, dann habe ich die Buchungssituation gecheckt. Soll ich Ihnen vorher einen Tee kochen, und Sie setzen sich derweil in den Frühstücksraum? Ich hätte auch noch ein Stück gedeckten Apfelkuchen mit Mandeln für Sie, wenn Sie mögen. Als kleines Geschenk des Hauses, um Ihnen den Sonntag zu versüßen.«

»Sehr gern, das klingt äußerst verlockend«, sagte Frauke Grotius und steuerte in Richtung der gemütlichen Stube.

»Schwarzen Tee mit Milch und Kandis oder Erdbeer-Rhabarber?«

»Gern Ersteres«, rief Frauke Leonie zu, die bereits in der Küche den Wasserkocher betätigte. »Sie haben ein äußerst gutes Gedächtnis und ein ganz wunderbares Gespür für Ihre Gäste. Und genau deshalb möchte ich gern hierbleiben.«

Leonie musste gar nicht im Computer nachschauen, um zu wissen, dass die Verlängerung der Buchung kein Problem war.

Wenn es nach den Reservierungen gegangen wäre, hätte Frau Grotius das Zimmer das ganze Jahr über haben können.

»Wenn doch nur alle merken würden, wie schön es hier ist«, sagte sie seufzend, als sie der sympathischen Dame Tee und Kuchen servierte.

»Es läuft hier zurzeit leider nicht ganz so wie erwünscht, nicht wahr?«, fragte Frau Grotius mitfühlend. »Haben Sie nicht gesagt, dass der Beitrag, für den das Team am Montag gefilmt hat, heute ausgestrahlt wird?«

Tatsächlich, das hatte Leonie in all der Aufregung vollkommen vergessen.

Eigentlich wollte sie den ja mit Markus anschauen, doch das hatte sie gerade gründlich verbockt.

Bei dem Gedanken an ihn krampfte sich alles in ihr zusammen.

Wieso hatte sie ihn nicht sofort ins Vertrauen gezogen?

Markus hatte absolut recht: Er war der Erste, zu dem sie mit ihrem Kummer und ihren Sorgen hätte gehen sollen. Weder ihre Mutter noch ihre Freundinnen waren in diesem speziellen Fall die richtigen Ansprechpartner, um sie bevorzugt ins Vertrauen zu ziehen. Das war schließlich in erster Linie eine Sache zwischen ihnen als Paar.

»Der geht in zwanzig Minuten online«, erwiderte sie mit Blick auf die Uhr. Sie musste sich dringend zusammenreißen und auf die berufliche Existenz konzentrieren. Womöglich war diese alles, was ihr auf absehbare Zeit bleiben würde. »Wollen wir ihn uns gemeinsam ansehen?«, fragte sie und war froh, als Frauke Grotius erfreut nickte.

# 30

## *Stella*

Stella konnte es kaum ertragen, Robert friedlich neben sich schlafen zu sehen, während sie selbst kein Auge zutat.

Daher war sie an diesem Sonntagmorgen früh aufgestanden und in die Küche gegangen, wo sie zuerst mit Leonie chattete und sich dann der Vorbereitung des Frühstücks widmete.

Immerhin hatte sie gestern Abend ihre Panikattacke durch gezielte Atemübungen und eine kurze Meditation in den Griff bekommen, ganz so, wie sie es in der Klinik gelernt hatte.

Worauf man sie dort allerdings nicht vorbereitet hatte, war ein Ehemann, der sie aller Wahrscheinlichkeit nach mit seiner Sprechstundenhilfe betrog.

Erst Alexander und nun Robert, dachte sie, während sie voller Wut Äpfel aus dem Alten Land für die Mädchen viertelte.

Würde Markus auch irgendwann gelangweilt oder enttäuscht sein von seiner Beziehung mit Leonie?

Vor allem wenn sie, was Stella ihr natürlich keinesfalls wünschte, tatsächlich keine Kinder bekommen konnte.

»Guten Morgen, Schatz, du bist ja schon fleißig«, hörte sie Robert plötzlich sagen und fühlte seinen vom Schlaf warmen Atem im Nacken. »Weißt du eigentlich, wie jung und hübsch du aussiehst, wenn du einen Pferdeschwanz trägst und kein Make-up?« Seinen Worten folgten zärtliche Küsse, dann umschlang er sie von hinten.

Stella versteifte sich, denn sie wusste nicht, was sie zuerst denken und fühlen sollte.

»Weckst du die Mädchen?«, fragte sie so neutral wie möglich und wand sich aus seiner Umarmung. »In einer Stunde holt Anna, eine Bekannte aus dem Kindergarten, die Mädchen zu einem Ausflug nach Nordstrand ab.«

Sobald Emma und Lilly weg waren, würde sie mit Robert reden.

Doch bis dahin musste sie Ruhe bewahren und sich auf die Zunge beißen, bevor sie etwas sagte, das den unvermeidlichen Streit verfrüht provozierte.

»Wieso weiß ich davon gar nichts?«, fragte Robert sichtlich irritiert. »Ich dachte, wir unternehmen heute mal etwas gemeinsam. Drachen steigen lassen in St. Peter-Ording oder etwas anderes, worauf die Mädchen und vielleicht sogar Moritz Lust haben.«

»Und ich dachte, dass es ganz hilfreich sein könnte, wenn wir beide mal ein wenig Zeit für uns haben.«

»Verstehe«, erwiderte Robert augenzwinkernd. »Du möchtest mich endlich mal wieder für dich allein. Gute Idee.« Mit diesen Worten bedeckte er ihren Hals mit Küssen.

Oh nein. Das lief alles ganz und gar nicht so, wie Stella es sich vorgestellt hatte.

Was war denn auf einmal mit Robert los?

»Ich dachte eigentlich mehr an Reden«, erwiderte sie und schob ihren Mann so sanft wie möglich von sich, obwohl sie ihn viel lieber weggestoßen hätte.

Wie konnte er es wagen, den Abend zuvor mit Ina zu verbringen und nun ihr eindeutige Avancen zu machen? »Wir sollten darüber sprechen, wie wir in Zukunft leben und unter den gegebenen Umständen alles finanzieren wollen. Ich habe meinen Freundinnen gestern wie vereinbart gesagt, dass wir erwägen, die Villa zu verkaufen. Nina hat heute Nachmittag den Besichtigungstermin in der Eichenstraße, und ich hoffe sehr, dass ihr die Wohnung gefällt.«

Robert nickte zustimmend und sagte: »Dann wecke ich jetzt mal Lilly und Emma, und wir beide können uns ja bei einem Spaziergang am Meer unterhalten. Ich brauche dringend Bewegung und frische Luft, bevor ich noch aus lauter Frust die blöde Praxis in die Luft jage.«

Kurz nach elf verschwanden die Mädchen quietschvergnügt schnatternd in Annas Kleinbus, in dem schon ihre Töchter auf Emma und Lilly warteten, und wenig später fiel auch hinter Moritz die Tür ins Schloss.

»Sag mal, ist irgendetwas mit dir?«, fragte Robert, während er gemeinsam mit Stella das Frühstücksgeschirr in die Spülmaschine räumte. »Du wirkst so gereizt. Oder bilde ich mir das nur ein?«

Dies war der Moment, auf den Stella gewartet hatte. »Ich wirke nicht nur gereizt, ich bin es auch«, platzte es aus ihr heraus. »Kannst du mir bitte mal erklären, wieso du gestern erst behauptet hast, dass Ina dir keine Arbeit in der Praxis abnehmen kann, aber dann sie ans Telefon gegangen ist, als ich angerufen habe? Und kurz darauf hattest du zu allem Überfluss angeblich auch noch einen mysteriösen Computerabsturz, der dich die halbe Nacht lang davon abgehalten hat, nach Hause zu kommen.«

Robert schaute sie zunächst mit weit aufgerissenen Augen an. Dann verfinsterte sich seine Miene.

»Gehe ich recht in der Annahme, dass du mir gerade unterstellst, ich hätte etwas mit Ina?« Seine Augen wirkten kalt und tot, es lag nicht mehr eine Spur von Liebe in ihnen. »Ich glaub's ja wohl nicht.«

»Genau so kann man es sagen«, erwiderte Stella, allerdings mit einem Mal nicht mehr ganz so sicher wie noch eben.

Hatte sie sich da womöglich etwas vollkommen Absurdes zusammenfantasiert? »Neulich ist sie mit Freude als Babysitterin eingesprungen, und du … du bist in letzter Zeit nur noch müde, geistig abwesend und … und …«

»Und da fällt dir nichts anderes ein, als mich zu einem miesen Fremdgeher zu stempeln?« Roberts Stimme zitterte vor Wut. Stella konnte sich nicht erinnern, wann sie ihn zuletzt dermaßen außer sich erlebt hatte. »Hast du eigentlich eine Sekunde lang zugehört, als ich dir in den letzten Wochen und Monaten ständig von meiner Arbeit erzählt habe? Ist dir überhaupt klar, wie viel Rücksicht ich auf dich und deine Bedürfnisse nehme? Von dir höre ich allerdings immer nur, dass du dich überfordert fühlst, Panik davor hast, Aufträge zu verlieren, weil die Kinder nicht betreut werden, Angst hast zu versagen. Und wenn das mal nicht Thema ist, dann geht es garantiert um Leonie oder Nina. Die beiden interessieren dich doch tausendmal mehr als ich.«

Stella schluckte schwer.

»Hast du registriert, dass ich gerade eben gesagt habe, ich würde am liebsten die ganze Praxis in die Luft sprengen? Da behaupte noch mal einer, Männer würden Frauen nicht zuhören, das ist doch blanker Unsinn, zumindest in unserem Fall. Nein, Ina ist hier nicht das Problem, ganz und gar nicht. Sei froh, dass sie so spontan eingesprungen ist, als du nach Sylt musstest. Gestern Abend kam sie vorbei, weil ich sie gebeten hatte, die Patientenakten mit den Daten abzugleichen, die im Computer waren. Nett übrigens, dass du gefragt hast, ob alles glattgegangen ist. Ich danke dir sehr für dein überaus großes Interesse an meinem Job und an meinem Leben.«

Roberts triefende Ironie schmerzte beinahe noch mehr als seine blanke Wut. Wenn er sich auf diese Position zurückzog, gab es kaum noch ein Herankommen an ihn, das wusste Stella.

Mit einem Schlag wurde ihr klar, wie ungerecht und egoistisch sie sich verhalten hatte.

Das war ihr unendlich peinlich.

»Es … es tut mir furchtbar leid«, stammelte sie, hörte aber selbst, wie unglaubwürdig ihre Worte klangen. »Keine Ahnung, was ich mir dabei gedacht habe. Natürlich weiß ich, dass dich die Situation in der Praxis belastet. Genau deshalb wollte ich ja auch gestern mit dir in Ruhe über eine Lösungsmöglichkeit sprechen. Doch dann musstest du unerwartet los und bist auch noch die halbe Nacht weggeblieben. Das in Kombination mit Ina am Apparat …«

»Wieso hast du nicht einfach gesagt, dass du mich sprechen möchtest?«, fragte Robert. »Und weshalb hattest du eigentlich angerufen?«

»Ich wollte für dich etwas Schönes kochen und fragen, ob du Appetit auf Fisch oder ein Steak hast.« Stella hoffte inständig, dass diese Information Robert zeigen würde, dass sie sich sehr wohl um ihn sorgte und ihm eine Freude hatte machen wollen. »Als Ina ranging, bin ich so erschrocken, dass ich einfach aufgelegt habe.«

Stella sah, dass Robert sich das Grinsen schwer verkneifen musste, und schöpfte Hoffnung. »Ich weiß, dass das megapeinlich ist, und ich bin auch wahrlich nicht stolz darauf. Wie gut, dass wir eine Geheimnummer haben und Ina deshalb nicht weiß, dass der Anruf von mir kam. Ist denn der Computer wieder in Ordnung, und konntet ihr alle Daten sichern?«

»Dank Inas Back-up auf der externen Festplatte ist so gut wie alles erhalten, bis auf die Daten der vergangenen Woche. Aber ich brauche einen neuen PC und muss die Technik insgesamt auf Vordermann bringen, wie mir der IT-Spezialist gestern eröffnet hat. Das Nachtragen der Patientendaten der letzten Woche übernimmt zum Glück Ina, doch ich muss mir dringend Gedanken darüber machen, ob und unter welchen Bedingungen ich die Praxis weiterführen kann und möchte. Am liebsten würde ich mich, wie viele andere Kollegen auch, ausschließlich auf Privatpatienten konzentrieren.«

Stella sackte das Herz in die Hose.

Offenbar hatten sie beide gerade eine berufliche Krise, und das nicht zu knapp.

Wie gut, dass durch den Verkauf der Villa Geld in die Kasse kam, denn das Haus in Husum war noch nicht abbezahlt.

»Aber das wärest dann nicht du«, widersprach sie, denn sie kannte Robert: Er fühlte sich moralisch und ethisch dazu verpflichtet zu helfen, egal, ob er viel oder wenig Geld dafür bekam. »Gibt's denn keine andere Lösung? Ich weiß, dass du am liebsten alles allein machst, damit du die Dinge unter Kontrolle hast. Aber könntest du dir nicht trotz deiner Bedenken jemanden mit in die Praxis nehmen? Einen jungen Arzt, der noch …«

»… ein bisschen mehr Schwung hat als ich alter Sack?« Roberts schiefes Lächeln erleichterte Stella unendlich, denn es machte ihn wieder nahbar für sie.

»Einen, der dir Arbeit abnehmen kann und dem du vertraust«, sagte sie, trat näher an ihn heran und strich ihm vorsichtig über den Arm.

Da Robert weder zurückzuckte noch ihre Berührung abwehrte, streichelte sie ihm über die Wange. »Oder ist eine solche Lösung unrealistisch?«

»Ja, das haut leider dummerweise hinten und vorne nicht hin«, erwiderte Robert seufzend. »Ich habe in den vergangenen Wochen mit dem Steuerberater und einem Experten für die Rentabilität von Arztpraxen alles rauf und runter kalkuliert und auch beim Meeting mit den Kollegen aus Norddeutschland über diese Problematik gesprochen.«

Stella erschrak.

»Wieso hast du mir das nicht erzählt und mich in deine Überlegungen einbezogen?«

»Weil du sehr mit dir selbst beschäftigt warst und ich dich nicht mit Dingen belasten wollte, die noch gar nicht spruchreif sind. Ich kenne dich und weiß, dass dich vieles sehr schnell aus dem

Takt bringt, und das wollte ich dir ersparen, bis ich mir selbst ein genaues Bild davon gemacht habe, was möglich ist und was nicht.«

Stella war betreten. Robert hatte seine Sorgen und Nöte nicht mit ihr besprochen, weil sie zu sehr damit beschäftigt gewesen war, sich selbst zu bedauern, da ihr der Auftrag auf Sylt entzogen worden war. Und damit, sich darüber zu ärgern, dass Ina sich um Emma und Lilly kümmerte.

Was war sie bloß für eine narzisstische, egoistische Kuh?

Anstatt zu sehen, wie sehr Robert sich mit seinem Beruf quälte, war sie vollkommen auf sich und ihre Probleme fixiert gewesen und natürlich auf die von Nina und Leonie.

Sie stand ihren Freundinnen eindeutig besser und empathischer beiseite als ihrem eigenen Mann. Ein Wunder, dass Robert niemals eifersüchtig reagierte, sondern sie ganz im Gegenteil stets darin unterstützte, ausreichend Zeit mit ihren Freundinnen verbringen zu können.

Das war wahre Liebe, wie sie im Buche stand, und Stella konnte sich mehrere Scheiben von dieser uneigennützigen, unterstützenden Haltung abschneiden.

»Eine Möglichkeit wäre, sich in einer Region niederzulassen, die kein so großes Einzugsgebiet hat oder nicht so kinderreich ist. Zum Beispiel die kleinen Orte kurz vor der dänischen Grenze, die Vierlande oder auch das Alte Land.«

*Das Alte Land?!*

Stellas Herz begann zu pochen.

»Könntest du dir denn rein theoretisch vorstellen wegzugehen? Immerhin stammst du von hier, deine Mutter hat hier gelebt und du gemeinsam mit deiner Frau. Es hängen viele Erinnerungen an dieser Stadt«, sagte sie und versuchte, sich nicht zu sehr in die Vorstellung zu verlieben, in Leonies Nähe zu ziehen.

Robert nahm sich einen zweiten Kaffee aus der Thermoskanne und leerte den Becher in einem Zug.

Die dunklen Augenränder und die ungesunde Blässe sprachen Bände: Er brauchte dringend Ruhe und Erholung. »Ja, es hängen viele Erinnerungen an Husum, aber vielleicht ist es Zeit, neue zu schaffen und das zu tun, was für uns alle das Beste ist. In Steinkirchen wird zum Ende des Jahres ein Raum in einer kleinen Gemeinschaftspraxis frei. Die meisten Altländer fahren bislang nach Buxtehude oder Stade, freuen sich aber bestimmt, wenn es vor Ort mal wieder einen Kinderarzt gibt. Du kannst von überall aus arbeiten, und die Schule in Steinkirchen hat einen ausgesprochen guten Ruf, wie ich in Erfahrung gebracht habe. Emma und Lilly würden sich schnell umgewöhnen und wir beide bestimmt auch. Nur Moritz wäre vermutlich nicht besonders begeistert von einem erneuten Umzug. Aber was sagst du zu meiner Idee? Ich habe sie bislang nicht angesprochen, weil ich mir erst einmal selbst darüber im Klaren sein musste, was ich will.«

In Stellas Kopf ging es drunter und drüber.

Noch vor einer Stunde hatte sie geglaubt, ihre Ehe sei am Ende, und nun sah alles danach aus, als bekämen sie und Robert die Chance auf mehr gemeinsame Zeit zu zweit.

Zudem hatte sie sogar die Möglichkeit in Aussicht, in die Nähe von Leonie und Markus zu ziehen.

Das war, als würde ein Märchen wahr werden.

Doch Märchen wurden erfahrungsgemäß nur selten wahr.

»Ich … ich bin sprachlos«, stammelte sie. »Für Emma und Lilly wäre das natürlich noch paradiesischer als Husum, und Emma könnte mehr Zeit mit ihrer Patentante verbringen. Mich würde es auch riesig freuen, Leonie häufiger zu sehen. Außerdem könnte ich im Hofladen oder der Pension helfen, wenn es nötig wäre.«

Doch dann hielt sie abrupt in ihrer flammenden Rede inne.

Es gab einen Haken an der Sache, und zwar einen gewaltigen: »Aber du hast recht, wir wissen nicht, was Moritz dazu sagen wird. Er hat doch gerade erst seine Band gegründet, geht hier gern zur Schule und hat endlich einen netten Freundeskreis. Du weißt, wie schwer ihm die Umstellung von Hamburg auf Husum gefallen ist.«

Robert nahm Stellas Hand und küsste sie.

Ihr Herz klopfte, denn sie war unendlich dankbar dafür, dass sie beide wieder im innigen Kontakt miteinander waren. »Das funktioniert in der Tat nur, wenn Moritz mitzieht«, sagte er. »Ich möchte ihn kein zweites Mal in eine Situation bringen, mit der er sich schwertut, und erst recht nicht vor dem Abitur, denn das wäre absolut fatal und hätte Auswirkung auf seine gesamte spätere Laufbahn. Sobald sich die passende Gelegenheit ergibt, spreche ich mit ihm darüber. Ich muss mich bis Mitte Oktober in Bezug auf die Praxis entscheiden, andernfalls suchen sie sich dort jemand anders. Aber ich würde wirklich gern mit euch allen gemeinsam diesen Schritt gehen und die Chance haben, mehr Zeit mit euch zu verbringen. Unser Leben ist nicht unendlich lang, also sollten wir es so intensiv und gut wie möglich nutzen, nicht wahr? Wie sieht's aus, Liebling? Wollen wir ins Bett oder lieber ans Meer?«

»Lieber ins Bett«, murmelte Stella, dicht an ihn geschmiegt. »Es wird höchste Zeit, dass wir einander wieder ganz nahe sind. Es tut mir übrigens leid, dass ich dir das mit Ina unterstellt habe. Ich war ziemlich eifersüchtig, weißt du das?«

»Das ist doch auch mal ganz gut zu hören«, erwiderte Robert und gab ihr einen Kuss. »Zeigt es doch, dass du mich genauso sehr liebst wie ich dich.«

# 31

## Nina

Nina betrat am Morgen den Laden *Koloniale Möbel* mit einer gewissen Vorahnung, dass sich erneut eine Wendung in ihrem Leben anbahnte.

Ruth Gellersen war extra nach Hamburg gekommen und hatte für zehn Uhr ein Meeting mit Nina und ihrer Kollegin Kathrin einberufen, was eigentlich nur eines heißen konnte: Probleme.

Ihre Chefin setzte eine ernste Miene auf, als sie begann, die missliche Umsatzsituation des Möbelgeschäfts zusammenzufassen. »Und aus diesem Grund sehe ich mich bedauerlicherweise dazu gezwungen«, sagte Ruth, nachdem alle drei an einem der ausladenden Esstische Platz genommen hatten, »mich ab sofort ausschließlich auf den Online-Handel zu konzentrieren. Ihr beide bekommt bis Ende des Jahres euer Gehalt, werdet aber ab Mitte Oktober nicht mehr im Laden gebraucht.«

Ohne die Reaktion ihrer Mitarbeiterinnen abzuwarten, fuhr Ruth fort. Nina spürte förmlich deren Anspannung – dieses Gespräch fiel ihrer Chefin ganz bestimmt nicht leicht. »Morgen beginnen wir gemeinsam, die Ware im Laden für den Transport in einen Lagerraum vorzubereiten, Stammkunden via Mailing über die Veränderung zu informieren und alles Weitere zu organisieren, was getan werden muss, um dies hier ordnungsgemäß abzuwickeln. Es tut mir wirklich leid, dass es so gekommen ist, denn ihr habt beide einen superguten Job gemacht und euch sehr für das Unternehmen engagiert.«

Im Gegensatz zu Nina, die auf diesen Tag innerlich vorbereitet gewesen war, schien ihre Kollegin wie vor den Kopf gestoßen. »Das kommt jetzt aber arg plötzlich«, sagte sie mit erstickter Stimme und nestelte am Kragen ihrer Bluse herum.

»Könnte ich denn vielleicht den Online-Verkauf für dich abwickeln oder …« Kathrin war das Entsetzen über den Verlust ihres Jobs deutlich ins Gesicht geschrieben.

Nina war hingegen erleichtert darüber, dass sie noch bis Ende des Jahres offiziell als beschäftigt galt. Also stand der Anmietung der wunderschönen Wohnung in der Eichenstraße, in die sie sich auf Anhieb verliebt hatte, zum Glück nichts im Weg. Alles andere würde sich dann schon irgendwie fügen, davon war sie fest überzeugt.

Ruth Gellersen schüttelte den Kopf. »Leider nein, denn die paar Bestellungen pro Woche kann ich allein bearbeiten«, erwiderte sie mit hörbarem Bedauern in der Stimme. »Ob und wie es mit dem Vertrieb überhaupt weitergeht, steht allerdings noch in den Sternen. Ich empfehle euch auf alle Fälle an befreundete Möbelhändler weiter und hoffe, dass ihr ganz, ganz schnell eine neue Stelle findet, die euch Freude macht und wo ihr euch wohlfühlt. Zum Abschluss möchte ich euch gern einmal abends zum Essen einladen, um die gemeinsame Zeit und den Abschied würdig mit euch zu feiern, es sei denn, ihr …«

In Ruths Frage schwang die Unsicherheit darüber mit, ob ihren Mitarbeiterinnen unter diesen Umständen überhaupt der Sinn danach stand, gemeinsam essen zu gehen.

Also sagte Nina: »Das ist eine wirklich schöne Idee, schließlich hatten wir hier alle drei eine gute Zeit. Wann wäre das denn?«

Ruth Gellersen war offenkundig erleichtert, dass Nina ihr zur Seite stand, und blätterte in ihrem Kalender. Nachdem sich die drei auf einen Termin geeinigt hatten und Ruth zu einem Banktermin gegangen war, saßen Kathrin und Nina eine ganze Weile schweigend am Tisch. Ihre Kollegin ergriff schließlich als Erste das Wort. »Wieso bist du eigentlich so entspannt?«, fragte sie. »Wir wissen doch beide ganz genau, wie schwierig es sein wird, eine neue Stelle zu finden, die auch einigermaßen anständig bezahlt ist. Es ist doch in allen Läden dasselbe. Die Leute schauen, lassen sich aufwendig beraten und bestellen dann im Internet.«

»Ich bin nicht so ruhig, wie es vielleicht aussieht, sondern überlege, wie ich jetzt am besten vorgehe«, widersprach Nina. »Um ehrlich zu sein, denke ich seit einiger Zeit über eine neue berufliche Herausforderung nach. Ich würde wahnsinnig gern wieder in meinem Beruf als Floristin arbeiten, doch da sieht es mit der Bezahlung natürlich ähnlich aus wie im gesamten Einzelhandel. Aber irgendetwas wird sich schon finden, da bin ich mir ganz sicher. Und ich hoffe natürlich, für dich auch.«

Als sie am Abend zurück in die Villa kam, drehte sie zunächst die übliche Runde im Garten, ein geliebtes Ritual, das sie nicht missen wollte.

Sie erfreute sich am Anblick der in leuchtenden Farben blühenden Zinnien, Astern, Dahlien, Fetthenne und Zaubernuss.

Ja, sie wollte künftig wieder mehr in dem Bereich arbeiten, den sie am meisten liebte. Sie hatte keine Zeit zu vergeuden, und wenn ihr Leben schon eine komplett neue Wendung nahm, wieso sollte sie dann nicht versuchen, sich einen Traum zu erfüllen? Mit großer Sorgfalt putzte sie die Blumen aus, damit sie zur Bildung neuer Triebe angeregt wurden. Einige besonders schöne Blütenstände kennzeichnete sie mit einem Bindfaden. Diese würde sie nach dem Trocknen abschneiden und im kommenden Jahr aussähen. Doch diesmal nicht im Garten der Villa, sondern im neuen Domizil, das nun auf sie wartete.

Während sie herumwerkelte, über den zurückliegenden Tag nachdachte und einen Hauch von Wehmut wegen des Verlustes der Villa verspürte, klingelte ihr Handy.

Ihr Herz begann zu klopfen, als sie sah, dass der Anruf von Kai kam. »Na, wie war deine Besprechung?«, fragte er.

Seit Samstagabend waren sie beide praktisch im Dauerkontakt. Kai hatte sie zur Besichtigung der Wohnung begleitet, sie waren spazieren gewesen, essen – und er hatte sogar bei ihr in der Villa übernachtet. Von dort aus war er am frühen Montagmorgen direkt zur Schule in Steinkirchen gefahren.

Seltsamerweise hatte Nina jede Sekunde des Zusammenseins mit ihm genossen und sich in keiner Weise eingeengt gefühlt, vor allem, weil Kai sie zu nichts drängte und ihr genug Freiraum ließ.

Eine vollkommen neue, ungewohnte Erfahrung für sie.

»Ich bin zum Ende des Jahres entlassen. Allerdings werde ich nur noch bis Mitte Oktober arbeiten und bin ab dann freigestellt. Hauptsache, mein neuer Vermieter informiert sich nicht über die desaströse wirtschaftliche Situation von *Koloniale Möbel,* immerhin hat Stella mich als solvente Mieterin angepriesen, und das stimmt ja erst, wenn ich wieder in Lohn und Brot bin, wie es so schön heißt. Aber das bin ich hoffentlich bald wieder.«

Kai atmete erst einmal hörbar tief durch. Dann sagte er zu ihrer Überraschung: »Wenn alle Stricke reißen, kommst du eben zu mir ins Alte Land. Meine Wohnung ist groß genug, und …« An dieser Stelle hielt er abrupt inne. »Bitte versteh mich jetzt nicht falsch, Nina. Das soll weder heißen, dass ich nicht daran glaube, dass du einen neuen Job findest und die Wohnung bekommst, noch will ich dich mit irgendetwas überfallen. Ich biete dir nur das an, was deine Freundinnen sicher ebenso tun würden.«

Für eine Nanosekunde blitzte eine Vision in Ninas Kopf auf, denn Stella hatte Leonie und ihr natürlich davon erzählt, dass die Behrendsens eventuell von Husum nach Steinkirchen umzogen:

Sie alle gemeinsam im Alten Land.

Erneut unzertrennlich vereint an einem Ort.

Freundinnen für immer.

Das wäre *die* Lösung überhaupt!

»Nein, nein, alles in Ordnung«, wehrte sie Kais Bedenken ab. »Ganz im Gegenteil. Du hast mich da womöglich gerade auf eine grandiose Idee gebracht. Ich danke dir natürlich für dein äußerst ritterliches, charmantes Angebot. Doch das Burgfräulein wird es schon schaffen, selbst eine Lösung für alles zu finden.«

Es tat gut, hinter diesen Frotzeleien verbergen zu können, wie sehr Kais Angebot sie rührte.

Und wie wenig es sie tatsächlich erschreckte.

Nachdem beide noch eine Weile geplaudert und einander von allen anderen Ereignissen des Tages erzählt hatten, ging Nina zurück in ihre Wohnung und schaltete den Laptop ein.

Euphorisiert von ihrer gerade geborenen Idee googelte sie die Stichwörter *Jobangebote*, *Altes Land* und *Floristin*.

Doch so schnell ihre Begeisterung aufgeflackert war, so schnell wich sie der Erkenntnis, dass sie eigentlich am liebsten selbstbestimmt arbeiten und ihre eigenen Vorstellungen davon verwirklichen wollte, wie Blumensträuße auszusehen hatten und welche Blumen überhaupt eingekauft wurden.

Zudem gab es ein weiteres Problem: Wo sollte sie wohnen, wenn sie nach Steinkirchen zog? Ganz sicher nicht bei Kai, so wohl sie sich in dessen Gegenwart auch fühlte.

Sie beide kannten sich schließlich kaum, und es war Nina streckenweise sowieso schon beinahe unheimlich, wie entspannt und unkompliziert sich der Umgang mit ihm gestaltete.

Ein wahres Wunder, über das sie jedoch momentan nicht nachdenken wollte, aus Angst, es könne sich als Seifenblase entpuppen und genauso schnell zerplatzen.

Als es plötzlich an der Eingangstür klingelte, dachte Nina, dass das womöglich Kai wäre, doch stattdessen erblickte sie zu ihrer großen Überraschung Leonie, als sie durch den Spion schaute. »Süße, wieso benutzt du nicht deinen Schlüssel?«, fragte sie und trat beiseite, um ihre Freundin hereinzulassen. »Und was machst du überhaupt hier? Ist irgendetwas passiert?«

»Tut mir leid, ich wollte dich nicht erschrecken«, erwiderte Leonie, die aussah wie ein Vögelchen, das aus dem Nest gefallen war. »Seit ich weiß, dass Robert und Stella die Villa zum Verkauf inseriert haben, fühle ich mich hier auch nur noch als Gast und habe ehrlich gesagt Hemmungen, den Schlüssel zu benutzen. Kaum zu glauben, dass bald schon die ersten Interessenten kommen.«

Nina sagte: »Ich weiß genau, was du meinst«, und dirigierte Leonie in die Wohnküche. »Schön, dass du hier bist, obwohl mich dein spontaner Besuch auch ein bisschen besorgt, wenn ich ehrlich bin. Aber sag: Hast du Hunger?«, fragte sie und öffnete den Kühlschrank.

Dieser war, wie meistens, ziemlich leer. »Oops, zu früh gefreut. Außer ein paar Möhren und Sellerie habe ich nichts da. Wollen wir was bestellen und dann in Ruhe darüber sprechen, weshalb du hier aus heiterem Himmel aufkreuzt?«

»Eigentlich habe ich keinen Hunger, aber wenn du möchtest, dann …«, erwiderte Leonie vollkommen untypisch.

Wenn sie jemals den Vorschlag, sich Essen kommen zu lassen, ablehnte, dann nur, weil sie mehr Lust hatte zu kochen und ihre Freundinnen zu verwöhnen. Doch heute sah es ganz danach aus, als sei Leonie diejenige, die verwöhnt werden musste.

»Hat sich Markus etwa immer noch nicht gemeldet?«, fragte Nina besorgt. Leonie schüttelte seufzend den Kopf.

Prompt stieg Ärger in Nina auf.

Natürlich konnte sie verstehen, dass Markus eingeschnappt war, das wäre sie an seiner Stelle auch gewesen. Es war auch nachvollziehbar, dass er ein, zwei Tage brauchte, um sich über alles klar zu werden, was auf Leonie und ihn zukommen würde. Doch die beiden hatten sich am Sonntagvormittag getroffen, und nun war es bereits Mittwochabend. Er kannte Leonie doch gut genug, um zu wissen, welch große Sorgen und Vorwürfe sie sich machte und wie viel Angst sie um diese Liebe hatte, die ihr so gut wie alles bedeutete.

»Hast du versucht, ihn anzurufen?« Nina kramte einen Flyer aus der Schublade des Holztisches und reichte ihn Leonie.

»Nein, natürlich nicht«, erwiderte Leonie. »Er hat gesagt, er meldet sich, also muss ich ihm die Zeit geben, die er braucht, so schwer es mir auch fällt. Schließlich bin ich diejenige, die ihn durch mein Verhalten verletzt hat. Also muss ich mich eben ein bisschen in Geduld üben und so gut es geht ablenken. Los, erzähl mal: Wie war denn dein Tag? Hat sich deine Vermutung hinsichtlich deiner Kündigung bestätigt?«

Nina nickte.

»Oje, und nun?«

»Nun habe ich nach freien Stellen als Floristin im Alten Land gesucht.« Dass sie auch in Erwägung zog, sich selbstständig zu machen, behielt Nina erst mal für sich.

Zum ersten Mal, seit Leonie durch die Tür getreten war, erhellte sich deren Miene. »Wie bitte? Habe ich richtig verstanden? Du überlegst, zu uns zu ziehen?«

Dieses *uns* schloss offenbar bereits Stella mit ein, obwohl Robert noch gar keine passende Gelegenheit gefunden hatte, mit seinem Sohn über einen möglichen Umzug zu sprechen, soweit Nina informiert war.

»Na ja, einen Gedanken ist es zumindest wert, zumal Kai in Steinkirchen wohnt. Ulkige Vorstellung übrigens, dass er dann wahrscheinlich erst Emma und später Lilly unterrichtet, wenn sie eingeschult wird. Außerdem will ich nicht die Einzige sein, die in Hamburg wohnt, während ihr alle gemütlich im Alten Land aufeinandergluckt.«

»Das wäre der absolute Wahnsinn und fast zu schön, um wahr zu sein«, sagte Leonie mit schwärmerischem Gesichtsausdruck.

»Wobei du natürlich dort einen Job findest müsstest. Ich hätte übrigens Lust auf Alu Gobi oder Palak Paneer. Wollen wir bestellen? Dann kann ich besser denken.«

Nina freute sich, dass die Aussicht auf ein mögliches Happy End im Alten Land Leonies Laune wieder so weit hob, dass sie Appetit bekam. Apropos Happy End: Ob Nina sich mal bei Markus melden und dem Glück der beiden ein wenig auf die Sprünge helfen sollte?

Immerhin hatte er ihr von dem vertraulichen Gespräch mit Alexander erzählt, damit sie unbefangen bereit für das Rendezvous mit Kai war. In Gedanken daran fiel ihr Alexanders Brief ein, der immer noch ungelesen in ihrem Schlafzimmer lag.

War es nicht an der Zeit, sich endlich seinem Abschiedsgruß zu stellen?

»Würdest du mir einen Gefallen tun?«, fragte Nina, nachdem sie telefonisch indisches Essen geordert hatte.

Leonie nickte, also ging Nina nach nebenan, um den Brief zu holen. Dann gab sie Leonie den geöffneten Umschlag. »Würdest du mir bitte diesen Brief vorlesen? Ich schiebe das schon eine ganze Weile vor mir her. Doch nun ist es an der Zeit, sich damit auseinanderzusetzen, was Alexander mir mitteilen wollte. Ich möchte mit der Villa auch diesen Teil meines Lebens hinter mir lassen und noch mal ganz neu anfangen, egal wo.«

Leonie fingerte das handbeschriebene Blatt Papier aus dem Kuvert und begann zu lesen:

*Liebste Nina,*
*dir das zu schreiben, bricht mir das Herz. Wenn du diese Zeilen liest,*
*haben sich unsere Wege endgültig getrennt und ich muss dich ziehen*
*lassen. Ich hatte große Angst, diesen Schritt zu gehen, weil ich*
*befürchte, dass ich ihn eines Tages bitter bereue. Doch ich kann nicht*
*anders. Sosehr ich dich auch liebe, sehe ich doch, dass du diese*

*Liebe nicht in dem Maße erwiderst, wie ich es mir wünsche und wie ich es brauche, um dauerhaft mit dir glücklich zu sein. Bitte gib uns frei, damit wir einander irgendwann wieder in dem Bewusstsein begegnen können, dass alles gut und richtig ist, wie es gekommen ist. Ich wünsche dir von ganzem Herzen, dass du die wahre, große Liebe findest, die du so sehr verdienst.*
*Dein Alexander*

Tiefe Schwermut legte sich wie eine Decke aus Blei über Ninas Herz. Ein Teil von ihr wünschte sich, sie hätte diese Zeilen nie gelesen, denn sie waren voll trauriger Schönheit.

Gerade weil sie so wahr und ehrlich waren.

Sie vermisste Alexander und würde es vermutlich immer tun.

»Oh, mein Gott, ist das herzzerreißend«, schluchzte Leonie, die kaum in der Lage gewesen war, den Brief zu Ende zu lesen. »Wie … wie reagierst du darauf?«

»Keine Ahnung«, murmelte Nina tonlos.

Mit so einem Brief hatte sie wahrlich nicht gerechnet …

# 32

## Leonie

Freitagmorgen im Alten Land:
Noch immer kein Lebenszeichen von Markus.

Leonie tastete schlaftrunken nach dem Kissen rechts neben ihr, doch es war, wie auch in den vergangenen Tagen, unbenutzt.

Müde und schlecht gelaunt setzte sie sich im Bett auf, reckte und streckte sich und schaltete dann das Tablet ein.

Vielleicht hatte ihr Markus ja geschrieben?

Leonie wusste eigentlich genau, dass es blanker Unsinn war, auf etwas Derartiges zu hoffen, denn Markus schrieb nicht. Als Mann der Tat würde er anrufen oder plötzlich vor der Tür stehen, wenn er ihr etwas zu sagen hatte.

Wider alle Vernunft checkte sie voller Aufregung die eingegangenen E-Mails, die ihr Herz auf anderer Ebene höherschlagen ließen: Seitdem der Beitrag von *LandLust-Träume* online gegangen war, erhielt sie eine verbindliche Buchung nach der anderen für die Saison der Apfelblüte oder der Ernte im Spätsommer.

Ein Großteil der künftigen Gäste hatte sogar bereits die Anzahlung von fünfzig Prozent der Gesamtkosten überwiesen. Nach Rücksprache mit ihrem Vater hatte Leonie sowohl die Buchungsgebühr erhöht als auch die Stornobedingungen verschärft. Ab jetzt verließ sie sich nicht mehr darauf, dass die Kunden ein Häkchen hinter dem Button »Ich akzeptiere die AGBs« setzten, sondern nahm nur noch Buchungen mit fester Bestätigung an, in denen die Stornobedingungen ganz klar geregelt und aufgeführt waren.

Ob das letztlich wirklich half, würde man sehen. Doch sie konnte momentan nichts anderes tun, als zu warten, genau wie im Fall von Markus.

»Meld dich, ich halte dieses Schweigen und diese Unsicherheit nicht mehr lange aus«, sagte sie zum Foto gewandt, das auf ihrem Nachttisch stand und das sie beinahe ständig betrachtete, wenn sie in ihrem Schlafzimmer war.

Es zeigte beide im Urlaub in Südtirol vor einem Jahr. Unfassbar, wie glücklich sie auf dem Bild aussahen, das ein Freund von Markus gemacht hatte, den sie in der Nähe von Bozen zu einem Abendessen in einem lauschigen Restaurant auf einem Weinberg getroffen hatten.

Da war ihre Welt noch voller Liebe, Zuversicht, Vertrauen in die Zukunft und Glück gewesen.

In dieser Nacht hatten sie beschlossen, nicht mehr zu verhüten.

Mit einem Mal schien ihr diese Zeit so weit entfernt, dass sie nicht mehr zu sein schien als ein sanfter Hauch wehmütiger Erinnerung.

Kaum zu glauben, wie sehr die Dinge sich innerhalb von wenigen Tagen verändern konnten …

Eine halbe Stunde später stand sie, geduscht und zurechtgemacht, in der Küche und bereitete das Frühstück für ihren einzigen Gast, Frauke Grotius, zu. Es nützte nichts, Trübsal zu blasen, das Leben ging trotz allem weiter, und es war besser, positiv zu denken, anstatt sich das Schlimmste auszumalen.

»Moin«, begrüßte Sonja Mieling sie, die wie immer um diese Zeit auf einen kleinen Pausenschnack vorbeischaute. »Na, was machen die Buchungen? Sind die Leute immer noch wild darauf, bei uns Urlaub zu machen?«

Seit Montag tauschten sich beide jeden Morgen begeistert über die neuen Reservierungen aus. Leonie war gerührt davon, mit welcher Anteilnahme Sonja die Entwicklung verfolgte, und zwar nicht nur aus eigenem Interesse, sondern auch weil ihr das Wohl von Leonie am Herzen lag.

»Ja, das sind sie«, erwiderte sie lächelnd. »So, wie es momentan aussieht, könnte das kommende Jahr gut für uns werden. Was allerdings auf wenig bis gar kein Interesse stößt, sind die Workshops mit Gaston Mercier und Jacqueline Duvall. Wir haben bei beiden Events noch nicht mal annähernd die erforderliche Mindestteilnehmerzahl von zehn Personen erreicht.«

Um genau zu sein, gab es für den Malkurs zwei Anmeldungen. Für den Kochkurs vier.

»Kein Wunder«, erwiderte Sonja und schenkte sich Kaffee ein. »Wer will schon im November irgendwo anders sein als daheim? Es gibt doch kaum einen schlimmeren Monat als den. Da wollen die Leute sich in Ruhe auf die Weihnachtszeit vorbereiten, sparen das Geld für Geschenke oder die nächste Skireise, pflegen ihre Herbstdepression, schauen das ganze Wochenende irgendwelche Serien und sind froh, wenn sie bei Schietwetter nicht vor die Tür müssen. Würden Sie das denn tun?«

Aus dieser Perspektive hatte Leonie die Sache noch gar nicht betrachtet. Sie war viel zu besessen von der Idee gewesen, den Gästen in der Nebensaison ein Angebot zu machen, das sie vermeintlich nicht ablehnen konnten, um darüber nachzudenken, ob ihr Plan überhaupt sinnvoll war. »Wenn Hotels an der See mit Wellness, Massagegedöns und so 'nem Kram locken, ist das was anderes«, fuhr Sonja fort. »Meer ist Meer, egal, ob Nord- oder Ostsee. Egal, ob Sommer oder Winter. Aber hier im Alten Land ist doch in dieser Zeit der Hund verfroren, wenn wir mal ehrlich sind. Da sind alle dankbar, wenn sie mal einen Ausflug nach Stade oder Hamburg machen können, bevor ihnen hier die Decke auf den Kopf fällt. Ich würde es an Ihrer Stelle genauso handhaben wie alle anderen Pensionsbesitzer auch: Saison von März bis Ende Oktober und vom 27. Dezember bis kurz nach Neujahr. Alles andere taugt nichts und kostet nur unnötig Geld, Kraft und Nerven.«

Es fiel Leonie schwer, die Worte ihrer Mitarbeiterin zu akzeptieren, obgleich sie wusste, dass sie recht hatte.

Die neu eingebaute Sauna wurde nur von den Gästen genutzt, wenn in der Zeit, in der sie ohnehin im Apfelparadies wohnten, das Wetter schlecht war oder sie abends eine Beschäftigung suchten.

Auch der Hofladen schloss Ende Oktober offiziell seine Pforten und öffnete erst wieder Anfang März.

Lediglich das Café Elbherz erfreute sich regelmäßiger Besucher, die mit der Fähre von Blankenese übersetzten, bei Wind und Wetter einen Wochenendspaziergang unternahmen, dort Familienfeiern abhielten oder einkehrten, weil viele Cafés und Restaurants in der Gegend Winterpause hatten.

Mittlerweile kamen viele Hamburger extra aus der Innenstadt, weil sie den unverstellten Blick auf die Elbe, Leonies Kuchen, die selbst gemachten Marmeladen oder Ankes Suppen liebten.

Anke Rohlfs Video-Blogs, die stets im Café gedreht wurden und einmal die Woche online gingen, brachten zusätzlich immer wieder neue Gäste, die das Café dann wiederum Freunden und Bekannten weiterempfahlen oder positive Bewertungen im Internet schrieben.

Ob Markus ebenfalls von der Ausstrahlung des Beitrags am Sonntag profitierte? Schließlich hatte sie das Café mehrfach erwähnt und immer wieder betont, dass man dort den Kuchen bekommen konnte, den sie für den Hofladen backte.

Einem Impuls folgend, beschloss Leonie, Markus an diesem Abend einen Besuch abzustatten. Sie würde sich etwas Schönes einfallen lassen, um ihm zu zeigen, wie sehr sie ihr Verhalten bedauerte, wie sehr sie ihn liebte, und dann einfach vor der Tür stehen. Natürlich war das ein Wagnis, aber für die Liebe musste man auch mal etwas riskieren.

»Sie strahlen ja plötzlich so, ist mein Vorschlag bei Ihnen auf fruchtbaren Boden gefallen?«, fragte Sonja amüsiert lächelnd.

»Das ist er, in der Tat«, erwiderte Leonie. »Sie haben vollkommen recht. Ich frage Gaston und Jacqueline, ob sie statt im November in den Sommermonaten oder in der Erntezeit hierherkommen können. Gaston hat bestimmt großen Spaß daran, mit den Gästen ein komplettes Apfelmenü zu kochen oder seine ganz speziellen Picknicks zusammenzustellen. Und Jacqueline könnte mit den Kursteilnehmern im Freien malen, also unter Apfelbäumen, an der Elbe, auf dem Deich …«

»Na, dann ist ja alles geritzt«, sagte Sonja und stellte den leeren Becher in die Spüle. »Ich knöpfe mir jetzt die Regale im Hofladen vor, und mache danach für heute Feierabend. Wir sehen uns morgen wieder.«

Leonie wünschte Sonja einen schönen Tag und schaute auf die Uhr. In zehn Minuten kam Frauke Grotius zum Frühstück, bevor sie endgültig abreiste.

Für Samstag wurden drei neue Gäste erwartet.

Danach klaffte eine große Buchungslücke.

Wahrscheinlich war es wirklich das Beste, die Pension Ende Oktober offiziell zu schließen und dies auch im Internet kundzutun.

Was hatte sie sich nur dabei gedacht, das Rad der Vermietung neu erfinden zu wollen?

Leonie schmunzelte bei der Vorstellung, ihrem Vater von dieser Erkenntnis zu berichten. Er hatte ihr vor dem Umbau prophezeit, dass es so kommen würde, weil es, O-Ton, *schon immer so war und sich manche Dinge niemals änderten.*

Doch das musste noch einen Moment warten, denn die Planung des Überraschungsbesuchs bei Markus hatte eindeutig Vorrang.

Mal schauen, womit konnte sie ihm wohl eine Freude machen?

Leonie ging im Geiste durch, woran Markus Spaß hatte: Kinobesuche, Essengehen in Hamburg, Fotografie, Wandern, Spazierengehen, Paddeln, Radfahren, Musik hören, in den Sternenhimmel schauen ...

*Sternenhimmel.*

Kaum hatte Leonie diesen Gedanken gedacht, kam ihr der Song *Dream a Little Dream of me* in den Sinn, vor allem die Textzeilen *Stars shining bright above you. Night breezes seem to whisper »I love you«.* Markus und sie liebten den Song, ganz besonders die Version von Mama Cass, und hatten ihn zum Eröffnungstanz für ihre Hochzeitsfeier erkoren.

Bedauerlicherweise war das Wetter an diesem Tag schlecht, die Chancen auf eine sternklare Nacht standen also gar nicht gut.

Aber vielleicht gab's ja eine »Indoor«-Variante?

Während Leonie in der Küche umherwirbelte, liefen ihre Gedanken auf Hochtouren und wanderten von der Hamburger Sternwarte in Bergedorf bis hin zum Planetarium.

Ja, das war's! Die perfekte Kombination aus Musik und Sternen. Sie zitterte vor Aufregung und Vorfreude, als sie die Website aufrief und nach der Show suchte, die an diesem Abend gezeigt wurde. Tatsächlich gab es eine mit dem Titel *Ich seh den Sternenhimmel,* mit der Musik eines bekannten DJs, dessen Name ihr allerdings nichts sagte. Die Vorstellung war beinahe ausverkauft, doch es gab noch zwei zusammenhängende Plätze im hinteren Rang, was Leonie als Wink des Universums betrachtete. Eine Minute später war sie stolze Besitzerin von zwei Tickets und wäre am liebsten sofort losgestürmt, um Markus abzuholen.

Als sie gerade das Frühstücksgeschirr von Frauke Grotius abräumte, rief Nina an. »Hast du einen Moment Zeit?«, fragte sie und klang ziemlich atemlos. Leonie bejahte, neugierig darauf, zu erfahren, was ihre Freundin derart in Aufruhr versetzte.

Hatte sie sich womöglich bei Alexander gemeldet?

Nein, bitte nicht, dachte Leonie.

Lass diese Geschichte ruhen, egal, wie schön der Brief war.

Doch es ging tatsächlich um etwas vollkommen anderes. »Könntest du dir vorstellen, künftig im Hofladen Blumen, Gestecke, Kränze und vielleicht auch Pflanzen zu verkaufen?«, fragte Nina, und Leonie glaubte im ersten Moment, sie habe sich verhört.

»Äh …«, war alles, was ihr zunächst dazu einfiel. Sie hatte sich doch gerade erst dafür entschieden, den Laden Ende Oktober in die Winterpause zu schicken.

»Ich weiß, das kommt jetzt ein bisschen überraschend«, fuhr Nina gut gelaunt fort. »Aber ich würde gern als Mieterin bei dir einsteigen und endlich meinen Traum, als selbstständige Floristin zu arbeiten, wahr machen. Mein Vater gibt mir für den Start eine kleine Finanzspritze, und alles, was du tun müsstest, ist, mir zu sagen, wie hoch mein Mietanteil wäre … und mir dabei behilflich zu sein, eine Unterkunft in Steinkirchen zu finden.«

Es dauerte eine Weile, bis Ninas Worte endgültig bei Leonie einsickerten. In ihrem Bauch wurde es warm und wärmer, ein Zeichen dafür, dass sie sich freute und Ninas Vorschlag sich goldrichtig anfühlte.

»Leonie, bist du noch dran?«

»Aber klar bin ich das. Das … das ist eine geradezu grandiose Idee. Dann könnte ich meinem Floristen den Dauerauftrag für die Deko im Apfelparadies kündigen. Ich habe dir doch neulich erzählt, wie unzufrieden ich seit einiger Zeit mit ihm bin. Doch ich musste mich mangels Alternative mit dem zufriedengeben, was er mir bietet.«

»Dafür hast du ab sofort mich«, erwiderte Nina mit Vorfreude und Tatendrang in der Stimme. »Was glaubst du, wie sich deine

Kunden, also auch Leute aus der Region, auf meine Herbstkränze, Weihnachtsgestecke und all das stürzen werden, was ich so zaubern kann, wenn ich erst einmal wieder richtig in Fahrt bin.«

»Allerdings«, murmelte Leonie in Gedanken an die fantasievollen und traumschönen Gebinde, die Nina immer wieder kreierte. Dann kam ihr eine Idee. »Und weißt du, was? Ich verlange keine Miete von dir, sondern würde mich riesig freuen, wenn du den gesamten Verkauf im Hofladen übernehmen könntest. Natürlich mit Beteiligung an den anderen Produkten. Was die Unterkunft betrifft, so kann ich dir ab sofort das kuschelige Zimmer unterm Dach anbieten, das du so sehr liebst. Ich habe gerade beschlossen, dass ich die Pension offiziell Ende Oktober schließe und erst wieder zwischen den Jahren und im nächsten Jahr Anfang März öffne. Bis dahin haben wir auf alle Fälle etwas Passendes für dich zum Wohnen gefunden. Wer weiß? Womöglich ziehst du dann ja sogar zu Kai?«

»Na, na, na, nun mal nicht so schnell, das steht hier gerade gar nicht zur Debatte«, erwiderte Nina lachend. Irgendetwas in ihrer Stimme ließ Leonie aufhorchen. Es klang danach, als sei die Idee, zu Kai zu ziehen, gar nicht so abwegig für Nina, wie sie behauptete. »Ich freue mich jetzt erst mal riesig darüber, dass du meine Idee gut findest, und natürlich auch über dein Angebot, mich sozusagen zur Gesamtherrscherin über den Hofladen zu machen. Diese Idee gefällt mir wirklich gut, zumal ich weiß, dass ich dich damit auch ein Stück weit entlasten kann.«

Die beiden plauderten noch eine Weile über die Umsetzung von Ninas Idee, die Leonie von Minute zu Minute besser gefiel, und verabredeten sich dann zu einem Treffen, um alle Details verbindlich zu besprechen und schriftlich festzuhalten.

Danach machte sich Leonie mit gutem Gefühl an die Arbeit, die ihr plötzlich ganz leicht von der Hand ging.

Am frühen Abend hatte sie sich hübsch gemacht und war nun bereit, Markus zu einem Date unter dem Sternenzelt zu entführen. *Dream a little dream of me* singend, lenkte sie das Auto in Richtung Elbherz, denn von dort aus würden sie direkt weiter zum Planetarium fahren, wo um 20.30 Uhr die Vorführung begann. Mit klopfendem Herzen näherte sie sich dem Ort, den sie seit einer Woche gemieden hatte, und dem Mann, den sie so sehr liebte, dass ihr das Herz wehtat.

Doch als sie am Café ankam, sah sie, dass es geschlossen hatte. Die Fenster waren dunkel.

Weit und breit keine Spur von ihrem Liebsten.

Leonie war so enttäuscht, dass sie sich erst mal auf die Treppenstufen sinken ließ.

Was hatte sie sich nur dabei gedacht, einfach unangekündigt hier aufzukreuzen?

Eine ganze Weile saß sie reglos da, unfähig, einen klaren Gedanken zu fassen, todtraurig und voller Angst.

Das ist das Ende, dachte sie und fühlte sich mit einem Mal so hilflos und müde wie nur selten zuvor in ihrem Leben.

Als sie das Handy zückte, um in ihrer Not Nina anzurufen, sah sie, dass sie es versehentlich auf lautlos gestellt und fünf Anrufe von Markus verpasst hatte.

Als seine Nummer erneut im Display aufleuchtete, meldete sie sich sofort.

»Wo steckst du?«, fragte Markus in einem Tonfall, als sei nie etwas zwischen ihnen vorgefallen. »Ich hatte Sehnsucht nach dir und wollte dich zu einem romantischen Abendessen bei mir daheim abholen. Wenn ich dich nicht bald in meinen Armen halten kann, drehe ich durch.«

# 33

## *Stella*

Nicht euer Ernst?!«

Moritz stand am Samstagmorgen in Husum breitbeinig und mit verschränkten Armen mitten im Wohnzimmer und sah aus, als wolle er Stella und Robert, die nebeneinander auf der Couch saßen, am liebsten ermorden.

»Ich ziehe hier nicht weg, nachdem ihr mich gerade erst von Hamburg hierher verschleppt und ich endlich Freunde gefunden habe. Vergesst es.«

Robert schaute Stella Hilfe suchend an, doch die schüttelte den Kopf. Sie kannte Moritz und wusste: Je mehr man ihn zu etwas drängte, desto schneller machte er dicht. Andererseits wusste sie auch, dass Robert sich im Laufe der Woche immer mehr in den Gedanken an einen Platz in der Gemeinschaftspraxis in Steinkirchen verliebt hatte. Sie hatten viel darüber gesprochen und eine Möglichkeit gefunden, sowohl Moritz als auch Robert gerecht zu werden.

Doch Stella hatte keine Ahnung, ob ihre Idee bei Roberts Sohn auf fruchtbaren Boden fallen würde, denn es war nicht einfach, ihn zu durchschauen. »Glaub mir, ich verstehe dich voll und ganz«, sagte sie daher so behutsam wie möglich.

Moritz war vom Sessel aufgesprungen, nachdem sein Vater ihm die Lage geschildert und einen möglichen Umzug ins Alte Land angekündigt hatte. Die Pubertät hatte aus dem sonst eher schüchternen und sanftmütigen Jungen ein zuweilen hochexplosives Kraftpaket gemacht, keine einfache Situation für alle Beteiligten. »Du möchtest bei deinen Freunden sein, Musik machen und die Schule nicht wechseln, das ist uns beiden klar. Nur mal rein theoretisch gefragt: Könntest du dir vorstellen, die Woche über bei Jonas oder Simon zu wohnen?«

»Wie, bei Jonas oder Simon wohnen? Wie meinste denn das?«

»Stella hat sich gefragt, ob du vielleicht Lust hast, während der Schulzeit bei einem deiner Kumpels zu bleiben – vorausgesetzt natürlich, die Eltern erlauben das – und lediglich am Wochenende nach Steinkirchen zu kommen«, erklärte Robert.

»Aber natürlich nur, wenn ihr am Wochenende keine Proben oder Konzerte habt«, ergänzte Stella, die genau wusste, dass das Thema Musik der zentrale Dreh- und Angelpunkt war. »Einer von uns beiden würde dich abholen und wieder zurück nach Husum bringen, oder du fährst allein mit dem Zug, wenn dir das lieber ist. Selbstverständlich zahlen wir den Eltern einen entsprechenden Beitrag zur Haushaltskasse.«

Moritz' anfängliche Abwehrhaltung wandelte sich merklich in blanke Wut: Seine Augen funkelten und blitzten, und er trat gegen den hochwertigen, bestickten Sitzhocker, der quer durchs Zimmer flog und eine Pflanze touchierte, die daraufhin von der Fensterbank fiel. Der Übertopf zersprang in tausend Teile, und Stellas Hoffnung löste sich in nichts auf.

Moritz würde sich querstellen und ihre Pläne torpedieren, das war spätestens jetzt sonnenklar.

»Hey, mein Freund, randalier hier nicht rum«, rief Robert, stand auf und packte seinen Sohn, der sich Richtung Fenster gedreht hatte, an der Schulter. Stella tat es in der Seele weh, Moritz so zu sehen, denn er hatte es in der Tat nicht verdient, zum Spielball der Umzugspläne seines Vaters zu werden. »Es ist vollkommen in Ordnung, wenn du keine Lust hast, ins Alte Land zu ziehen, und auch verständlich, wenn dich die bloße Frage wütend macht. Aber beides ist noch lange kein Grund, mit Gegenständen um dich zu werfen und Dinge kaputt zu machen. Du holst jetzt Handfeger und Kehrblech und machst das hier sauber, verstanden? Und dann unterhalten wir uns wie zivilisierte Menschen über diese Angelegenheit.«

»Sprecht ihr beide erst mal in Ruhe, und ich schaue inzwischen kurz nach den Mädchen«, schlug Stella vor. »Bis gleich.« In dieser Situation war es eindeutig besser, das Feld zu räumen und damit Vater und Sohn die Möglichkeit zu geben, Klartext miteinander zu reden. Letztlich war es Roberts Aufgabe, eine Lösung zu finden, die seinem Sohn gerecht wurde.

»Na, ihr zwei Mäuse«, sagte sie, als sie in Emmas Zimmer kam, wo die beiden Mädchen gerade dabei waren, mit Wachsmalkreide zu malen und nebenbei eine CD mit einer Meerjungfrauenge-schichte zu hören. Sie lagen beide bäuchlings auf Lillys Kuschel-teppich und verteilten voll Wonne bunte Farben auf die Blätter der dicken Malblöcke. »Geht's euch gut?«

»Seid ihr bald fertig? Wir wollen mit euch spielen«, sagte Emma in diesem leicht nölig-gelangweilten Tonfall, den sie häufig an den Tag legte, wenn sie zu viel Zeit mit ihrer kleinen Schwester verbrachte, die natürlich kein Ersatz für Emmas gleichaltrige Freundinnen war.

Lilly machte kugelrunde Augen, sagte jedoch nichts und malte stattdessen eifrig weiter.

»Wir essen in einer halben Stunde zu Mittag und gehen danach zusammen in den Schlosspark, Drachen steigen lassen«, erwiderte Stella in der Hoffnung, dass es Robert bis dahin gelang, die Wogen zumindest so weit zu glätten, dass sie gemeinsam die Kürbissuppe essen konnten, die sie am vergangenen Abend vorgekocht hatte.

»Au ja«, rief Lilly, setzte sich auf und klatschte begeistert in ihre kleinen Hände. »Lilly, Drachen.«

Als Stella nach unten ging, um die Suppe aufzuwärmen, hörte sie, wie die Haustür ins Schloss fiel.

Das konnte nur bedeuten, dass Moritz gegangen war.

In der Tat. Robert stand im Wohnzimmer, mit dem Gesicht zum Fenster, wie zuvor sein Sohn.

»Auf einer Skala von eins bis zehn, wie sauer ist Moritz auf uns?«, fragte Stella.

»Zwanzig«, antwortete Robert düster und drehte sich zu ihr um. Sein Gesichtsausdruck signalisierte Müdigkeit und Frustration. Stella hätte in diesem Moment alles darum gegeben, ihm die Sorgen einfach wegküssen und gute Laune herbeizaubern zu können. »Ich schätze, unser Vorschlag ist nach hinten losgegangen. Und zwar volle Kanne, wie man so schön sagt.«

»Kann es sein, dass Moritz glaubt, wir wollen ihn loswerden?«, mutmaßte Stella, die nach einer Erklärung für dessen heftige Reaktion suchte. Sie war bislang davon ausgegangen, dass er den Vorschlag, zu einem seiner Kumpels zu ziehen, cool finden würde, und musste nun komplett umdenken.

»So etwas Ähnliches hat er tatsächlich gesagt«, murmelte Robert, der den bunten Sitzhocker umklammerte wie eine Rettungsboje, ein ziemlich seltsamer Anblick, der Stella dummerweise zum Lachen reizte. »Er fragte, ob wir mit unseren *echten* Kindern allein sein und ihn loswerden wollen. Als ob er nicht mein *echtes* Kind wäre …«

»Das hat er nicht wirklich gesagt?« Stella war entsetzt.

Moritz liebte seine beiden Halbschwestern, das wusste sie genau. Er hatte bislang keinerlei Anzeichen von Eifersucht gezeigt. »Oh, Mann, das tut mir total leid«, sagte sie bedrückt. »Wo ist er denn hingegangen?«

»Keine Ahnung«, erwiderte Robert. »Ich weiß weder, wo er hingegangen ist, noch, wann er wiederkommt. Er hat mich lediglich wissen lassen, dass uns das ja wahrscheinlich auch egal sei, weil *er* uns egal ist, und dann war er auch schon auf und davon.«

Stella ließ sich aufs Sofa sinken. Mehr als das Wörtchen »Mist« fiel ihr dazu nicht mehr ein. Wie konnte diese Geschichte denn nur so dermaßen aus dem Ruder laufen?

Doch sie hatte weder Zeit zu überlegen, wie sie jetzt am besten mit der Situation umgingen, noch, die Eltern von Jonas oder Simon anzurufen, denn Emma und Lilly standen vor ihr und riefen lautstark: »Hunger!«

Am späten Nachmittag, als beide Mädchen müde vom Drachensteigenlassen und der frischen Luft waren und in Emmas Zimmer einen kurzen Zeichentrickfilm anschauen durften, beschloss Robert, sich auf die Suche nach seinem Sohn zu machen, da dieser anscheinend sein Handy ausgeschaltet hatte.

»Ich wünsche dir viel Glück und gute Nerven«, sagte Stella, die ihn an der Tür verabschiedete, und gab ihm einen aufmunternden Kuss.

Danach ging sie in ihr Arbeitszimmer, weil sie unbedingt mit Leonie sprechen wollte, die seit Beginn der Woche mit Feuereifer dabei war, sich im Raum Steinkirchen nach einem geeigneten Zuhause für die Behrendsens umzuschauen. Doch so, wie es momentan aussah, war das gar nicht mehr nötig.

»Rat mal, was ich gerade erfahren habe«, stieß Leonie triumphierend aus, nachdem Stella sie angerufen hatte. Doch sie ließ Stella gar keine Zeit, Mutmaßungen zu äußern, sondern plapperte munter drauflos: »Markus' Vermieterin hat einen Platz in dem Altenheim bekommen, bei dem sie schon länger auf der Warteliste stand. Und weil die Unterbringung in diesem Heim alles andere als günstig ist und sie keine Erben hat, will sie das Haus verkaufen. Am allerliebsten an euch, weil sie euch kennt und sehr gerne mag. Na, was sagst du dazu?«

Unter anderen Umständen hätte Stella sofort »Jackpot« oder »Hurra« gerufen, denn das alte Fachwerkhaus, in dem auch Markus eine Wohnung hatte, war wunderschön und traumhaft am Ortsrand gelegen. Zum Haus gehörte ein großer, zurzeit etwas verwilderter Garten, einfach perfekt für Emma und Lilly.

»Das klingt alles ganz wundervoll«, erwiderte sie und atmete tief ein und aus, um sich zu beruhigen.

Ihr Traum war greifbar nah und wurde trotzdem nicht wahr.

Enttäuschung kroch in ihr hoch und gleichzeitig ein Gefühl von Ohnmacht, weil sie nichts anderes tun konnte, als zu akzeptieren, dass Moritz nicht umziehen wollte. »Aber leider hat Moritz alles andere als begeistert auf unseren Vorschlag reagiert. Robert ist gerade auf der Suche nach ihm, weil er verschwunden ist und nicht gesagt hat, wohin.«

Sie erklärte der entsetzten Leonie, dass Roberts Sohn offenbar das Gefühl hatte, er und Stella wollten ihn abschieben, um im Alten Land gemeinsam mit Emma und Lilly ein neues Leben als *richtige* Familie zu beginnen.

»Nee, oder? Warum läuft denn nicht einmal was ohne Komplikationen ab?«, sagte Leonie mitfühlend. »Kann ich irgendetwas tun, außer die Daumen zu drücken, dass Moritz sich wieder beruhigt und offen für ein Gespräch mit euch ist?«

»Ja, mir erzählen, dass Markus und du nach der Sendepause eure Differenzen wirklich nachhaltig begraben habt, glücklich miteinander seid und Nina und ich uns bald in die Hochzeitsvorbereitungen stürzen können. Ich finde es übrigens nach wie vor großartig, dass sie den Schritt in die Selbstständigkeit wagt und ihr Vater sie dabei unterstützt. Es wäre doch jammerschade, wenn sie ihr Talent weiterhin brachliegen ließe, während ihr im Alten Land sicher viele Einheimische und Tagestouristen die Kränze und Sträuße aus den Händen reißen würden. Was halten denn deine Eltern eigentlich von dem neuen Konzept für den Hofladen?«

»Das kann ich dir morgen sagen«, erwiderte Leonie. »Markus und ich sind zu Kaffee und Kuchen in Stade eingeladen und werden dann mit meinen Eltern alles zu den Themen Hochzeit, Wohnen und so weiter besprechen. Ich hoffe sehr, dass das alles halbwegs glattgeht, denn ich hatte für meinen Geschmack in der letzten Zeit Aufregung genug.«

Das hatte sie in der Tat, dachte Stella bei sich.

Aber Nina und ich auch.

Allerhöchste Zeit, dass bei uns allen wieder Ruhe und Frieden einkehrt.

# 34

## *Nina*

Nina besuchte an diesem Sonntag Kai in Steinkirchen und war gespannt darauf zu sehen, wie er wohnte und eingerichtet war. Eine Wohnung sagte so viel über einen Menschen aus, und sie hoffte sehr, dass sie nicht enttäuscht sein würde.

Entsprechend neugierig folgte sie ihm ins Wohnzimmer und war sofort verzückt, denn der Raum strahlte absolute Ruhe, gleichzeitig aber auch Lebendigkeit und Kreativität aus. An der längsten Wandseite stand ein großes Bücherregal, randvoll mit Romanen, Sachbüchern, Bildbänden und Kochbüchern.

Der Fußboden bestand aus heimelig knarzenden Dielen, an einigen Stellen bedeckt mit hübschen Läufern.

An den Wänden hingen Fotos von Kais Tochter Hannah, Bilder, die auf Reisen entstanden waren, und gerahmte, alte Familienporträts. Die Ecke vor dem großen Fenster war für das Klavier und weitere musikalische Utensilien reserviert. In einem geflochtenen Korb steckten Noten, eine Blockflöte und ein Tamburin.

»Gefällt's dir?«, fragte Kai und nahm Ninas Hand, als er ihr den Rest der Wohnung, eine geräumige Wohnküche, das Arbeitszimmer sowie das Schlafzimmer und das Zimmer seiner Tochter zeigte. Nina schmunzelte, als sie den gedrechselten Kosmetiktisch mit ovalem Spiegel erblickte, der Traum eines jeden Mädchens, das sich gern schminkte, betrachtete und neue Frisuren ausprobierte. Sie selbst hatte auch so einen Tisch gehabt, der jetzt immer noch im Haus ihres Vaters stand und auf sie wartete, wenn sie zu Besuch kam.

»Ist supergemütlich hier, du hast ein echtes Händchen für Einrichtung«, erwiderte Nina, beinahe ein wenig überfordert von den vielen Eindrücken. »Das absolute Highlight ist für mich das Badezimmer mit der frei stehenden Wanne. Das ist ziemlich ungewöhnlich, die meisten Männer duschen doch viel lieber.«

Kai grinste. »Erstens bin ich nicht wie die meisten Männer, und zweitens finde ich es im Winter oder nach einem besonders langen, anstrengenden Tag unheimlich entspannend, abzutauchen und die Welt einfach Welt sein zu lassen.«

Ninas Herz klopfte.

Sie badete ebenfalls unheimlich gern und ertappte sich bei dem Gedanken daran, wie es wohl wäre, gemeinsam mit Kai in der Wanne zu liegen, dabei Musik zu hören und …

Doch dann rief sie sich selbst zur Ordnung und beschloss, das Thema zu wechseln. »Du scheinst auch gern zu kochen, nach den Büchern und dem kleinen Kräutergarten auf der Etagere in der Küche zu urteilen. Gibt es denn gar nichts an dir auszusetzen? Außer natürlich, dass du fit in Mathe bist und dieses Fach sogar unterrichtest.«

Kai lachte erneut sein warmes, herzliches Lachen, von dem Nina nicht genug bekommen konnte. »Natürlich bin ich vollkommen perfekt, genau wie du. Und ja, ich koche sehr gern, insbesondere für perfekte Frauen. Hast du eigentlich Lust auf Kaffee oder Tee? Ich mache uns gern welchen, wenn du magst, und anschließend zeige ich dir den Garten hinter dem Haus.«

Nina entschied sich ausnahmsweise für grünen Tee und freute sich auf den Garten.

Dieser war weit größer, als sie vermutet hatte, und ging in eine riesige Wiese über, auf der knorrige Apfel-, Kirsch- und Pflaumenbäume ihre Äste in den grauen Oktoberhimmel reckten.

»Hier war früher eine Pferdekoppel«, erklärte Kai, während sie über das Grundstück gingen und dabei Tee tranken. Heute war es relativ kühl, sodass Nina sich über das heiße Getränk freute und auch darauf, gleich wieder zurück ins Warme zu können. Ihr war vorhin sofort der dänische Ofen ins Auge gesprungen, in dem man sicher ein wunderbar gemütliches Feuerchen entfachen konnte. »Ich darf diesen Teil nutzen, aber er gehört eigentlich den Pächtern, die auch das geerntete Obst für sich verwenden«, erklärte Kai, nachdem Nina sich verwundert über die Größe des Areals geäußert hatte. »Es ist wirklich schön, mit der Sonne wandern zu können, wenn man möchte, und natürlich auch toll, diesen unverstellten, weiten Blick zu haben. Purer Luxus, findest du nicht?«

Nina nickte zutiefst beeindruckt. Erst dann sah sie die hübschen Gartenmöbel aus Holz, die man problemlos zusammenklappen und je nach Bedarf umhertragen konnte. Das meinte Kai also mit der Möglichkeit, jederzeit *wandern* zu können. Doch ihr fiel noch etwas anderes auf. »Du hast es allerdings nicht so mit der Bepflanzung oder Gartenarbeit, kann das sein?«, fragte sie, als sie nach einer Weile wieder zum Haus zurückgingen, in dem außer Kai noch drei weitere Mietparteien wohnten. Abgesehen von ein paar Stauden, die hier offenbar schon eine Ewigkeit standen, gab es nur Fragmente von Rosenstöcken und Efeu, der unkontrolliert an einem Spalier emporrankte.

»Siehst du, ich bin also doch nicht so perfekt«, erwiderte Kai schmunzelnd. »Mein grüner Daumen ist leider dem Klavierspiel zum Opfer gefallen, aber man kann eben nicht alles können. Solltest du dich mal neben deiner Arbeit im Hofladen langweilen, bist du herzlich eingeladen, dich hier nach Lust und Laune auszutoben.«

»Pass auf, was du sagst«, erwiderte Nina lachend und schlang ihre Arme um seinen Hals. »Für ein Blumenmädchen wie mich ist das hier der absolute Traum. Zumal ich mit Leonies Garten im Apfelparadies nicht besonders ausgelastet bin, da ihre Mutter sich dort auch gern zum Ausgleich betätigt. Und den in Hamburg bin ich ja gerade losgeworden.«

In der Tat hatte Nina sofort nach dem Gespräch mit Leonie dem Vermieter der Wohnung in der Eichenstraße abgesagt.

Spätestens Ende Oktober würde sie zu Leonie ins Alte Land ziehen. Sie freute sich jetzt schon wie verrückt auf das kuschelige Zimmer unterm Dach, das ihr auf alle Fälle bis März des darauffolgenden Jahres sicher war.

Einen Großteil der Möbel würde sie in einem angemieteten Lagerraum unterbringen, bis sie wusste, wo sie langfristig wohnen würde.

»Ich bin schon gespannt darauf, was du alles mit Leonie auf die Beine stellen wirst, und natürlich darauf, sie, Stella, Robert und Markus endlich kennenzulernen. Wer hätte gedacht, dass aus dem Ende eurer Villa-Wohngemeinschaft schon bald eine Gemeinschaft im Alten Land werden würde?«

»Leider ist das noch nicht alles in trockenen Tüchern«, sagte Nina, die immer noch darauf hoffte, dass Roberts Sohn sich eines anderen besann und einlenkte.

Hätte sie mit sechzehn das Angebot bekommen, bei ihrer damals besten Freundin zu wohnen, sie hätte sich vor Freude überschlagen. »Wenn Moritz sich weiterhin querstellt, wird leider nichts aus den Umzugsplänen von Stella und Robert.«

»So blöd das auch für Stella und Robert wäre, ich kann den Jungen verstehen«, sagte Kai, öffnete die Tür des Ofens und legte Holzscheite hinein. »Ich wäre an seiner Stelle auch nicht begeistert. Allerdings ist der Kompromissvorschlag mit dem Pendeln zwischen Husum und dem Alten Land auch gar nicht so verkehrt. Träumt man denn nicht als Teenager davon, seine Eltern auch mal los zu sein, sosehr man sie auch liebt?«

Eltern und ihre Kinder …

Nina dachte an die pinkfarbenen Hausschuhe mit Flamingos, die sie vorhin in Hannahs Zimmer gesehen hatte.

Wann sie wohl Kais Tochter kennenlernen würde?

Wie würde es sein, mit einer Zehnjährigen zu sprechen, die ihren Papa womöglich lieber für sich allein haben wollte, als ihn mit Nina zu teilen?

Würde es Probleme mit ihr geben, die womöglich diese gerade aufkeimende Liebe beschwerten?

Nina betete inständig, dass sich all dies positiv entwickeln und nicht zum Problem werden würde, denn davon hatte sie gerade die Nase gestrichen voll.

Doch als das Feuer im Ofen zu glühen und zu knistern begann und Kai Nina eine kuschelige Decke reichte, war ihr das alles erstaunlicherweise herzlich egal.

Bislang hatte sich auch alles so schön unkompliziert gefügt, wie Nina es in ihren kühnsten Träumen nicht für möglich gehalten hätte.

Die Zeit mit Alexander rückte mit jedem Tag immer weiter in die Ferne. So weit, dass sie zwischenzeitlich beinahe vergessen hatte, dass sie noch auf seinen Brief antworten wollte. Doch schließlich hatte sie es getan, denn nur so konnte ihre gemeinsame Geschichte einen Abschluss finden.

Sie hatte Alexander ebenso liebevoll geschrieben wie er ihr, mit einem leisen Hauch von Wehmut und Tränen in den Augen.

Und als sie das Kuvert in den Briefkasten gesteckt hatte, war eine Last von ihr gefallen.

Dieser Abschnitt ihres Lebens mit all seinen Höhen und Tiefen war nun zu Ende – ein neuer begann.

»Na, was denkst du gerade? Du siehst so ernst aus«, sagte Kai, der Nina im Sessel gegenübersaß.

»An etwas, das ich gestern erledigt habe, bevor ich hierhergekommen bin«, erwiderte sie. »Nun bin ich wirklich frei für einen Neuanfang.«

»Ich verstehe«, erwiderte Kai.

Und Nina wusste, dass er das tatsächlich tat.

Deshalb stand sie auf, um ihn zu küssen und ihm so nahe wie möglich zu sein.

Sie wusste auch nicht, wieso sie auf einmal derart große Sehnsucht nach Innigkeit und Nähe verspürte und das Gefühl hatte, am liebsten die ganze Welt umarmen zu wollen.

Lag diese wundersame Wandlung ausschließlich an Kai, oder hatte sie selbst sich im Laufe der vergangenen Wochen und Monate verändert?

Diese Frage beschäftigte sie zurzeit beinahe mehr als die nach ihrer beruflichen Zukunft oder dem Ort, an dem sie im kommenden Jahr leben würde.

»Ja, du hast dich verändert, indem du Erkenntnisse über dich selbst gewonnen hast, die zu akzeptieren dir sicher nicht leichtgefallen ist«, hatte Stella ihr gestern bescheinigt, als sie wegen Moritz telefoniert hatten. »Du bist nach der Trennung einen schweren Weg gegangen, hast aber erkannt, dass du – genau wie Alexander – deinen Anteil am Zerbrechen eurer Beziehung hattest und dass ihr beiden schlussendlich unterschiedliche Wünsche und Vorstellungen von einer Partnerschaft habt. Alexander war ein toller und liebenswerter Partner, aber eben nur für diese Lebensetappe, nicht für die lange Zukunftsstrecke. Sei froh und dankbar dafür, dass es ihn gab und ihr diesen Weg eine Weile gemeinsam gehen konntet. Nun hat das Leben euch beiden offenbar die Menschen geschenkt, die für euch bestimmt sind, für die ihr aber früher beide nicht bereit gewesen wäret. Also genieß dieses Glück, denn du hast es dir mehr als verdient.«

Kai erwiderte ihren zärtlichen Kuss und genoss ganz offensichtlich, dass Nina so verschmust war wie eine Katze, anstatt so kratzbürstig zu sein, wie diese eigenwilligen Tiere es häufig waren.

Eine Katze hat eben viele Facetten, dachte Nina und spürte, wie die Wärme des Feuers im Ofen zuerst ihre Wangen zum Glühen brachte und dann ihr Herz.

Und sie spürte, dass es nun an der Zeit war, Kai noch näher zu sein, als sie es bislang gewesen war, sie wollte ihn – und zwar mit Haut und Haaren. Deshalb nahm sie ihn bei der Hand, zog ihn aus dem Sessel hoch und deutete mit einem Kopfnicken in Richtung seines Schlafzimmers.

Über Kais Gesicht breitete sich ein Strahlen aus.

# 35

## Leonie

*N*ach vielen grauen Wolkentagen lugte an diesem Sonntagmorgen im Alten Land zum ersten Mal wieder die Sonne hervor.

Leonie stand am geöffneten Fenster und inhalierte die frische Luft, die so wunderbar nach Herbstlaub, Tannennadeln, reifen Äpfeln und Brennholz duftete.

»Ist dir nicht kalt?«, fragte Markus, der noch im Bett lag und sich verschlafen die Augen rieb. Die Nacht war kurz gewesen, denn sie hatten viel zu besprechen und zu entscheiden gehabt, bevor sie später nach Stade zu ihren Eltern fuhren. »Komm, lass uns noch einen Moment kuscheln, bevor wir uns in die Höhle des Löwen wagen.«

Leonie atmete ein paarmal so tief ein und aus, wie sie konnte. Einige Themen rumorten immer noch in ihr, seit Markus und sie sich wieder versöhnt hatten. Sie wusste, dass sie endlich eine Entscheidung treffen musste, und befragte nicht zum ersten Mal ihr Herz, denn in diesem Fall war der Verstand sicher nicht der richtige Ratgeber.

Unterhalb des Fensters lag der Pensionsgarten in tiefem Schlaf. Die Hortensienblüten hatten sich bräunlich verfärbt genau wie alle anderen Blumen, die ihr sommerlich buntes Kleid gegen den blassen Herbstmantel getauscht hatten.

*Zauberblütenzeit* nannte Nina diese Phase der Verwandlung.

Waren Nina, Stella und sie nicht ebenfalls Zauberblüten, die sich stetig veränderten?, fragte Leonie sich mit Blick auf die Blumenschönheiten. Beide hatten in den vergangenen Wochen so viel in ihrem Leben verändert und sich für Neuerungen geöffnet. War es nicht an der Zeit, dies ebenfalls zu tun?

Beim Blick auf die lilafarbenen und weißen Blüten der Besenheide, die Anke Rohlfs im vergangenen Jahr gepflanzt hatte, dachte Leonie intensiv an ihre Mutter und daran, wie viel sie ihr mit auf den Lebensweg gegeben hatte.

Sie hatte sich stets mit ihr gefreut, sie getröstet, ihr Mut gemacht, sie beraten und ihr immer das Gefühl gegeben, für sie da zu sein, egal, was auch geschah.

Eine warme Welle der Liebe und Dankbarkeit durchströmte ihren ganzen Körper, und mit einem Mal war die Entscheidung gefallen, mit der sie sich bislang so schwergetan hatte.

»Ich werde es mit einer Hormonbehandlung versuchen«, verkündete sie ihren Entschluss, der sich plötzlich trotz aller vorherigen Bedenken goldrichtig anfühlte, und schlüpfte zu ihrem Liebsten ins warme Bett. »Aber nur mit einer. Wenn die nicht fruchtet, überlegen wir gemeinsam, ob wir ein Kind adoptieren oder ein Pflegekind aufnehmen wollen.«

»Bist du dir sicher?«, fragte Markus, dem die freudige Überraschung sichtbar ins Gesicht geschrieben stand. »Du weißt, dass ich dich liebe, unabhängig von der Kinderfrage. Ich habe dir nicht umsonst gesagt, dass es mir in allererster Linie darum geht, mit dir glücklich zu sein, weil du mir mehr bedeutest als alles andere auf der Welt.«

Leonie gab ihm einen langen, sanften Kuss. »Ich weiß, und ich freue mich auch sehr darüber«, murmelte sie und strich sich mit der Hand über den Bauch. »Aber genau deshalb möchte ich es zumindest versuchen und mich nicht aus Angst von vornherein einer Möglichkeit versperren, die zumindest eine gewisse Chance auf ein leibliches Kind in sich birgt.

Nach einem ausgiebigen Frühstück im Bett fuhren beide nach Stade, denn sie wollten vor dem Besuch bei Leonies Eltern noch ein wenig durch das malerische Städtchen bummeln und eine Ausstellung im Kunsthaus am Hansehafen besuchen.

Es war gut, dass im Apfelparadies zurzeit keine Gäste wohnten, denn so konnte Leonie sich den Tag komplett freinehmen.

Markus hatte eine Vertretung für das Elbherz organisiert und den Besuch der Ausstellung *Aufbruch in die Moderne* vorgeschlagen.

»Weißt du eigentlich, wie lange ich nicht mehr einfach so durch Stade gebummelt bin?«, fragte Leonie, die es genoss, Hand in Hand mit Markus die Schaufensterauslagen der kleinen Läden zu betrachten und aufs Neue die wunderschönen Fassaden der größtenteils aus dem 17. Jahrhundert stammenden Fachwerkhäuser zu bestaunen, die dieses Städtchen so einzigartig machten.

»Vermutlich genauso lange nicht mehr wie ich«, sagte Markus und drückte ihre Hand ein kleines bisschen fester. »Das wird sich alles ändern, wenn du die Pension in der Nebensaison schließt und dadurch wieder mehr Zeit für dich gewinnst. Ich finde diese Entscheidung richtig, genau wie die Tatsache, dass Nina ab kommender Woche in den Hofladen mit einsteigen wird. Das lässt dir mehr Spielraum für Gästeakquisition und andere Ideen, die dir helfen werden, das Apfelparadies doch noch einigermaßen rentabel, wenn nicht sogar erfolgreich zu betreiben. Ich bin mir nach wie vor sicher, dass es nur die üblichen Startschwierigkeiten sind, mit denen beinahe jeder zu kämpfen hat, der ein Unternehmen gründet.«

Ebendiesen Satz wiederholte Markus einige Stunden später, nachdem Leonie ihren Eltern bei gedeckter Apfeltorte und Kaffee von den Plänen bezüglich der Pension berichtet hatte.

»Das klingt doch alles ganz wunderbar«, sagte Anke Rohlfs erfreut, wohingegen Leonies Vater sich in Schweigen hüllte. »Ich bin mir sicher, dass es viele Möglichkeiten gibt, ein bisschen Geld in die Kasse der Pension zu spülen, an die bislang keiner von uns gedacht hat. Wir waren einfach alle viel zu sehr damit beschäftigt, Anreize für Touristen zu schaffen, die in der Tat nur in der Hauptsaison hierherkommen wollen.«

»Ich spiele mit dem Gedanken, das Apfelparadies auch als Ort für Tagungen, Firmenfeiern und Konferenzen anzubieten, und werde in den kommenden Tagen Firmen aus Hamburg und dem Umland anschreiben, um ihnen ein entsprechendes Konzept vorzustellen«, sagte Leonie mit besorgtem Seitenblick auf ihren Vater. Es machte sie nervös, dass er so gar keine erkennbare Reaktion zeigte. »Davon würde eventuell auch das Elbherz profitieren, weil das dann das Catering übernehmen oder sogar Essen für die Teilnehmer im Café ausrichten könnte.« In diesem Moment pochte ihr Herz schneller, denn nun war der Moment gekommen, vor dem ihr am meisten graute: Markus und sie mussten Jürgen Rohlfs sagen, dass Markus nicht in die Geschäftsleitung des Obstbetriebs einsteigen würde.

»Aus diesem und aus anderen Gründen muss ich dein freundliches Angebot, mich zum Geschäftsführer zu ernennen, leider ablehnen, lieber Jürgen«, sagte Markus, den Blick unverwandt auf seinen Schwiegervater in spe gerichtet. »Ich danke dir sehr für dein Vertrauen und diese Chance, aber ich weiß, dass ich, egal, ob Leonie und ich allein bleiben oder doch noch ein Kind bekommen, immer in der Lage sein werde, meine künftige Frau oder Familie zu ernähren.«

Stille senkte sich über das Wohnzimmer, Leonie verkrampfte sich innerlich, weil sie fürchtete, dass ihr Vater die Absage nicht gut aufnehmen würde.

Doch wie immer war in Momenten wie diesen Verlass auf Anke, die schnell reagierte, bevor dieser etwas zur Situation des Obsthofes sagen konnte. »Heißt das etwa, dass du dich doch zu einer Hormonbehandlung entschlossen hast?«, fragte sie und schaute ihre Tochter mit leuchtenden Augen an. »Ich meine, weil Markus eben von Familie gesprochen hat.«

Leonie nickte, und ihre Mutter stieß einen Freudenschrei aus. »Das sind ja ganz wunderbare Neuigkeiten«, rief sie und drückte die Hand ihres Mannes. »Natürlich ist mir klar, dass es keine Garantie dafür gibt, dass es klappt, aber ich freue mich, dass ihr es zumindest versuchen wollt. Ach, Kinners, ist das schön zu hören.«

Jürgen Rohlfs räusperte sich, und Leonie wappnete sich innerlich für das, was jetzt unweigerlich kommen würde, nämlich irgendein Einwand oder eine Kritik. »Aber nicht, dass du mir so 'ne Heulsuse wirst oder eine Terrorziege, die sich selbst und ihrer Umgebung auf die Nerven geht«, sagte er und wischte sich zu Leonies großer Überraschung eine Träne aus dem Augenwinkel. »Mir hat schon gereicht, was du in der Pubertät für eine Show abgezogen hast. Das muss ich echt nicht noch mal haben.«

Auch Leonie schossen Tränen in die Augen.

Mit so einer Reaktion hatte sie nun wahrlich nicht gerechnet. »Spaß beiseite, aber du sollst wissen, dass wir voll und ganz hinter dir stehen, meine kleine Leonie Apfel«, fuhr Jürgen fort. »Ich akzeptiere, wenn auch ungern, dass ihr nicht in den Betrieb einsteigen wollt. Also bleibt vorläufig alles beim Alten, zumindest in dieser Hinsicht. Was das andere Thema betrifft, so finde ich eure Entscheidung mutig und möchte euch auf alle Fälle meine finanzielle Unterstützung zusagen, falls es nicht auf Anhieb klappt und ihr euch dazu entschließt, eine weitere Behandlung vornehmen zu lassen. Derartige Eingriffe sind sicherlich teuer, und ihr braucht euer Geld für andere Dinge, wie zum Beispiel die Hochzeitsreise.«

»Danke, Papa, das ist wirklich großzügig«, antwortete Leonie, die mit einem dicken Kloß im Hals und großen Gefühlen zu kämpfen hatte, die sie förmlich überfluteten. »Aber ich werde es nur einmal versuchen. Wenn das fehlschlägt, dann soll es eben nicht sein, und wir adoptieren vielleicht ein Kind.«

»Hach, ist das schön«, rief Anke erneut begeistert aus. »Darauf sollten wir unbedingt mit Sekt anstoßen, solange du noch welchen trinken darfst. Darauf und auf die tollen Pläne hinsichtlich der Pension, des Cafés und vor allem des Hofladens. Meinst du, dass Nina bereit wäre, mal als Gast vor meine Kamera zu treten und Gartentipps zu geben? Meine Zuschauer würden sie lieben, da bin ich ganz sicher, und eine tolle Werbung für den Hofladen wäre es auch. Habt ihr denn schon darüber nachgedacht, ob ihr ihn umbenennen wollt, damit die Touristen wissen, dass man dort ab sofort auch Blumen kaufen kann?«

»Meine Frau, wie immer voll in ihrem Element, wenn es um Werbung und Vermarktung geht«, sagte Jürgen schmunzelnd. »Aber du hast recht, Anke, wir sollten feiern, dass sich die Dinge im Leben unserer Tochter so gut entwickeln und dass sie mit dir, Markus, einen so zuverlässigen und sympathischen Partner gefunden hat.«

Na also, Papa mag ihn doch, dachte Leonie erleichtert.

Es war ihr unendlich wichtig zu wissen, dass ihr Vater den Mann respektierte, den sie heiraten und mit dem sie den Rest ihres Lebens verbringen würde.

»Eine Frage habe ich aber trotzdem noch: Plant ihr zusammenzuziehen, oder werdet ihr weiter hin- und herpendeln?«, wollte Jürgen wissen. Ihm war, wie immer, sehr daran gelegen, dass bei Leonie auch künftig alles in geregelten Bahnen verlief. »Denn spätestens, wenn Leonie schw...«

»Halt! Stopp, Schatz!«, unterbrach Anke ihren Mann energisch. »Hol den Sekt aus dem Kühlschrank, und stell keine Spekulationen darüber an, ob wir bald Großeltern werden oder nicht. Das übt nur Druck auf unsere Tochter aus, und den braucht sie nun wirklich nicht.«

Leonie schenkte Anke einen dankbaren Blick, denn in der Tat war das Problemthema *Wohnen* immer noch nicht ganz gelöst. »Wir möchten auf Dauer natürlich gern zusammenleben und denken gerade darüber nach, das Haus von Martha Hansen zu kaufen, die bald ins Altenheim geht. Wenn alles so klappt, wie wir es uns wünschen, ziehen wir dort gemeinsam mit den Behrendsens ein, allerdings nur, wenn Moritz auch bereit dazu ist. Es wäre natürlich deutlich günstiger, wenn wir die Kosten für den Kauf und die anstehenden Renovierungsarbeiten nicht allein stemmen müssten.«

»Darauf, dass sich alles so fügt, wie ihr beide es euch wünscht«, sagte Jürgen, nachdem alle den *guten* Sekt in ihren Gläsern perlen hatten, und hob das Glas.

Darauf trinke ich natürlich ganz besonders gern, dachte Leonie und gab Markus einen Kuss. Anschließend umarmte sie ihre Eltern.

# 36

## Stella

*N*achdem Stella in Husum beinahe den gesamten Sonntag damit zugebracht hatte, aufzuräumen, zu putzen und den Garten auf Vordermann zu bringen, gönnte sie sich schließlich eine kleine Pause.

Robert war mit den Mädchen nach Nordstrand gefahren, und Moritz war wer weiß wo. Nachts war er daheim gewesen, was sie an dem üblichen Chaos erkannt hatte, das er in der Küche veranstaltet hatte. Doch am frühen Morgen war er erneut verschwunden, und es sprang wieder nur die Mailbox an. Stella versuchte sich, statt fortwährend an Moritz zu denken, am aromatischen Duft des heißen Punsches zu erfreuen, den sie aus dem naturtrüben Apfelsaft aus Leonies Hofladen zubereitet hatte. Sie liebte dieses Getränk, das man im Handumdrehen aus dem Saft, Ingwer, Zimt, Sternanis und einer Orange zaubern konnte. Es wärmte Leib und Seele und ließ so manchen Kummer zumindest für eine Weile in den Hintergrund treten.

*Äpfel aus dem Alten Land …*

Der Duft des Punsches entführte Stella in einen Landstrich, den sie mindestens so sehr liebte wie Hamburg und Husum und an den auch ihre Freundinnen ihr Herz verloren hatten.

Nun schien es, als führten alle Wege nach Olland – so der plattdeutsche Name –, der Kulturlandschaft mit den Obsthöfen, Prunkpforten, Windmühlen, Herrensitzen, Brauttüren und Fachwerkhäusern, den Deichen, Sandstränden und den Flüssen Elbe, Schwinge und Lühe.

Nina besuchte heute zum ersten Mal Kai in Steinkirchen.

Leonie und Markus waren bei den Rohlfs in Stade eingeladen.

Stella konnte nicht leugnen, dass die Aussicht darauf, womöglich bald gemeinsam mit Leonie und Markus in einem Haus zu leben, sie mit unbändiger Freude erfüllte.

Das alte Fachwerkhaus am Rande von Steinkirchen war groß genug für zwei Familien, im Grunde bot es sogar auch noch Platz für Nina und weitere Personen, das wusste Stella durch gemütliche Abende, die sie alle gemeinsam bei Markus verbracht hatten, nachdem dieser dort eingezogen war.

Die derzeitige Besitzerin Martha Hansen stammte aus einer Großfamilie, doch war es ihr leider nicht vergönnt gewesen, selbst eine solche zu gründen.

Halt! Stopp!, rief Stella sich zur Ordnung, als sie sich dabei ertappte, im Geiste Umbaumaßnahmen vorzunehmen und die künftige Wohnung einzurichten. Doch trotz der Mahnung an sich selbst konnte sie nicht anders: Sie schnappte sich den Skizzenblock, um erste Ideen und Entwürfe zu Papier zu bringen, die ihr so leicht von der Hand gingen, als hätte sie zeitlebens darauf gewartet, sie zu kreieren.

Doch so wie Moritz sich gerade verhielt, standen die Chancen denkbar schlecht, dass er sich für die Pendelei oder gar für einen Umzug nach Steinkirchen entschied.

Mit einem Mal stellte sich Stella die bange Frage, ob es überhaupt erlaubt war, einen sechzehnjährigen Jungen »allein« bei Freunden zu lassen, schließlich war Moritz noch nicht volljährig.

Also nahm sie das Tablet, googelte die Stichwörter *Allein wohnen*, *Aufsichtspflicht* und *16-jährig* und wurde sofort fündig: Gemäß Aufenthaltsbestimmungsrecht durften Jugendliche ab 16 Jahren mit Zustimmung der Eltern allein oder auch bei Freunden wohnen.

Rein rechtlich gab es also offenbar keine Probleme.

Während Stella weiter vor sich hin sinnierte, drehte sich der Schlüssel im Schloss, Robert und die Mädchen waren früher von ihrem Ausflug zurückgekehrt als geplant.

»Mama, es hat geregnet«, informierte Emma sie mit derart vorwurfsvollem Blick, als hätte Stella eigenhändig die Regendusche über Nordstrand aufgedreht.

»Lilly mag Regen«, erklärte Lilly und zeigte voller Stolz ihren kleinen, himmelblauen Regenschirm mit lachenden Sonnen, den Nina ihr Anfang des Jahres geschenkt hatte.

»Hallo, meine Süßen, da seid ihr ja wieder«, rief Stella und umarmte zuerst ihre beiden Töchter und dann Robert.

Alle drei dufteten wunderbar nach frischer Luft, Wind und Nordsee. »War's denn trotzdem schön?«

»Aber klar war es das«, erwiderte Robert, und Emma präsentierte die Ausbeute an Muscheln, Steinen, Treibholz und einer toten Krabbe, die die Mädchen in einem Eimer gesammelt hatten. »Schade, dass du nicht dabei warst.«

Dann fiel sein Blick auf Stellas Skizzen und einige Schlagwörter wie Lehm, naturnah und Solar, die sie daraufgekritzelt hatte. »Was hast du denn bitte schön mit dem Lehm vor, willst du eine Hütte bauen?«

Stella lachte. »Nein, ich würde nur gern die Wände mit Farbe streichen lassen, die frei von Lösungs- und Giftstoffen ist, atmungsaktiv und feuchtigkeitsregulierend. Es wäre schön, wenn die Mädchen in Räumen leben, die so naturnah wie möglich gestaltet sind. Mit dem Umzug in Marthas Haus hätten wir unendlich viele Möglichkeiten, neue Dinge umzusetzen, die ich schon lange gern ausprobieren möchte, die ökologisch korrekt und nachhaltig sind. Vorausgesetzt natürlich …«

Erst jetzt bemerkte Stella, dass Lilly und Emma sie mit großen Augen anschauten und natürlich jedes ihrer Worte mit angehört hatten, obgleich sowohl Robert als auch Stella es bislang tunlichst vermieden hatten, in der Gegenwart ihrer Töchter von einem möglichen Umzug zu sprechen.

»Wo ziehen wir hin?«, fragte Emma. »Nach Hamburg zu Nina?«

»Was ist umziehen?«, wollte Lilly wissen und blickte mit weit aufgerissenen Augen von Robert zu Stella und dann wieder zu ihrer Schwester.

»Umziehen heißt, in einer anderen Wohnung oder in einem neuen Haus zu wohnen. Manchmal sogar in einer anderen Stadt«, erklärte Robert, setzte sich zu Stella aufs Sofa und zog Lilly auf seinen Schoß. »Mama und ich denken darüber nach, zu Leonie nach Steinkirchen zu ziehen, haben uns aber noch nicht entschieden.«

»Zu Leonie?«, fragte Emma mit kiekser Stimme und setzte sich dicht neben Robert auf die Couch. »Das wäre voll cool.«

»Voll cool«, echote Lilly, der es offensichtlich Schwierigkeiten bereitete, dem zu folgen, was da gerade vor sich ging.

»Und wann ist das? Und wie kommen wir dann in den Kindergarten?«, bohrte Emma weiter, offensichtlich war ihr nicht ganz klar, dass so ein Umzug bedeutete, dass sie ihre Kindergartenfreundinnen würde verlassen müssen.

»Also erstens steht das noch gar nicht fest«, meldete sich nun Stella zu Wort, und zweitens würdet ihr dann natürlich in Steinkirchen in den Kindergarten gehen. Der ist direkt bei der Schule, dort, wo ihr manchmal auf dem Spielplatz wart, wenn wir Leonie besucht haben.«

»Der ist toll«, befand Lilly, und Emma nickte eifrig. »Da ziehe ich gern hin.«

»Na, dann wäre ja alles geklärt«, erwiderte Robert schmunzelnd und legte seinen Arm um Emmas Schulter.

*Oder auch nicht,* dachte Stella bedrückt und suchte traurig den Blick ihres Mannes.

In diesem Moment öffnete sich erneut die Eingangstür, und Moritz kam rein, gefolgt von seinem Freund Jonas.

Jonas sagte freundlich: »Hallo.«

Moritz schaute hingegen wortlos in die Runde.

Stella klopfte das Herz bis zum Hals, weil sie ahnte, dass sich in diesem Moment alles entscheiden würde.

»Jonas' Mutter lässt ausrichten, dass ihr sie anrufen sollt, um zu besprechen, wie das Ganze laufen wird, wenn ich bei Jonas wohne«, sagte Moritz unvermittelt, und sein Freund grinste breit.

»Ehrlich?«, fragte Robert sichtlich überrascht. »Bist du dir da auch ganz sicher?«

»Ganz sicher«, erwiderte Moritz. »Aber nur unter der Bedingung, dass ich in Husum bleiben kann, wenn Konzerte und Gigs anstehen. Und dass ich in Steinkirchen trotzdem mein eigenes Zimmer bekomme. So lieb ich euch beiden Süßen auch habe«, fuhr er zu Emma und Lilly gewandt fort, »aber Jungs in meinem Alter brauchen definitiv ihre Privacy.«

»Was ist das?«, wollte Lilly wissen, während Stella vor lauter Freude am liebsten die ganze Welt umarmt hätte.

Unfassbar!

Ihr Traum wurde also doch noch Wirklichkeit.

»Ich bin gleich wieder da«, rief sie entschuldigend in die Runde und gab Robert im Hinausgehen einen Kuss auf die Wange.

Ihr Herz klopfte und pochte vor Aufregung, als sei sie gerade frisch verliebt und wolle diese großartige Neuigkeit der ganzen Welt verkünden.

In der Tat konnte sie es kaum erwarten, Leonie und Nina zu erzählen, dass sie bald alle wieder vereint wären.

Gemeinsam am Ort ihrer Träume.

Im Alten Land.

Freundinnen für immer.

# Rezepte

## Elisas Pflaume-liebt-Apfel-Marmelade

### Zutaten:

- ❧ 450 g Gelierzucker 3:1
- ❧ 650 g geschälte, klein gewürfelte süße Äpfel, mit etwas Zitronensaft vermengt (ca. ½ Bio-Zitrone)
- ❧ 750 g entkernte, grob gewürfelte süße rote Pflaumen
- ❧ ½ gemahlene Tonkabohne
- ❧ Saft einer halben Bio-Zitrone
- ❧ Abrieb einer halben Bio-Orange

### Zubereitung:

1. Das gewürfelte Obst in einen Topf geben. Für ein extra tolles Marmeladenaroma nutze ich einen Kupfertopf. Den Gelierzucker dazugeben und 3 bis 4 Minuten sprudelnd kochen lassen.
2. Den Topf von der Herdplatte nehmen, das Obst pürieren und eine Gelierprobe durchführen.
3. Anschließend den Topf wieder auf die noch warme (nicht heiße) Kochplatte stellen.
4. Die Prisen der Tonkabohne, Zitronensaft und Orangenabrieb dazugeben und umrühren.

5. Die Marmelade in sterile Gläser füllen, einige Minuten auf den Kopf stellen, und fertig ist eure Pflaume-liebt-Apfel-Marmelade.

Für unsere Pflaume-liebt-Apfel-Marmelade nutzen wir den weniger süßen Gelierzucker 3:1, da unser Obst bereits eher süß als sauer ist. Solltet ihr weniger oder mehr gewürfeltes Obst zur Verfügung haben, empfehle ich, den Zucker im Verhältnis 3:1 anzupassen.

## Elisas Pflaume-liebt-Apfel-Marmelade mit Schuss
*(angelehnt an unser Vereinsgetränk HSG Handball sauer)*

### Zutaten:
- 450 g Gelierzucker 3:1
- 650 g geschälte, klein gewürfelte süße Äpfel, mit etwas Zitronensaft vermengt (ca. ½ Bio-Zitrone)
- 750 g entkernte, grob gewürfelte süße rote Pflaumen
- 6 cl Amaretto oder nach Geschmack auch mehr
- Saft einer Bio-Orange
- Abrieb einer Bio-Zitrone

### Zubereitung:
1. Das gewürfelte Obst in einen Topf geben. Für ein extra tolles Marmeladenaroma nutze ich einen Kupfertopf. Den Gelierzucker dazugeben und 3 bis 4 Minuten sprudelnd kochen lassen. Nach 2 Minuten den Amaretto hinzugeben.
2. Den Topf von der Herdplatte nehmen, das Obst pürieren und eine Gelierprobe durchführen.
3. Anschließend den Topf wieder auf die noch warme (nicht heiße) Kochplatte stellen.

4. Den Orangensaft und Zitronenabrieb dazugeben und umrühren. Wer sich traut, gibt noch etwas Amaretto hinzu.
5. Die Marmelade in sterile Gläser füllen, einige Minuten auf den Kopf stellen, und fertig ist eure Pflaume-liebt-Apfel-Marmelade mit Schuss.

Für unsere Pflaume-liebt-Apfel-Marmelade mit Schuss nutzen wir den weniger süßen Gelierzucker 3:1, da unser Obst bereits eher süß als sauer ist. Solltet ihr weniger oder mehr gewürfeltes Obst zur Verfügung haben, empfehle ich, den Zucker im Verhältnis 3:1 anzupassen.

(Quelle: https://rorezepte.com/)

# Kürbis-Apfel-Suppe

*Zutaten für 8 Portionen:*

*Topping und Croûtons:*
- 200 g Rote Bete
- 2 Stiele Thymian
- Zucker
- Salz, Pfeffer
- 1 EL Weißweinessig
- 1 EL Olivenöl
- 2 Toastbrotscheiben
- 20 g frischer Ingwer
- 20 g Butter
- 4 Stiele Kerbel

*Suppe:*

- 150 g Zwiebeln
- 800 g Hokkaido-Kürbis
- 2 EL Öl
- ½ TL Currypulver
- 400 ml Gemüsefond
- Salz, Pfeffer
- 1 säuerlicher Apfel (z. B. Granny Smith)
- 150 ml Schlagsahne
- 4 EL Zitronensaft

## Zubereitung:

1. Für das Topping die Rote Bete schälen, in dünne Scheiben hobeln (oder schneiden) und in sehr feine Streifen schneiden. Thymianblätter von den Stielen streifen und fein schneiden. Rote Bete und Thymian in einer Schale mit 1 TL Zucker, etwas Salz, Pfeffer, Essig und Olivenöl mischen. Mit den Fingern durchkneten (unbedingt mit Einweghandschuhen arbeiten!), sodass die Rote-Bete-Streifen weich werden. 30 Minuten ziehen lassen.

2. Für die Suppe Zwiebeln in feine Streifen schneiden. Kürbis waschen, halbieren und entkernen. Kürbis in 2–3 cm große Stücke schneiden. Öl in einem Topf erhitzen, Zwiebeln darin glasig dünsten. Currypulver zugeben und kurz andünsten. Kürbis zugeben und mit Gemüsefond und 500 ml Wasser auffüllen. Leicht mit Salz und Pfeffer würzen und zugedeckt bei mittlerer Hitze 20 Minuten kochen. Apfel schälen, vierteln, entkernen und grob in Stücke schneiden. Nach 10 Minuten der Garzeit die Apfelstücke in die Suppe geben.

3. Inzwischen für die Ingwer-Croûtons das Toastbrot entrinden und in ca. 5 mm große Würfel schneiden. Ingwer schälen und in sehr feine Würfel schneiden. Butter in einer kleinen Pfanne

erhitzen, Brotwürfel darin bei mittlerer Hitze in 3–5 Minuten goldbraun rösten. Nach 2 Minuten Ingwer zugeben. Croûtons auf Küchenpapier abtropfen lassen.

4. Kerbelblätter vom Stiel zupfen. Sahne in die Suppe geben, kurz aufkochen lassen und mit dem Schneidstab sehr fein pürieren, mit Salz und Zitronensaft abschmecken. Suppe in tiefe Teller füllen und mit Rote-Bete-Streifen, Ingwer-Croûtons und Kerbel anrichten. Suppe sofort servieren.

(Quelle: Essen und Trinken)

# Rezepte vom Biohof Ottilie

## Quitten-Sellerie-Suppe

### Zutaten:

- 3 Birnen-Quitten, alternativ Apfel-Quitten
- 1 mittelgroße Sellerieknolle
- 4 größere, mehlig kochende Kartoffeln, geschält
- 3 kleine Pastinaken, alternativ Petersilienwurzeln
- 1 kleinen Staudensellerie – Selleriegrün
- ½ l Gemüsefond
- ½ l Quittensaft
- ca. ½ l Milch, alternativ Pflanzenmilch
- Salz
- Pfeffer
- Agavendicksaft, alternativ Honig
- 4 – 6 EL geschlagene Sahne, alternativ Pflanzensahne
- Sonnenblumenöl
- Etwas Butter, alternativ pflanzliche Margarine

### Zubereitung:

1. Kartoffeln, Sellerie und Pastinake schälen und in Stücke schneiden. Zur Seite stellen.
2. Quitten abreiben und waschen. Zwei Quitten halbieren, entkernen und in grobe Würfel schneiden.
3. In einem großen Topf die Quittenwürfel mit dem Öl leicht andünsten, die Kartoffeln und die Pastinaken dazugeben. Mit dem Gemüsefond und dem Quittensaft garen. Nach der Gar-

zeit fein pürieren. Mit der Milch langsam ganz glatt verrühren. Mit Salz und Pfeffer sowie Agavendicksaft abschmecken. Suppe warm stellen, dabei gelegentlich umrühren.

4. Die übrige Quitte schälen, entkernen und fein würfeln. In zerlassener Butter erwärmen und mit Honig oder Agavendicksaft leicht karamellisieren. Zur Seite stellen.

5. Den Staudensellerie waschen, trocknen – das Grün zur Seite stellen. Den Staudensellerie ca. 5 Minuten bei 120 Grad dampfgaren, abschrecken und anschließend in ganz dünne Scheiben schneiden. Zur Seite stellen. Das Grün fein hacken. Zur Seite stellen.

6. Die Suppe in vorgewärmte Teller gießen. Die Quitten und den Staudensellerie dazugeben, mit Schlagsahne und Selleriegrün verzieren.

Dazu passt ein kräftiges Schwarzbrot.

## Winterliche Wurzel-Frittata

*Zutaten:*
- Auflaufform rechteckig
- Gemischtes Gemüse (Reste aus dem Kühlschrank), ungefähr 700 g (Knollensellerie, Möhren, Rote Bete, Pastinaken, Wurzelpetersilie, Kürbis, Gelbe Bete, Kartoffeln, Steckrübe)
- 2 Zwiebeln oder Schalotten
- 1 größere Knoblauchzehe
- 5 EL gutes Bratöl (Oliven-, Sonnenblumen- oder Rapsöl)
- 3 EL gemischte und gehackte Kräuter (Schnittlauch, Petersilie, Rosmarin oder Thymian)

- 8 Bio-Eier in Größe M
- Salz
- Weißer Pfeffer
- 40 g geriebener Hartkäse (oder auch Reste von verschiedenen Käsen aus dem Kühlschrank)
- 1 Kopf winterlicher Blattsalat (Postelein, Feldsalat, Rübstiel, Endivie)

*Für die Vinaigrette:*
- 1 Knoblauchzehe, geschält und gepresst
- 1 TL Senf
- Etwas Salz und Pfeffer
- 2 EL Himbeeressig
- 6 EL Olivenöl

### Zubereitung:

1. Den Backofen auf 200 Grad vorheizen.
2. Die Gemüse entsprechend schälen, den Kürbis entkernen, in ½ cm dicke Scheiben oder in 2 cm große Würfel schneiden.
3. Die geschnittenen und gewürfelten Gemüse in eine rechteckige Auflaufform geben.
4. Den Knoblauch fein hacken, mit Salz und Pfeffer sowie den 5 EL Öl vermischen und gleichmäßig auf das Gemüse verteilen. Dabei das Gemüse verrühren. In den heißen Ofen geben und insgesamt 45 Minuten garen, dabei zwischendurch umrühren.
5. In der Zwischenzeit Eier, gehackte Kräuter und Salz und Pfeffer verrühren. Zur Seite stellen. Den Blattsalat zubereiten, waschen und trocken schleudern. Kleinzupfen oder fein schneiden und in eine Schüssel geben.
6. Für die Vinaigrette alle Zutaten in ein sauberes, leeres Marmeladenglas geben und miteinander vermischen.

7. Nach 45 Minuten die Form aus dem Ofen nehmen, die Kräutereier gleichmäßig auf dem Gemüse verteilen und mit dem Käse bestreuen.
8. Sobald das Ei gestockt ist, ca. nach 10–15 Minuten, aus dem Ofen nehmen und zusammen mit dem Blattsalat servieren.

## Rigatoni mit frischer Tomatensoße

*Zutaten:*
- 1 kg sonnengereifte Tomaten (zimmerwarm)
- 1 großes Bund frisches Basilikum
- 2 Knoblauchzehen
- 8–10 EL gutes Olivenöl
- Salz
- Weißer Pfeffer
- ca. 60 g Parmesan – frisch gerieben
- 350 g Rigatoni

*Zubereitung:*
1. Die Tomaten waschen, Stielansätze entfernen und in kleine Würfel schneiden. In eine Schüssel geben.
2. Das Basilikum vorsichtig abbrausen, trocken schleudern, die Blätter abzupfen und grob hacken. Zu den Tomaten geben. Mit Salz und Pfeffer würzen, die Knoblauchzehen schälen und pressen, alternativ ganz fein hacken. Mit dem Öl vermischen und zu den Basilikum-Tomaten geben. Abdecken und zur Seite stellen.
3. In einem großen Topf reichlich Wasser für die Nudeln zum Kochen bringen, etwas Salz in das Kochwasser geben.

4. Sobald das Wasser kocht, die Rigatoni al dente kochen. Abgießen, abtropfen lassen und auf vorgewärmten Tellern anrichten.
5. Die zimmerwarme frische Tomatensauce darübergeben und eventuell mit Parmesan bestreuen.
6. Dieses Gericht ist für vier Personen berechnet und passt in den Sommer.

# Gefüllte Kohlwickel

*Zutaten für vier Personen:*

- Etwas Zeit, eine Prise Liebe und Feingefühl
- 12 Blätter vom großen Wirsingkohl oder mehreren kleineren
- 8–10 EL Pflanzensahne

*Tomatensoße:*
- 4 EL Olivenöl
- 2 Zwiebeln, gehackt
- 3 Lorbeerblätter
- Einige Zweige guten Thymian, ersatzweise getrocknet
- 3 Möhren, geschält, grob gehackt
- 3 Stangen Staudensellerie, ohne Fasern und fein geschnitten
- 6 Knoblauchzehen, fein gehackt
- 1,5 kg frische, reife Tomaten – gehäutet, gehackt oder ersatzweise geschälte Tomaten aus der Dose (Herbst/Winter)
- Agavendicksaft, alternativ Dattelsirup oder Reissirup
- Gutes Salz, frisch gemahlener weißer Pfeffer

*Füllung:*

- 🌀 160 g Linsen – Alblinsen oder Beluga-Linsen
- 🌀 1 EL Olivenöl
- 🌀 1 Zwiebel, gehackt
- 🌀 2 Knoblauchzehen, fein gehackt
- 🌀 60 Datteln ohne Kern – grob gehackt
- 🌀 60 g Walnusskerne, grob gehackt
- 🌀 Fein abgeriebene Zitronenschale einer Bio-Zitrone
- 🌀 1 Bund Petersilie, gehackt
- 🌀 1 EL Dill, gehackt
- 🌀 1 kleine Chilischote, geteilt und fein gehackt
- 🌀 2 EL Apfelmark, alternativ Sud von eingelegten Kichererbsen

*Zubereitung:*

1. Zuerst die Tomatensoße zubereiten.
2. Das Öl in einem Topf bei schwacher Hitze erwärmen. Zwiebel, Lorbeer und Thymian ca. 10 Minuten dünsten, bis die Zwiebel weich wird. Möhren und Sellerie hinzufügen und weitere 5 Minuten dünsten. Den Knoblauch einrühren und 1 Minute mitdünsten. Die Tomaten mit ihrem Saft hinzufügen. Mit Salz, Pfeffer und nach Wunsch mit Dicksaft würzen und mindestens 15 Minuten leise köcheln lassen, bis die Soße eindickt.
3. Den Ofen bei 180 Grad vorheizen.
4. Dicke Rippen der Kohlblätter mit dem Messer oder dem Gemüseschäler leicht abhobeln. Einen Topf mit leicht gesalzenem Wasser zum Kochen bringen, alternativ dämpfen. Die Kohlblätter 2–3 Minuten blanchieren, unter kaltem Wasser abschrecken, abtropfen lassen und trocken tupfen.
5. Für die Füllung die Linsen nach Packungsanweisung garen.
6. Die Zwiebel und den Knoblauch im Olivenöl dünsten, bis diese glasig sind. Nicht anbräunen lassen.

7. Die Zwiebel mit dem Knoblauch in eine Schüssel geben. Die Walnüsse, die Datteln und die Linsen sowie die Zitronenschale dazugeben. Miteinander verrühren. Anschließend die gehackten Kräuter und die Chiliflocken unterheben. Zum Schluss das Apfelmark in der Mischung verrühren. Großzügig mit Salz und Pfeffer würzen und gut vermischen.

8. Jeweils in die Mitte eines blanchierten Kohlblattes einen großen Esslöffel Füllung geben, das Ende darüberschlagen, dann die Seiten einschlagen und »aufwickeln«. Mit der Verschlussseite nach unten in eine mit Öl gefettete Auflaufform legen. So weiter verfahren, bis alle Wickel einen Platz in der Auflaufform haben.

9. Die Tomatensoße über die Kohlwickel geben, mit etwas Pflanzensahne betupfen und mit Pfeffer bestreuen. Im Ofen ca. 30–35 Minuten backen. Nach Geschmack mit weiterer Pflanzensahne servieren.

Dazu schmeckt ein frischer Endiviensalat.

# »Lieblingsstück« bei Ottilie
*Rohvegane Verführung*

**Zutaten:**

- 250 g Mandeln mit Haut
- 250 g entsteinte Bio-Datteln (Medjool, Deglet Nour)
- 250 g Cashewnusskerne, alternativ 300 g gewaschene Zucchini und 2 gestrichene EL Flohsamenschalen!
- 1 Banane ohne Schale – hochreif, alternativ eine andere hochreife Frucht ohne Schale
- Etwas Zitronensaft – naturtrüb/biozertifiziert

🌿 Wer möchte, 3 EL Kakao, ungesüßt, alternativ 100 g Kakao-bohnen, vermahlen

🌿 Verschiedenste Früchte entsprechend vorbereitet, saisonal, ess-reif (oder Reste – alle roh)

🌿 Minze oder Melisse-Blättchen zum Garnieren

## *Zubereitung:*

1. Zunächst die Mandeln in einem Hochleistungsmixer vermahlen, umfüllen, zur Seite stellen.

2. Die entsteinten Datteln im Hochleistungsmixer sehr fein hacken, anschließend die gehackten Mandeln dazugeben. Beide Produkte gut miteinander vermengen/verkneten, geht auch per Hand (allerdings mühseliger).

3. Wer keinen Hochleistungmixer besitzt, nutzt nacheinander einen Blitzhacker, wer dies nicht hat, nutzt ein scharfes, sehr gutes Messer und hackt mit viel Leidenschaft selbst.

4. Eine 26er-Springform am Boden mit Backpapier auskleiden, den Rand freilassen, sofern dieser unbeschädigt ist. Ist dieser beschädigt, entsprechend Backpapier als Streifen zuschneiden, sodass am Ende der gesamte (!) Springformrand mit Papier belegt ist.

5. Dattel-Mandel-Gemisch einfüllen und festdrücken. Eine Stunde kühlen. Vor Ende der Kühlzeit Cashewnüsse oder deren Alternative sehr fein hacken, die Banane oder deren Alternative hinzugeben, 1 EL Zitronensaft zufügen und alle Zutaten miteinander feinrühren. Auf den Dattel-Mandel-Boden geben. Kühl stellen.

6. Die Früchte (der Kreativität sind keinerlei Grenzen gesetzt) vorbereiten, klein schneiden und auf dem Nuss-Frucht-Püree verteilen.

7. Wir gehen mit unserem rohveganen Lieblingsstück durch die Saison. Nehmt Erdbeeren pur, Heidelbeeren, Erdbeeren/Hei-

delbeeren, Ananas/Kiwi/Kirschen, Orangen/Grapefruit/Granatäpfel ...

8. Die Torte bis zum Servieren kühl stellen. Wer mag, garniert diese mit frischen Minzeblättchen oder frisch gerösteten Mandelblättchen.

Das Lieblingsstück schmeckt frisch am besten, einen Tag später aber auch noch fein.

## Apfeltorte mit Wolkensahne

*Zutaten:*

*Teig:*
- 250 g Süßrahmbutter
- 180 g Zucker
- 2 Eier
- 300 g Dinkelmehl 1050
- 2 TL Backpulver
- 150 g gehackte Walnüsse oder Mandeln
- Zucker und Zimt

*Füllung:*
- 12 säuerliche Äpfel
- ¾ l Weißwein oder Apfelsaft
- 2 EL Zucker
- 9 Blatt Gelatine, alternativ Agar-Agar-Pulver
- ¾ l Sahne mit sehr guter Qualität (alternativ Sahnesteif benutzen)

*Zubereitung:*

1. Einen Rührteig aus Butter, Zucker, Mehl und Eiern sowie dem Backpulver herstellen. In drei gleichen Teilen auf Springformböden mit 26 cm Durchmesser geben bzw. nacheinander drei Böden backen. Jedes Mal vor dem Backen Walnüsse oder Mandeln, Zucker und Zimt zu gleichen Teilen auf die Böden streuen.

2. Bei 180 Grad ca. 20 Min. (bronzefarben) backen.

3. 1 Boden nach dem Backen sofort gleichmäßig in 10–12 Stücke zerteilen, zur Seite stellen.

4. Aus den Äpfeln mit dem Apfelsaft (oder Wein) ein Kompott zubereiten. In der Zwischenzeit die Gelatine einweichen und direkt in das fertige Kompott geben. Über Nacht abkühlen lassen.

5. Einen Tortenring um den ersten Boden spannen und die Apfelmasse einfüllen, gleichmäßig verteilen, zweiten Boden daraufsetzen, ca. 2 Stunden kühl stellen.

6. Sahne steif schlagen und auf den zweiten Boden wolkenartig spritzen. Anschließend die Fächer in die Sahne setzen. Die Torte bis zum Servieren kühlen.


## Rhabarberschmandtorte mit Walnuss-Crumble-Topping


*Zutaten:*

*Für den Pudding:*

🍏 ½ l Apfelsaft mit 35 g Stärkemehl zu einem Pudding verkochen, mit einer guten Prise Vanillezucker (selbst gemacht) verfeinern, zur Seite stellen.

*Für den Belag:*

- 650 g frischen Rhabarber putzen und in ca. 1,5 cm große Stücke schneiden, beiseitestellen.

*Für den Boden:*

- 1 Ei
- 125 g kalte Biolandbutter (wir benutzen grundsätzlich Süßrahmbutter)
- 250 g Bioland-Dinkelmehl 1050
- 80 g Bioland-Rübenzucker
- 1 Prise Zitronenabrieb einer Bio-Zitrone, abgewaschen

**Zubereitung:**

1. Aus diesen Zutaten einen Mürbeteig herstellen.
2. Den Teig in eine vorbereitete Springform mit 26 cm Durchmesser füllen, einen Rand von 4 cm Höhe herstellen, den Boden gleichmäßig ausfüllen.
3. Den geputzten Rhabarber auf den Boden verteilen, den gekochten Apfelpudding auf den Rhabarber geben und bei 180 Grad ca. 30 Minuten backen. Erkalten lassen.

In der Zwischenzeit das Walnuss-Crumble zubereiten.

- 40 g Bioland-Walnusskerne, fein hacken
- 40 g Bioland-Butter
- 60 g Bioland-Rübenzucker
- 60 g Bioland-Buchweizenmehl Vollkorn

1. Zu einem Crumbleteig verarbeiten und bei 180 Grad auf einem Blech bronzegolden backen. Sofort nach dem Backen mit zwei Gabeln in verschieden große Stücke zerteilen und auseinanderziehen. Erkalten lassen.

2. Den Springformrand entfernen, einen Tortenring um den Kuchen legen. Wer keinen Tortenring hat, löst den Springformrand einmal, reinigt diesen und legt ihn wieder um das Backgut. (Bitte nur unbeschädigte Springformränder benutzen.)

🌸 400 g Bioland-Schmand mit
🌸 300 g geschlagener Sahne

verrühren und locker auf den gebackenen Rhabarber-Apfel-Pudding geben. Eine halbe Stunde kalt stellen. Das Walnuss-Crumble direkt vor dem Servieren auf die Schmand-Sahne-Creme streuen und anschließend den Tortenring entfernen.

# Ringelblumen-Zucker

*Zubereitung:*
1. 1-Liter-Gefäß mit Ringelblumenblüten aus dem Kräuterbeet füllen.
2. Die Blütenblätter abzupfen, sie sollten ca. 30 g ergeben.
3. 300 g Zucker abwiegen.
4. Die Blütenblätter mit dem Zucker vermischen, bis eine feine, leichte, feuchte »Sandmasse« entsteht.
5. Diese Masse auf einem Backpapier verteilen und bei 35–40 Grad Celsius im Backofen ca. 2 Stunden trocknen.
6. Während des Trocknens den Zucker immer wieder durchrühren, damit sich keine Klümpchen bilden. Am Ende der Trocknungszeit den Zucker nochmals mixen, sodass dieser schön fein ist. In luftdichte Gläser abfüllen.

Der Zucker eignet sich hervorragend zum Färben von Kuchenteig, zum Garnieren von Desserts, Keksen usw.

Wir stäuben den Ringelblumenzucker gern unmittelbar vor dem Servieren auf den Teller, bevor wir das Tortenstück darauflegen.

## Apfelstrudel mit Vanillesoße

*Zutaten:*
- 1 kg säuerliche Äpfel
- 60 g Rosinen
- 60 g Honig
- 1 EL Apfelsaft oder Rum
- 1 EL Zimt
- 30 g Butter
- Strudelteig, frisch oder TK

*Zubereitung:*
1. Rosinen, Honig und Apfelsaft oder Rum mischen und einige Stunden ziehen lassen. Äpfel schälen, vom Kerngehäuse befreien und klein schneiden. Rosinen-Honig-Mischung, Äpfel und Zimt gut vermischen. Die Butter zerlassen. Den ausgerollten Teig mit zwei Drittel der flüssigen Butter bestreichen. Das Apfelgemisch darauf verteilen und dabei ringsum etwa 3 Zentimeter Rand frei lassen. Die seitlichen Ränder einschlagen und den Teig mithilfe eines Geschirrtuchs zu einem Strudel aufrollen. Den Strudel vorsichtig vom Geschirrtuch auf ein gefettetes oder mit Backpapier ausgelegtes Backblech rollen. Mit der restlichen Butter (oder auch Ei) bestreichen.
2. In den kalten Ofen schieben und bei 200 Grad backen.

*Vanillesoße:*

- 175 g Zucker
- ¾ l Milch
- 2 Eigelb
- 1 Vanilleschote

## Zubereitung:

Die Milch mit der Vanilleschote und der Hälfte des Zuckers aufkochen. Die Eigelbe mit dem restlichen Zucker verrühren. Die
kochende Milch in die Eimasse geben und über einem Wasserbad
simmern lassen, danach durch ein feines Sieb geben.

(Quelle: Rezept mit freundlicher Genehmigung vom Kochsalon im Restaurant
Atlas: https://www.atlas.at/)

# Nachwort und Danksagung

Viele Leserinnen haben mich gefragt, wie es im Leben von Leonie, Nina und Stella weitergeht, weil sie sehr an diesem Freundinnen-Trio hängen. Mit großer Freude habe ich ihren Wunsch erfüllt und begonnen, diesen Roman zu schreiben. Es hat riesigen Spaß gemacht, erneut in die Welt der »Villa-Mädels« einzutauchen. Da auch in diesem Roman viel gekocht und geschlemmt wird, liegt es natürlich nahe, wieder Rezepte abzudrucken.

Hier gilt mein besonderer Dank Elisa vom wundervollen Blog RoRezepte (https://rorezepte.com). Ich habe sie gefragt, ob sie Lust hat, ein Rezept für die Marmelade *Apfel liebt Pflaume* zu kreieren, und sie hat mit Freude Ja gesagt. Nach einer Verkostung auf der Frankfurter Buchmesse habe ich beschlossen, hier beide Varianten (also mit und ohne den Schuss Amaretto) abzudrucken. Viel Freude beim Nachkochen und Schlemmen.

Ein ganz, ganz großer Dank geht an Kerstin Hintz vom großartigen Biohofcafé Ottilie im Alten Land (https://www.biohof-otti-lie.de/), in dem ich schon zahllose Nachmittage unter Bäumen verbracht und dabei köstliche Kuchen vernascht habe. Kerstin hat extra für den Roman ihr persönliches Rezepte-Schatzkästchen geöffnet, eine wirklich große Ehre! Sollten Sie mal in der Region sein, besuchen Sie unbedingt das Café und den Hofladen. Sie werden genauso bezaubert sein wie ich. Folgen Sie der engagierten und kreativen Landfrau auch auf Facebook und Instagram – allein die Bilder machen große Lust, sie im Alten Land zu besuchen.

Cara Becker danke ich für das emotionale Gedicht, das Nina in der *Oyster Bar* zum kleinen Star macht. Folgen Sie der tollen Fotografin und ihren wunderschönen Hamburg-Bildern auf Instagram unter @alster.ahoi, und erfreuen Sie sich an ihrem großartigen Gespür für witzige und kluge Texte.

Ein ganz großes Dankeschön geht an mein neues Lektorats-Team Bettina Steinhage und Birgit Förster, die mit vielen klugen Tipps und Anmerkungen dazu beigetragen haben, dass der Roman so rund geworden ist wie ein Altländer Apfel. Programmleiterin Natalja Schmidt und Verlagsleiter Steffen Haselbach danke ich für die Unterstützung, die mir die nötige Ruhe und Sicherheit zum Schreiben gibt, und für das große Vertrauen, das der gesamte Verlag meinen Büchern und mir als Autorin entgegenbringt.

Katharina Ilgen und Nina Vogel ganz speziell für die Begeisterung in Sachen »Romanmarmelade«. Jochen Kunstmann und Michaela Lichtblau, wie immer, für die großartigen Cover und die wunderbare Satzgestaltung.

Dr. Doris Janhsen für ihre tolle Unterstützung in der Coverfrage im Fall der »Villa zum Verlieben« und auch sonstigen großartigen Support.

Den zahllosen Buchhändlerinnen und Buchhändlern, Bloggern, Journalisten, Verlagsvertretern und allen, die meine Romane weiterempfehlen.

Und wie immer: meinen Leserinnen und Lesern, die nicht lockergelassen und mich dazu motiviert haben, Band drei der Reihe »Im Alten Land« zu schreiben. Ich finde ja, da geht noch mehr. ☺